· 语文阅读推荐丛书 ·

鲁迅杂文精选

王培元／编选

人民文学出版社

图书在版编目(CIP)数据

鲁迅杂文精选/王培元编选.—北京：人民文学出版社,2018
(2025.9重印)
(语文阅读推荐丛书)
ISBN 978-7-02-013782-4

Ⅰ.①鲁… Ⅱ.①王… Ⅲ.①鲁迅杂文—杂文集 Ⅳ.①I210.4

中国版本图书馆 CIP 数据核字(2020)第 139541 号

责任编辑　于　敏
装帧设计　李思安　崔欣晔
责任印制　董宏阳

出版发行　人民文学出版社
社　　址　北京市朝内大街 166 号
邮政编码　100705

印　　刷　河北延风印务有限公司
经　　销　全国新华书店等

字　　数　273 千字
开　　本　650 毫米×920 毫米　1/16
印　　张　23.5　插页 1
印　　数　138001—143000
版　　次　2003 年 5 月北京第 1 版
印　　次　2025 年 9 月第 30 次印刷

书　　号　978-7-02-013782-4
定　　价　38.00 元

如有印装质量问题，请与本社图书销售中心调换。电话:010-59905336

出 版 说 明

　　从2017年9月开始,在国家统一部署下,全国中小学陆续启用了教育部统编语文教科书。统编语文教科书加强了中国优秀传统文化教育、革命传统教育以及社会主义先进文化教育的内容,更加注重立德树人,鼓励学生通过大量阅读提升语文素养、涵养人文精神。人民文学出版社是新中国成立最早的大型文学专业出版机构,长期坚持以传播优秀文化为己任,立足经典,注重创新,在中外文学出版方面积累了丰厚的资源。为配合国家部署,充分发挥自身优势,为广大学生课外阅读提供服务,我社在总结以往经验的基础上,邀请专家名师,经过认真讨论、深入调研,推出了这套"语文阅读推荐丛书"。丛书收入图书百余种,绝大部分都是中小学语文课程标准和统编语文教科书推荐阅读书目,并根据阅读需要有所拓展,基本涵盖了古今中外主要的文学经典,完全能满足学生成长过程中的阅读需要,对增强孩子的语文能力,提升写作水平,都有帮助。本丛书依据的都是我社多年积累的优秀版本,品种齐全,编校精良。每书的卷首配导读文字,介绍作者生平、写作背景、作品成就与特点,卷末附知识链接,提示知识要点。

　　在丛书编辑出版过程中,统编语文教科书总主编温儒敏教授,给予了"去课程化"和帮助学生建立"阅读契约"的指导性意见,即尊重孩子的个性化阅读感受,引导他们把阅读变成一种兴趣。所以本丛书严格保证作品内容的完整性和结构的连续性,既不随意删改作品内容,也不破坏作品结构,随文安插干扰阅读的多余元素。相信这套丛书会成为广大中小学生的良师益友和家庭必备藏书。

人民文学出版社编辑部
2018年3月

目 次

导读 ·· 1

随感录三十八 ·· 1
随感录四十八 ·· 5
随感录五十九 "圣武" ································ 7
随感录六十一 不满 ·································· 10
随感录六十二 恨恨而死 ······························ 12
随感录六十五 暴君的臣民 ···························· 14
娜拉走后怎样 ······································ 15
再论雷峰塔的倒掉 ·································· 21
看镜有感 ·· 25
春末闲谈 ·· 29
灯下漫笔 ·· 33
论"他妈的!" ······································ 40
论睁了眼看 ·· 44
忽然想到(三,四) ·································· 48
夏三虫 ·· 51
忽然想到(五,六) ·································· 53
杂感 ·· 57
北京通信 ·· 60
导师 ·· 63

长城	65
忽然想到（七）	66
补白	68
十四年的"读经"	75
这个与那个	79
学界的三魂	86
谈皇帝	89
记念刘和珍君	91
黄花节的杂感	97
略论中国人的脸	100
读书杂谈	104
扣丝杂感	110
小杂感	117
无声的中国	121
太平歌诀	126
铲共大观	128
流氓的变迁	130
习惯与改革	132
新的"女将"	134
宣传与做戏	136
中华民国的新"堂·吉诃德"们	138
由中国女人的脚，推定中国人之非中庸，又由此推定孔夫子有胃病	140
"友邦惊诧"论	145
谈金圣叹	148
经验	150
谚语	152
沙	154

上海的少女	156
上海的儿童	158
小品文的危机	160
偶成	163
漫与	166
世故三昧	169
谣言世家	172
火	174
作文秘诀	176
捣鬼心传	180
家庭为中国之基本	182
观斗	184
电的利弊	186
从幽默到正经	188
推背图	190
言论自由的界限	192
文章与题目	194
新药	196
夜颂	198
推	200
二丑艺术	202
"抄靶子"	204
查旧帐	206
晨凉漫记	208
中国的奇想	210
豪语的折扣	212
踢	214
"揩油"	216

爬和撞	218
帮闲法发隐	220
由聋而哑	222
男人的进化	224
电影的教训	226
礼	228
打听印象	230
吃教	232
未来的光荣	234
女人未必多说谎	236
"京派"与"海派"	238
北人与南人	240
朋友	242
清明时节	244
偶感	246
论秦理斋夫人事	248
算账	250
中秋二愿	252
略论梅兰芳及其他(上)	254
骂杀与捧杀	256
隔膜	258
买《小学大全》记	261
说"面子"	266
运命	269
病后杂谈	272
隐士	283
"寻开心"	286
论讽刺	289

在现代中国的孔夫子	292
论"人言可畏"	298
再论"文人相轻"	302
文坛三户	304
从帮忙到扯淡	307
逃名	309
"题未定"草(六至九)	311
登错的文章	325
半夏小集	326
文艺与政治的歧途	330
老调子已经唱完	337
帮忙文学与帮闲文学	343
今春的两种感想	346
上海所感	349
关于知识阶级	352
知识链接	358

导　读

　　鲁迅之所以被称为伟大的文学家和思想家,不仅由于他在小说、散文、散文诗创作方面取得的卓越辉煌的思想艺术成就,而且还在于他以毕生的心血和精力,创作了大量的独树一帜、无与伦比的杂文作品。鲁迅杂文,是作者留给我们的宝贵的思想文化和文学遗产中的一个重要组成部分,是别具一格的文学奇葩。

　　杂文(也被鲁迅称之为"杂感"或"短评"),在中国是古已有之的,而现代杂文的兴起、发展和繁荣,则是和鲁迅的名字分不开的。在鲁迅的笔下,杂文成为一种自由地摹写世相、描述见闻、评说人事、言志抒情,内容无所不包、形式不拘一格、文笔生动泼辣的文体,承担着文化批判、思想启蒙和反抗现实的使命,从而以博大精深的思想内涵和独特完美的艺术形式,攀上了中国文学的高峰,进入了"高尚的文学楼台"(《且介亭杂文二集·徐懋庸作〈打杂集〉序》)。

　　对于杂文写作,鲁迅怀着一种目的明确的自觉意识,其中蕴含着他的严肃、崇高而执著的思想追求和精神追求。他说过,"我早就很希望中国的青年站出来,对于中国的社会,文明,都毫无忌惮地加以批评。"(《华盖集·题记》)鲁迅的杂文,正是这样一种社会批评和文明批评。这种批评,正像他自己所说的那样,"是在对于有害的事物,立刻给以反响或抗争,是感应的神经,是攻守的手足"(《且介亭杂文·序言》),是"匕首和投枪"(《南腔北调集·小品文的危机》)。

鲁迅的杂文,打上了鲁迅的人格和个性的鲜明印记,包含着他深邃独到的思想和热烈冷峻的情感。鲁迅曾说自己的杂文里讲的,"并没有宇宙的奥义和人生的真谛。不过是,将我所遇到的,所想到的,所要说的,一任它怎样浅薄,怎样偏激,有时便都用笔墨写了下来。说得自夸一点,就如悲喜时节的歌哭一般,那时无非借此来释愤抒情……名副其实,'杂感'而已"(《华盖集续编·小引》)。在杂文写作中,鲁迅往往纵意而谈,挥洒自如,信手拈来,涉笔成趣,真可谓"嬉笑怒骂,皆成文章"。当有人劝他不要做这样的文章时,鲁迅说,"那好意,我是很感激的。而且也并非不知道创作之可贵。然而要做这样的东西的时候,恐怕也还要做这样的东西,我以为如果艺术之宫里有这么麻烦的禁令,倒不如不进去;还是站在沙漠上,看看飞沙走石,乐则大笑,悲则大叫,愤则大骂,即使被沙砾打得遍身粗糙,头破血流,而时时抚摩自己的凝血,觉得若有花纹,也未必不及跟着中国的文士们去陪莎士比亚吃黄油面包之有趣。"(《华盖集·题记》)在阅读鲁迅杂文的时候,读者总是能分明看到痛快淋漓的文字后面的鲁迅"乐则大笑,悲则大叫,愤则大骂"的形象,情不自禁地受到他那浓烈而郁勃的激情的感染和冲击,深切地感到他那伟大的人性和人格的力量。

鲁迅曾经说在小说《阿Q正传》里,他试图"写出一个现代的我们国人的魂灵"(《集外集·俄文译文〈阿Q正传〉序及著者自叙传略》);他还说过,曾想选择"历来极其特别,而其实是代表着中国人性质之一种的人物,作一部中国的'人史'"《准风月谈·晨凉漫记》。实际上,我们完全可以把鲁迅的杂文,看做是一部鲜活、完整的"中国的人史"。鲁迅还说过,"我的杂文,所写的常是一鼻,一嘴,一毛,但合起来,已几乎是或一形象的全体";"'中国的大众的灵魂',现在是反映在我的杂文里了"。(《准风月谈·后记》)可以说,时至今日,鲁迅杂文仍是我们认识中国人,认识中国社会、中国历史、中国文化的最切实可靠、最生动深刻的文本。鲁迅从自己的生命体验中、社会阅历中和人生感悟中,真正深刻地洞察了中国人的行为方式和文化心理,真正透彻地发现了中国社会、中国历史和中国文化的隐秘的内在机理。鲁迅的眼光和思想总是能够穿越中国社会、历史和文化的广阔时空,游刃有余地纵横捭阖,天马行空般地自由驰骋,从任何一种社会现象、文化现象、政治现象和历史现象中,洞幽烛微地透视和解析隐含其中的中国文化的遗传"密码",中国历史和社会的"潜规则",以及那些不断被袭用的"老谱"和"老例"。

正是凭借这种具有深刻穿透性的洞察力,鲁迅才能够发现被表象掩盖了的事实真相,找到貌似无关的事物之间的内在联系,展示为人们所无意忽略或有意遮蔽的某些"关节"。比如,在人们大都关注"娜拉出走"的社会思潮中,他提出的却是"娜拉走后怎样"——最要紧的是"要求经济权"的紧迫课题;由雷峰塔的倒掉,他看到了中国人所患的"十景病"和"寇盗式的破坏""奴才式的破坏";从所谓"一治一乱"的中国历史模式中,他发现了"想做奴隶而不得的时代"和"暂时做稳了奴隶的时代"的历史循环;从某些人的善于变化、毫无特操的言行中,揭示出"做戏的虚无党"的实质;由领着羊群走向屠宰场的山羊身上,暴露了"特殊智识阶级"的丑恶嘴脸……由于鲁迅杂文针对的是中国衰老文化和病态社会中陈腐的、病态的、丑恶的现象,无情的暴露和尖锐的讽刺便成为其主要的特色。鲁迅常常娴熟地采用"论时事不留面子,砭锢弊常取类型"(《伪自由书·前记》)的艺术手法,使他的作品变成了犀利无比的解剖刀。"叭儿狗""二丑""西崽""洋场恶少""革命小贩""推""爬和撞""揩油""吃白相饭""面子""假堂吉诃德"等形形色色的人物事象,都一一在他的笔下露出马脚、剥下假面、现出本相。

一位鲁迅研究者说得好,在中国现代史上,还不曾有第二个人像鲁迅这样"广泛而深刻地解读了活跃在中国社会上的各种各样的思想文化现象,揭示了中国社会各阶层的各种人物的严重的文化错位现象。"鲁迅杂文所具有的透辟的思想洞察力、锐利的文化批判力和强烈的艺术感染力,产生的是一种醍醐灌顶、振聋启聩的阅读效果,发人深省,引人思索,使读者不能不时时从自己的真实的生命体验和生活感受出发,重新认真、严肃地审视和思考自我,审视和思考自己所面对的实际的生存状况与社会文化环境。我们把鲁迅杂文介绍给青年朋友的意义,恐怕也就在这里吧。

本书收入鲁迅写于不同年代、风格各异、类型不同的有代表性的杂文作品一百一十六篇,选自作者所著的《热风》《坟》等十多部杂文集。我们还有选择地做了少量注释,以方便读者的阅读和理解。

人民文学出版社编辑部

随感录三十八

中国人向来有点自大。——只可惜没有"个人的自大",都是"合群的爱国的自大"。这便是文化竞争失败之后,不能再见振拔改进的原因。

"个人的自大",就是独异,是对庸众宣战。除精神病学上的夸大狂外,这种自大的人,大抵有几分天才,——照 Nordau 等说,也可说就是几分狂气。他们必定自己觉得思想见识高出庸众之上,又为庸众所不懂,所以愤世疾俗,渐渐变成厌世家,或"国民之敌"。但一切新思想,多从他们出来,政治上宗教上道德上的改革,也从他们发端。所以多有这"个人的自大"的国民,真是多福气!多幸运!

"合群的自大","爱国的自人",是党同伐异,是对少数的天才宣战;——全十对别国义明宣战,却尚在其次。他们自己毫无特别才能,可以夸示于人,所以把这国拿来做个影子;他们把国里的习惯制度抬得很高,赞美的了不得;他们的国粹,既然这样有荣光,他们自然也有荣光了!倘若遇见攻击,他们也不必自去应战,因为这种蹲在影子里张目摇舌的人,数目极多,只须用 mob[①] 的长技,一

---

① 英语,意为乌合之众。

阵乱噪,便可制胜。胜了,我是一群中的人,自然也胜了;若败了时,一群中有许多人,未必是我受亏:大凡聚众滋事时,多具这种心理,也就是他们的心理。他们举动,看似猛烈,其实却很卑怯。至于所生结果,则复古、尊王、扶清灭洋等,已领教得多了。所以多有这"合群的爱国的自大"的国民,真是可哀,真是不幸!

不幸中国偏只多这一种自大:古人所作所说的事,没一件不好,遵行还怕不及,怎敢说到改革?这种爱国的自大家的意见,虽各派略有不同,根柢总是一致,计算起来,可分作下列五种:

甲云:"中国地大物博,开化最早;道德天下第一。"这是完全自负。

乙云:"外国物质文明虽高,中国精神文明更好。"

丙云:"外国的东西,中国都已有过;某种科学,即某子所说的云云",这两种都是"古今中外派"的支流;依据张之洞的格言,以"中学为体西学为用"的人物。

丁云:"外国也有叫化子,——(或云)也有草舍,——娼妓,——臭虫。"这是消极的反抗。

戊云:"中国便是野蛮的好。"又云:"你说中国思想昏乱,那正是我民族所造成的事业的结晶。从祖先昏乱起,直要昏乱到子孙;从过去昏乱起,直要昏乱到未来。……(我们是四万万人,)你能把我们灭绝么?"这比"丁"更进一层,不去拖人下水,反以自己的丑恶骄人;至于口气的强硬,却很有《水浒传》中牛二的态度。

五种之中,甲乙丙丁的话,虽然已很荒谬,但同戊比较,尚觉情有可原,因为他们还有一点好胜心存在。譬如衰败人家的子弟,看见别家兴旺,多说大话,摆出大家架子;或寻求人家一点破绽,聊给自己解嘲。这虽然极是可笑,但比那一种掉了鼻子,还说是祖传老病,夸示于众的人,总要算略高一步了。

戊派的爱国论最晚出,我听了也最寒心;这不但因其居心可怕,实因他所说的更为实在的缘故。昏乱的祖先,养出昏乱的子孙,正是遗传的定理。民族根性造成之后,无论好坏,改变都不容易的。法国 G. Le Bon 著《民族进化的心理》中,说及此事道(原文已忘,今但举其大意)——"我们一举一动,虽似自主,其实多受死鬼的牵制。将我们一代的人,和先前几百代的鬼比较起来,数目上就万不能敌了。"我们几百代的祖先里面,昏乱的人,定然不少:有讲道学的儒生,也有讲阴阳五行的道士,有静坐炼丹的仙人,也有打脸打把子的戏子。所以我们现在虽想好好做"人",难保血管里的昏乱分子不来作怪,我们也不由自主,一变而为研究丹田脸谱的人物:这真是大可寒心的事。但我总希望这昏乱思想遗传的祸害,不至于有梅毒那样猛烈,竟至百无一免。即使同梅毒一样,现在发明了六百零六,肉体上的病,既可医治;我希望也有一种七百零七的药,可以医治思想上的病。这药原来也已发明,就是"科学"一味。只希望那班精神上掉了鼻子的朋友,不要又打着"祖传老病"的旗号来反对吃药,中国的昏乱病,便也总有痊愈的一天。祖先的势力虽大,但如从现代起,立意改变:扫除了昏乱的心思,和助成昏乱的物事(儒道两派的文书),再用了对症的药,即使不能立刻奏效,也可把那病毒略略羼淡。如此几代之后待我们成了祖先的时候,就可以分得昏乱祖先的若干势力,那时便有转机,Le Bon 所说的事,也不足怕了。

以上是我对于"不长进的民族"的疗救方法;至于"灭绝"一条,那是全不成话,可不必说。"灭绝"这两个可怕的字,岂是我们人类应说的?只有张献忠这等人曾有如此主张,至今为人类唾骂;而且于实际上发生出什么效验呢?但我有一句话,要劝戊派诸公。"灭绝"这句话,只能吓人,却不能吓倒自然。他是毫无情面;他看见有自向灭绝这条路走的民族,便请他们灭绝,毫不客气。我们自己想活,也希望别人都活;不忍说他人的灭绝,又怕他们自己走到

3

灭绝的路上,把我们带累了也灭绝,所以在此着急。倘使不改现状,反能兴旺,能得真实自由的幸福生活,那就是做野蛮也很好。——但可有人敢答应说"是"么?

(本篇最初发表于1918年11月15日《新青年》第5卷第5号,选自《热风》)

随感录四十八

中国人对于异族,历来只有两样称呼:一样是禽兽,一样是圣上。从没有称他朋友,说他也同我们一样的。

古书里的弱水①,竟是骗了我们:闻所未闻的外国人到了;交手几回,渐知道"子曰诗云"似乎无用,于是乎要维新。

维新以后,中国富强了,用这学来的新,打出外来的新,关上大门,再来守旧。

可惜维新单是皮毛,关门也不过一梦。外国的新事理,却愈来愈多,愈优胜,"子曰诗云"也愈挤愈苦,愈看愈无用。于是从那两样旧称呼以外,别想了一样新号:"西哲",或曰"西儒"。

他们的称号虽然新了,我们的意见却照旧。因为"西哲"的本领虽然要学,"子曰诗云"也更要昌明。换几句话,便是学了外国本领,保存中国旧习。本领要新,思想要旧。要新本领旧思想的新人物,驼了旧本领旧思想的旧人物,请他发挥多年经验的老本领。一言以蔽之:前几年谓之"中学为体,西学为用"②,这几年谓之"因时制宜,折衷至当"。

---

① 我国古籍中有关于"弱水"的记载,说它"鸿毛不浮,不可越也"。
② 这是清末官僚张之洞在所著《劝学篇》中提出的口号。

其实世界上决没有这样如意的事。即使一头牛,连生命都牺牲了,尚且祀了孔便不能耕田,吃了肉便不能榨乳。何况一个人先须自己活着,又要驼了前辈先生活着;活着的时候,又须恭听前辈先生的折衷:早上打拱,晚上握手;上午"声光化电",下午"子曰诗云"呢?

社会上最迷信鬼神的人,尚且只能在赛会这一日抬一回神舆。不知那些学"声光化电"的"新进英贤",能否驼着山野隐逸,海滨遗老,折衷一世?

"西哲"易卜生盖以为不能,以为不可。所以借了Brand的嘴说:"All or nothing!"①

(本篇最初发表于1919年2月15日《新青年》第6卷第2号,选自《热风》)

---

① Brand,即勃兰特,易卜生所作诗剧《勃兰特》中的人物。"All or nothing!",英语,"不能完全,宁可没有!"的意思。

随感录五十九　"圣武"

我前回已经说过"什么主义都与中国无干"的话了;今天忽然又有些意见,便再写在下面:

我想,我们中国本不是发生新主义的地方,也没有容纳新主义的处所,即使偶然有些外来思想,也立刻变了颜色,而且许多论者反要以此自豪。我们只要留心译本上的序跋,以及各样对于外国事情的批评议论,便能发见我们和别人的思想中间,的确还隔着几重铁壁。他们是说家庭问题的,我们却以为他鼓吹打仗;他们是写社会缺点的,我们却说他讲笑话;他们以为好的,我们说来却是坏的。若再留心看看别国的国民性格,国民文学,再翻一本文人的评传,便更能明白别国著作里写出的性情,作者的思想,几乎全不是中国所有。所以不会了解,不会同情,不会感应;甚至彼我间的是非爱憎,也免不了得到一个相反的结果。

新主义宣传者是放火人么,也须别人有精神的燃料,才会着火;是弹琴人么,别人的心上也须有弦索,才会出声;是发声器么,别人也必须是发声器,才会共鸣。中国人都有些不很像,所以不会相干。

几位读者怕要生气,说,"中国时常有将性命去殉他主义的人,中华民国以来,也因为主义上死了多少烈士,你何以一笔抹杀?

吓!"这话也是真的。我们从旧的外来思想说罢,六朝的确有许多焚身的和尚,唐朝也有过砍下臂膊布施无赖的和尚;从新的说罢,自然也有过几个人的。然而与中国历史,仍不相干。因为历史结帐,不能像数学一般精密,写下许多小数,却只能学粗人算帐的四舍五入法门,记一笔整数。

中国历史的整数里面,实在没有什么思想主义在内。这整数只是两种物质,——是刀与火,"来了"便是他的总名。

火从北来便逃向南,刀从前来便退向后,一大堆流水帐簿,只有这一个模型。倘嫌"来了"的名称不很庄严,"刀与火"也触目,我们也可以别想花样,奉献一个谥法,称作"圣武",便好看了。

古时候,秦始皇帝很阔气,刘邦和项羽都看见了;邦说,"嗟乎!大丈夫当如此也!"羽说,"彼可取而代也!"羽要"取"什么呢?便是取邦所说的"如此"。"如此"的程度,虽有不同,可是谁也想取;被取的是"彼",取的是"丈夫"。所有"彼"与"丈夫"的心中,便都是这"圣武"的产生所,受纳所。

何谓"如此"? 说起来话长;简单地说,便只是纯粹兽性方面的欲望的满足——威福,子女,玉帛,——罢了。然而在一切大小丈夫,却要算最高理想(?)了。我怕现在的人,还被这理想支配着。

大丈夫"如此"之后,欲望没有衰,身体却疲敝了;而且觉得暗中有一个黑影——死——到了身边了。于是无法,只好求神仙。这在中国,也要算最高理想了。我怕现在的人,也还被这理想支配着。

求了一通神仙,终于没有见,忽然有些疑惑了。于是要造坟,来保存死尸,想用自己的尸体,永远占据着一块地面。这在中国,也要算一种没奈何的最高理想了。我怕现在的人,也还被这理想支配着。

现在的外来思想,无论如何,总不免有些自由平等的气息,互助共存的气息,在我们这单有"我",单想"取彼",单要由我喝尽了一切空间时间的酒的思想界上,实没有插足的余地。

因此,只须防那"来了"便够了。看看别国,抗拒这"来了"的便是有主义的人民。他们因为所信的主义,牺牲了别的一切,用骨肉碰钝了锋刃,血液浇灭了烟焰。在刀光火色衰微中,看出一种薄明的天色,便是新世纪的曙光。

曙光在头上,不抬起头,便永远只能看见物质的闪光。

(本篇最初发表于 1919 年 5 月《新青年》第 6 卷第 5 号,选自《热风》)

随感录六十一　不满

欧战才了的时候,中国很抱着许多希望,因此现在也发出许多悲观绝望的声音,说"世界上没有人道","人道这句话是骗人的"。有几位评论家,还引用了他们外国论者自己责备自己的文字,来证明所谓文明人者,比野蛮尤其野蛮。

这诚然是痛快淋漓的话,但要问:照我们的意见,怎样才算有人道呢?那答话,想来大约是"收回治外法权[①],收回租界,退还庚子赔款……"现在都很渺茫,实在不合人道。

但又要问:我们中国的人道怎么样?那答话,想来只能"……"。对于人道只能"……"的人的头上,决不会掉下人道来。因为人道是要各人竭力挣来,培植,保养的,不是别人布施,捐助的。

其实近于真正的人道,说的人还不很多,并且说了还要犯罪。若论皮毛,却总算略有进步了。这回虽然是一场恶战,也居然没有"食肉寝皮",没有"夷其社稷",而且新兴了十八个小国。就是德国对待比国,都说残暴绝伦,但看比国的公布,也只是囚徒不给饮食,村长挨了打骂,平民送上战线之类。这些事情,在我们中国自

[①] 治外法权,指过去帝国主义国家通过不平等条约在中国享有的"领事裁判权"。

己对自己也常有,算得什么希奇?

　　人类尚未长成,人道自然也尚未长成,但总在那里发荣滋长。我们如果问问良心,觉得一样滋长,便什么都不必忧愁;将来总要走同一的路。看罢,他们是战胜军国主义的,他们的评论家还是自己责备自己,有许多不满。不满是向上的车轮,能够载着不自满的人类,向人道前进。

　　多有不自满的人的种族,永远前进,永远有希望。

　　多有只知责人不知反省的人的种族,祸哉祸哉!

　　　　　　　　　　(本篇最初发表于1919年11月1日《新青年》
　　　　　　　　　　第6卷第6号,选自《热风》)

随感录六十二　恨恨而死

　　古来很有几位恨恨而死的人物。他们一面说些"怀才不遇""天道宁论"的话，一面有钱的便狂嫖滥赌，没钱的便喝几十碗酒，——因为不平的缘故，于是后来就恨恨而死了。

　　我们应该趁他们活着的时候问他：诸公！您知道北京离昆仑山几里，弱水去黄河几丈么？火药除了做鞭爆，罗盘除了看风水，还有什么用处么？棉花是红的还是白的？谷子是长在树上，还是长在草上？桑间濮上如何情形，自由恋爱怎样态度？您在半夜里可忽然觉得有些羞，清早上可居然有点悔么？四斤的担，您能挑么？三里的道，您能跑么？

　　他们如果细细的想，慢慢的悔了，这便很有些希望。万一越发不平，越发愤怒，那便"爱莫能助"。——于是他们终于恨恨而死了。

　　中国现在的人心中，不平和愤恨的分子太多了。不平还是改造的引线，但必须先改造了自己，再改造社会，改造世界；万不可单是不平。至于愤恨，却几乎全无用处。

　　愤恨只是恨恨而死的根苗，古人有过许多，我们不要蹈他们的覆辙。

　　我们更不要借了"天下无公理，无人道"这些话，遮盖自暴自弃的行为,自称"恨人",一副恨恨而死的脸孔,其实并不恨恨而死。

(本篇最初发表于 1919 年 11 月 1 日《新青年》
第 6 卷第 6 号,选自《热风》)

随感录六十五　暴君的臣民

从前看见清朝几件重案的记载,"臣工"拟罪很严重,"圣上"常常减轻,便心里想:大约因为要博仁厚的美名,所以玩这些花样罢了。后来细想,殊不尽然。

暴君治下的臣民,大抵比暴君更暴;暴君的暴政,时常还不能餍足暴君治下的臣民的欲望。

中国不要提了罢。在外国举一个例:小事件则如 Gogol① 的剧本《按察使》,众人都禁止他,俄皇却准开演;大事件则如巡抚想放耶稣,众人却要求将他钉上十字架。

暴君的臣民,只愿暴政暴在他人的头上,他却看着高兴,拿"残酷"做娱乐,拿"他人的苦"做赏玩,做慰安。

自己的本领只是"幸免"。

从"幸免"里又选出牺牲,供给暴君治下的臣民的渴血的欲望,但谁也不明白。死的说"阿呀",活的高兴着。

(本篇最初发表于1919年11月1日《新青年》
第6卷第6号,选自《热风》)

---

① 即俄国作家果戈理。

娜拉走后怎样

——一九二三年十二月二十六日在北京
女子高等师范学校文艺会讲

我今天要讲的是"娜拉走后怎样？"

伊孛生①是十九世纪后半的瑙威的一个文人。他的著作，除了几十首诗之外，其余都是剧本。这些剧本里面，有一时期是大抵含有社会问题的，世间也称作"社会剧"，其中有一篇就是《娜拉》。

《娜拉》一名 Ein Puppenheim，中国译作《傀儡家庭》。但 Puppe 不单是牵线的傀儡，孩子抱着玩的人形②也是；引申开去，别人怎么指挥，他便怎么做的人也是。娜拉当初是满足地生活在所谓幸福的家庭里的，但是她竟觉悟了：自己是丈夫的傀儡，孩子们又是她的傀儡。她于是走了，只听得关门声，接着就是闭幕。这想来大家都知道，不必细说了。

娜拉要怎样才不走呢？或者说伊孛生自己有解答，就是 Die Frau vom Meer，《海的女人》，中国有人译作《海上夫人》的。这女人是已经结婚的了，然而先前有一个爱人在海的彼岸，一日突然寻

---

① 通译易卜生，挪威剧作家。
② 日语，意即人形的玩具。

来,叫她一同去。她便告知她的丈夫,要和那外来人会面。临末,她的丈夫说,"现在放你完全自由。(走与不走)你能够自己选择,并且还要自己负责任。"于是什么事全都改变,她就不走了。这样看来,娜拉倘也得到这样的自由,或者也便可以安住。

但娜拉毕竟是走了的。走了以后怎样?伊孛生并无解答;而且他已经死了。即使不死,他也不负解答的责任。因为伊孛生是在做诗,不是为社会提出问题来而且代为解答。就如黄莺一样,因为他自己要歌唱,所以他歌唱,不是要唱给人们听得有趣,有益。伊孛生是很不通世故的,相传在许多妇女们一同招待他的筵宴上,代表者起来致谢他作了《傀儡家庭》,将女性的自觉,解放这些事,给人心以新的启示的时候,他却答道,"我写那篇却并不是这意思,我不过是做诗。"

娜拉走后怎样?——别人可是也发表过意见的。一个英国人曾作一篇戏剧,说一个新式的女子走出家庭,再也没有路走,终于堕落,进了妓院了。还有一个中国人,——我称他什么呢?上海的文学家罢,——说他所见的《娜拉》是和现译本不同,娜拉终于回来了。这样的本子可惜没有第二人看见,除非是伊孛生自己寄给他的。但从事理上推想起来,娜拉或者也实在只有两条路:不是堕落,就是回来。因为如果是一匹小鸟,则笼子里固然不自由,而一出笼门,外面便又有鹰,有猫,以及别的什么东西之类;倘使已经关得麻痹了翅子,忘却了飞翔,也诚然是无路可以走。还有一条,就是饿死了,但饿死已经离开了生活,更无所谓问题,所以也不是什么路。

人生最苦痛的是梦醒了无路可以走。做梦的人是幸福的;倘没有看出可走的路,最要紧的是不要去惊醒他。你看,唐朝的诗人李贺,不是困顿了一世的么?而他临死的时候,却对他的母亲说,"阿妈,上帝造成了白玉楼,叫我做文章落成去了。"这岂非明明是一个诳,一个梦?然而一个小的和一个老的,一个死的和一个活的,死的高兴地死去,活的放心地活着。说诳和做梦,在这些时候便见得伟大。所以我想,假使寻不出路,我们所要的倒是梦。

但是,万不可做将来的梦。阿尔志跋绥夫曾经借了他所做的小说,质问过梦想将来的黄金世界的理想家,因为要造那世界,先唤起许多人们来受苦。他说,"你们将黄金世界预约给他们的子孙了,可是有什么给他们自己呢?"有是有的,就是将来的希望。但代价也太大了,为了这希望,要使人练敏了感觉来更深切地感到自己的苦痛,叫起灵魂来目睹他自己的腐烂的尸骸。惟有说诳和做梦,这些时候便见得伟大。所以我想,假使寻不出路,我们所要的就是梦;但不要将来的梦,只要目前的梦。

然而娜拉既然醒了,是很不容易回到梦境的,因此只得走;可是走了以后,有时却也免不掉堕落或回来。否则,就得问:她除了觉醒的心以外,还带了什么去?倘只有一条像诸君一样的紫红的绒绳的围巾,那可是无论宽到二尺或三尺,也完全是不中用。她还须更富有,提包里有准备,直白地说,就是要有钱。

梦是好的;否则,钱是要紧的。

钱这个字很难听,或者要被高尚的君子们所非笑,但我总觉得人们的议论是不但昨天和今天,即使饭前和饭后,也往往有些差别。凡承认饭需钱买,而以说钱为卑鄙者,倘能按一按他的胃,那里面怕总还有鱼肉没有消化完,须得饿他一天之后,再来听他发议论。

所以为娜拉计,钱,——高雅的说罢,就是经济,是最要紧的了。自由固不是钱所能买到的,但能够为钱而卖掉。人类有一个大缺点,就是常常要饥饿。为补救这缺点起见,为准备不做傀儡起见,在目下的社会里,经济权就见得最要紧了。第一,在家应该先获得男女平均的分配;第二,在社会应该获得男女相等的势力。可惜我不知道这权柄如何取得,单知道仍然要战斗;或者也许比要求参政权更要用剧烈的战斗。

要求经济权固然是很平凡的事,然而也许比要求高尚的参政权以及博大的女子解放之类更烦难。天下事尽有小作为比大作为更烦难的。譬如现在似的冬天,我们只有这一件棉袄,然而必须救助一个将要冻死的苦人,否则便须坐在菩提树下冥想普度一切人类的方法去。普度一切人类和救活一人,大小实在相去太远了,然而倘叫我挑选,我就立刻到菩提树下去坐着,因为免得脱下唯一的棉袄来冻杀自己。所以在家里说要参政权,是不至于大遭反对的,一说到经济的平匀分配,或不免面前就遇见敌人,这就当然要有剧烈的战斗。

战斗不算好事情,我们也不能责成人人都是战士,那么,平和的方法也就可贵了,这就是将来利用了亲权来解放自己的子女。中国的亲权是无上的,那时候,就可以将财产平匀地分配子女们,使他们平和而没有冲突地都得到相等的经济权,此后或者去读书,或者去生发,或者为自己去享用,或者为社会去做事,或者去花完,都请便,自己负责任。这虽然也是颇远的梦,可是比黄金世界的梦近得不少了。但第一需要记性。记性不佳,是有益于己而有害于子孙的。人们因为能忘却,所以自己能渐渐地脱离了受过的苦痛,也因为能忘却,所以往往照样地再犯前人的错误。被虐待的儿媳做了婆婆,仍然虐待儿媳;嫌恶学生的官吏,每是先前痛骂官吏的学生;现在压迫子女的,有时也就是十年前的家庭革命者。这也许与年龄和地位都有关系罢,但记性不佳也是一个很大的原因。救济法就是各人去买一本 note-book 来,将自己现在的思想举动都记上,作为将来年龄和地位都改变了之后的参考。假如憎恶孩子要到公园去的时候,取来一翻,看见上面有一条道,"我想到中央公园去",那就即刻心平气和了。别的事也一样。

世间有一种无赖精神,那要义就是韧性。听说拳匪乱后,天津的青皮,就是所谓无赖者很跋扈,譬如给人搬一件行李,他就要两元,对他说这行李小,他说要两元,对他说道路近,他说要两元,对他说不要搬了,他说也仍然要两元。青皮固然是不足为法的,而那韧性却大可以佩服。要求经济权也一样,有人说这事情太陈腐了,就答道要经济权;说是太卑鄙了,就答道要经济权;说是经济制度就要改变了,用不着再操心,也仍然答道要经济权。

其实,在现在,一个娜拉的出走,或者也许不至于感到困难的,因为这人物很特别,举动也新鲜,能得到若干人们的同情,帮助着生活。生活在人们的同情之下,已经是不自由了,然而倘有一百个娜拉出走,便连同情也减少,有一千一万个出走,就得到厌恶了,断不如自己握着经济权之为可靠。

在经济方面得到自由,就不是傀儡了么?也还是傀儡。无非被人所牵的事可以减少,而自己能牵的傀儡可以增多罢了。因为在现在的社会里,不但女人常作男人的傀儡,就是男人和男人,女人和女人,也相互地作傀儡,男人也常作女人的傀儡,这决不是几个女人取得经济权所能救的。但人不能饿着静候理想世界的到来,至少也得留一点残喘,正如涸辙之鲋,急谋升斗之水一样,就要这较为切近的经济权,一面再想别的法。

如果经济制度竟改革了,那上文当然完全是废话。

然而上文,是又将娜拉当作一个普通的人物而说的,假使她很特别,自己情愿闯出去做牺牲,那就又另是一回事。我们无权去劝诱人做牺牲,也无权去阻止人做牺牲。况且世上也尽有乐于牺牲,乐于受苦的人物。欧洲有一个传说,耶稣去钉十字架时,休息在Ahasvar的檐下,Ahasvar不准他,于是被了咒诅,使他永世不得休息,直到末日裁判的时候。Ahasvar从此就歇不下,只是走,现在还在走。走是苦的,安息是乐的,他何以不安息呢?虽说背着咒诅,可是大约总该是觉得走比安息还适意,所以始终狂走的罢。

只是这牺牲的适意是属于自己的,与志士们之所谓为社会者无涉。群众,——尤其是中国的,——永远是戏剧的看客。牺牲上场,如果显得慷慨,他们就看了悲壮剧;如果显得觳觫,他们就看了滑稽剧。北京的羊肉铺前常有几个人张着嘴看剥羊,仿佛颇愉快,人的牺牲能给与他们的益处,也不过如此。而况事后走不几步,他们并这一点愉快也就忘却了。

对于这样的群众没有法,只好使他们无戏可看倒是疗救,正无需乎震骇一时的牺牲,不如深沉的韧性的战斗。

可惜中国太难改变了,即使搬动一张桌子,改装一个火炉,几乎也要血;而且即使有了血,也未必一定能搬动,能改装。不是很大的鞭子打在背上,中国自己是不肯动弹的。我想这鞭子总要来,好坏是别一问题,然而总要打到的。但是从那里来,怎么地来,我也是不能确切地知道。

我这讲演也就此完结了。

(本篇最初发表于1924年北京女子高等师范学校
《文艺会刊》第6期,选自《坟》)

再论雷峰塔的倒掉

　　从崇轩先生的通信(二月份《京报副刊》)里,知道他在轮船上听到两个旅客谈话,说是杭州雷峰塔之所以倒掉,是因为乡下人迷信那塔砖放在自己的家中,凡事都必平安,如意,逢凶化吉,于是这个也挖,那个也挖,挖之久久,便倒了。一个旅客并且再三叹息道:西湖十景这可缺了呵!

　　这消息,可又使我有点畅快了,虽然明知道幸灾乐祸,不像一个绅士,但本来不是绅士的,也没有法子来装潢。

　　我们中国的许多人,——我在此特别郑重声明:并不包括四万万同胞全部!——大抵患有一种"十景病",至少是"八景病",沉重起来的时候大概在清朝。凡看一部县志,这一县往往有十景或八景,如"远村明月""萧寺清钟""古池好水"之类。而且,"十"字形的病菌,似乎已经侵入血管,流布全身,其势力早不在"!"形惊叹亡国病菌[①]之下了。点心有十样锦,菜有十碗,音乐有十番,阎罗有十殿,药有十全大补,猜拳有全福手福手全,连人的劣迹或罪状,宣布起来也大抵是十条,仿佛犯了九条的时候总不肯歇手。现在西湖十景可缺了呵!"凡为天下国家有九经",九经固古已有

[①] 当时曾有人发表一种奇怪论调,说多用惊叹号的白话诗都是"亡国之音"。

之，而九景却颇不习见，所以正是对于十景病的一个针砭，至少也可以使患者感到一种不平常，知道自己的可爱的老病，忽而跑掉了十分之一了。

但仍有悲哀在里面。

其实，这一种势所必至的破坏，也还是徒然的。畅快不过是无聊的自欺。雅人和信士和传统大家，定要苦心孤诣巧语花言地再来补足了十景而后已。

无破坏即无新建设，大致是的；但有破坏却未必即有新建设。卢梭，斯谛纳尔，尼采，托尔斯泰，伊孛生等辈，若用勃兰兑斯的话来说，乃是"轨道破坏者"。其实他们不单是破坏，而且是扫除，是大呼猛进，将碍脚的旧轨道不论整条或碎片，一扫而空，并非想挖一块废铁古砖挟回家去，预备卖给旧货店。中国很少这一类人，即使有之，也会被大众的唾沫淹死。孔丘先生确是伟大，生在巫鬼势力如此旺盛的时代，偏不肯随俗谈鬼神；但可惜太聪明了，"祭如在祭神如神在"，只用他修《春秋》的照例手段以两个"如"字略寓"俏皮刻薄"之意，使人一时莫明其妙，看不出他肚皮里的反对来。他肯对子路赌咒，却不肯对鬼神宣战，因为一宣战就不和平，易犯骂人——虽然不过骂鬼——之罪，即不免有《衡论》（见一月份《晨报副镌》）作家 TY 先生似的好人，会替鬼神来奚落他道：为名乎？骂人不能得名。为利乎？骂人不能得利。想引诱女人乎？又不能将蚩尤的脸子印在文章上。何乐而为之也欤？

孔丘先生是深通世故的老先生，大约除脸子付印问题以外，还有深心，犯不上来做明目张胆的破坏者，所以只是不谈，而决不骂，于是乎俨然成为中国的圣人，道大，无所不包故也。否则，现在供在圣庙里的，也许不姓孔。

不过在戏台上罢了，悲剧将人生的有价值的东西毁灭给人看，喜剧将那无价值的撕破给人看。讥讽又不过是喜剧的变简的一支流。但悲壮滑稽，却都是十景病的仇敌，因为都有破坏性，虽然所破坏的方面各不同。中国如十景病尚存，则不但卢梭他们似的疯子决不产生，并且也决不产生一个悲剧作家或喜剧作家或讽刺诗人。所有的，只是喜剧底人物或非喜剧非悲剧底人物，在互相模造的十景中生存，一面各各带了十景病。

然而十全停滞的生活，世界上是很不多见的事，于是破坏者到了，但并非自己的先觉的破坏者，却是狂暴的强盗，或外来的蛮夷。猃狁早到过中原，五胡来过了，蒙古也来过了；同胞张献忠杀人如草，而满洲兵的一箭，就钻进树丛中死掉了。有人论中国说，倘使没有带着新鲜的血液的野蛮的侵入，真不知自身会腐败到如何！这当然是极刻毒的恶谑，但我们一翻历史，怕不免要有汗流浃背的时候罢。外寇来了，暂一震动，终于请他作主子，在他的刀斧下修补老例；内寇来了，也暂一震动，终于请他做主子，或者别拜一个主子，在自己的瓦砾中修补老例。再来翻县志，就看见每一次兵燹之后，所添上的是许多烈妇烈女的氏名。看近来的兵祸，怕又要大举表扬节烈了罢。许多男人们都那里去了？

凡这一种寇盗式的破坏，结果只能留下一片瓦砾，与建设无关。

但当太平时候，就是正在修补老例，并无寇盗时候，即国中暂时没有破坏么？也不然的，其时有奴才式的破坏作用常川活动着。

雷峰塔砖的挖去，不过是极近的一条小小的例。龙门的石佛，大半肢体不全，图书馆中的书籍，插图须谨防撕去，凡公物或无主的东西，倘难于移动，能够完全的即很不多。但其毁坏的原因，则非如革除者的志在扫除，也非如寇盗的志在掠夺或单是破坏，仅因目前极小的自利，也肯对于完整的人物暗暗的加一个创伤。人数既多，创伤自然极大，而倒败之后，却难于知道加害的究竟是谁。正如雷峰塔倒掉以后，我们单知道由于乡下人的迷信。共有的塔失去了，乡下人的所得，却不过一块砖，这砖，将来又将为别一自利者所藏，终究至于灭尽。倘在民康物阜时候，因为十景病的发作，新的雷峰塔也会再造的罢。但将来的运命，不也就可以推想而知么？如果乡下人还是这样的乡下人，老例还是这样的老例。

这一种奴才式的破坏，结果也只能留下一片瓦砾，与建设无关。

岂但乡下人之于雷峰塔，日日偷挖中华民国的柱石的奴才们，现在正不知有多少！

瓦砾场上还不足悲，在瓦砾场上修补老例是可悲的。我们要革新的破坏者，因为他内心有理想的光。我们应该知道他和寇盗奴才的分别；应该留心自己堕入后两种。这区别并不烦难，只要观人，省己，凡言动中，思想中，含有借此据为己有的朕兆者是寇盗，含有借此占些目前的小便宜的朕兆者是奴才，无论在前面打着的是怎样鲜明好看的旗子。

一九二五年二月六日。

（本篇最初发表于1925年2月23日
《语丝》周刊第15期，选自《坟》）

看镜有感

因为翻衣箱,翻出几面古铜镜子来,大概是民国初年初到北京时候买在那里的,"情随事迁",全然忘却,宛如见了隔世的东西了。

一面圆径不过二寸,很厚重,背面满刻蒲陶①,还有跳跃的鼯鼠,沿边是一圈小飞禽。古董店家都称为"海马葡萄镜"。但我的一面并无海马,其实和名称不相当。记得曾见过别一面,是有海马的,但贵极,没有买。这些都是汉代的镜子;后来也有模造或翻沙者,花纹可造粗拙得多了。汉武通大宛安息,以致天马蒲萄,大概当时是视为盛事的,所以便取作什器的装饰。古时,于外来物品,每加海字,如海榴,海红花,海棠之类。海即现在之所谓洋,海马译成今文,当然就是洋马。镜鼻是一个虾蟆,则因为镜如满月,月中有蟾蜍之故,和汉事不相干了。

遥想汉人多少闳放,新来的动植物,即毫不拘忌,来充装饰的花纹。唐人也还不算弱,例如汉人的墓前石兽,多是羊,虎,天禄,辟邪②,而长安的昭陵上,却刻着带箭的骏马③,还有一匹驼鸟,则

---

① 蒲陶,即葡萄。
② 天禄、辟邪,是产于阿富汗西部的动物,似鹿,长尾,一角者为天禄,二角者为辟邪。
③ 昭陵是唐太宗李世民的陵墓,带箭的骏马是他生前所骑名马飒露紫的石刻浮雕像。

办法简直前无古人。现今在坟墓上不待言,即平常的绘画,可有人敢用一朵洋花一只洋鸟,即私人的印章,可有人肯用一个草书一个俗字么?许多雅人,连记年月也必是甲子,怕用民国纪元。不知道是没有如此大胆的艺术家;还是虽有而民众都加迫害,他于是乎只得萎缩,死掉了?

宋的文艺,现在似的国粹气味就熏人。然而辽金元陆续进来了,这消息很耐寻味。汉唐虽然也有边患,但魄力究竟雄大,人民具有不至于为异族奴隶的自信心,或者竟毫未想到,凡取用外来事物的时候,就如将彼俘来一样,自由驱使,绝不介怀。一到衰弊陵夷之际,神经可就衰弱过敏了,每遇外国东西,便觉得仿佛彼来俘我一样,推拒,惶恐,退缩,逃避,抖成一团,又必想一篇道理来掩饰,而国粹遂成为孱王和孱奴的宝贝。

无论从那里来的,只要是食物,壮健者大抵就无需思索,承认是吃的东西。惟有衰病的,却总常想到害胃,伤身,特有许多禁条,许多避忌;还有一大套比较利害而终于不得要领的理由,例如吃固无妨,而不吃尤稳,食之或当有益,然究以不吃为宜云云之类。但这一类人物总要日见其衰弱的,因为他终日战战兢兢,自己先已失了活气了。

不知道南宋比现今如何,但对外敌,却明明已经称臣,惟独在国内特多繁文缛节以及唠叨的碎话。正如倒霉人物,偏多忌讳一般,豁达闳大之风消歇净尽了。直到后来,都没有什么大变化。我曾在古物陈列所所陈列的古画上看见一颗印文,是几个罗马字母。但那是所谓"我圣祖仁皇帝"[1]的印,是征服了汉族的主人,所以他敢;汉族的奴才是不敢的。便是现在,便是艺术家,可有敢用洋文的印的么?

---

① 指清朝康熙皇帝玄烨。

清顺治中,时宪书①上印有"依西洋新法"五个字,痛哭流涕来劾洋人汤若望的偏是汉人杨光先。直到康熙初,争胜了,就教他做钦天监正去,则又叩阍以"但知推步之理不知推步之数"辞。不准辞,则又痛哭流涕地来做《不得已》,说道"宁可使中夏无好历法,不可使中夏有西洋人。"然而终于连闰月都算错了,他大约以为好历法专属于西洋人,中夏人自己是学不得,也学不好的。但他竟论了大辟,可是没有杀,放归,死于途中了。汤若望入中国还在明崇祯初,其法终未见用;后来阮元论之曰:"明季君臣以大统寖疏,开局修正,既知新法之密,而讫未施行。圣朝定鼎,以其法造时宪书,颁行天下。彼十余年辩论翻译之劳,若以备我朝之采用者,斯亦奇矣!……我国家圣圣相传,用人行政,惟求其是,而不先设成心。即是一端,可以仰见如天之度量矣!"(《畴人传》四十五)

现在流传的古镜们,出自冢中者居多,原是殉葬品。但我也有一面日用镜,薄而且大,规抚汉制,也许是唐代的东西。那证据是:一,镜鼻已多磨损;二,镜面的沙眼都用别的铜来补好了。当时在妆阁中,曾照唐人的额黄和眉绿,现在却监禁在我的衣箱里,它或者大有今昔之感罢。

但铜镜的供用,大约道光咸丰时候还与玻璃镜并行;至于穷乡僻壤,也许至今还用着。我们那里,则除了婚丧仪式之外,全被玻璃镜驱逐了。然而也还有余烈可寻,倘街头遇见一位老翁,肩了长凳似的东西,上面缚着一块猪肝色石和一块青色石,试伫听他的叫喊,就是"磨镜,磨剪刀!"

宋镜我没有见过好的,什九并无藻饰,只有店号或"正其衣冠"等类的迂铭词,真是"世风日下"。但是要进步或不退步,总须时时自出新裁,至少也必取材异域,倘若各种顾忌,各种小心,各种

---

① 即历书,清代为避高宗弘历的名讳而称"时宪书"。

唠叨,这么做即违了祖宗,那么做又像了夷狄,终生惴惴如在薄冰上,发抖尚且来不及,怎么会做出好东西来。所以事实上"今不如古"者,正因为有许多唠叨着"今不如古"的诸位先生们之故。现在情形还如此。倘再不放开度量,大胆地,无畏地,将新文化尽量地吸收,则杨光先似的向西洋主人沥陈中夏的精神文明的时候,大概是不劳久待的罢。

但我向来没有遇见过一个排斥玻璃镜子的人。单知道咸丰年间,汪曰桢先生却在他的大著《湖雅》里攻击过的。他加以比较研究之后,终于决定还是铜镜好。最不可解的是:他说,照起面貌来,玻璃镜不如铜镜之准确。莫非那时的玻璃镜当真坏到如此,还是因为他老先生又带上了国粹眼镜之故呢?我没有见过古玻璃镜。这一点终于猜不透。

一九二五年二月九日。

(本篇最初发表于1925年3月2日《语丝》周刊第16期,选自《坟》)

春末闲谈

北京正是春末,也许我过于性急之故罢,觉着夏意了,于是突然记起故乡的细腰蜂。那时候大约是盛夏,青蝇密集在凉棚索子上,铁黑色的细腰蜂就在桑树间或墙角的蛛网左近往来飞行,有时衔一支小青虫去了,有时拉一个蜘蛛。青虫或蜘蛛先是抵抗着不肯去,但终于乏力,被衔着腾空而去了,坐了飞机似的。

老前辈们开导我,那细腰蜂就是书上所说的果蠃,纯雌无雄,必须捉螟蛉去做继子的。她将小青虫封在窠里,自己在外面日日夜夜敲打着,祝道"像我像我",经过若干日,——我记不清了,大约七七四十九日罢,——那青虫也就成了细腰蜂了,所以《诗经》里说:"螟蛉有子,果蠃负之。"螟蛉就是桑上小青虫。蜘蛛呢?他们没有提。我记得有几个考据家曾经立过异说,以为她其实自能生卵;其捉青虫,乃是填在窠里,给孵化出来的幼蜂做食料的。但我所遇见的前辈们都不采用此说,还道是拉去做女儿。我们为存留天地间的美谈起见,倒不如这样好。当长夏无事,遣暑林阴,瞥见二虫一拉一拒的时候,便如睹慈母教女,满怀好意,而青虫的宛转抗拒,则活像一个不识好歹的毛鸦头。

但究竟是夷人可恶,偏要讲什么科学。科学虽然给我们许多惊奇,但也搅坏了我们许多好梦。自从法国的昆虫学大家发勃耳

(Fabre)仔细观察之后,给幼蜂做食料的事可就证实了。而且,这细腰蜂不但是普通的凶手,还是一种很残忍的凶手,又是一个学识技术都极高明的解剖学家。她知道青虫的神经构造和作用,用了神奇的毒针,向那运动神经球上只一螫,它便麻痹为不死不活状态,这才在它身上生下蜂卵,封入窠中。青虫因为不死不活,所以不动,但也因为不活不死,所以不烂,直到她的子女孵化出来的时候,这食料还和被捕当日一样的新鲜。

　　三年前,我遇见神经过敏的俄国的 E 君①,有一天他忽然发愁道,不知道将来的科学家,是否不至于发明一种奇妙的药品,将这注射在谁的身上,则这人即甘心永远去做服役和战争的机器了？那时我也就皱眉叹息,装作一齐发愁的模样,以示"所见略同"之至意,殊不知我国的圣君,贤臣,圣贤,圣贤之徒,却早已有过这一种黄金世界的理想了。不是"唯辟作福,唯辟作威,唯辟玉食"么？不是"君子劳心,小人劳力"么？不是"治于人者食（去声）人,治人者食于人"么？可惜理论虽已卓然,而终于没有发明十全的好方法。要服从作威就须不活,要贡献玉食就须不死；要被治就须不活,要供养治人者又须不死。人类升为万物之灵,自然是可贺的,但没有了细腰蜂的毒针,却很使圣君,贤臣,圣贤,圣贤之徒,以至现在的阔人,学者,教育家觉得棘手。将来未可知,若已往,则治人者虽然尽力施行过各种麻痹术,也还不能十分奏效,与果蠃并驱争先。即以皇帝一伦而言,便难免时常改姓易代,终没有"万年有道之长"；"二十四史"而多至二十四,就是可悲的铁证。现在又似乎有些别开生面了,世上挺生了一种所谓"特殊知识阶级"②的留学生,在研究室中研究之结

---

① 即爱罗先珂,俄国盲诗人、童话作家。
② 1925 年段祺瑞为了抵制孙中山召开国民会议的主张,成立了所谓"善后会议",当时一批曾在外国留学的人提出请愿书,说"留学者为一特殊知识阶级",要求参加"善后会议"。

果,说医学不发达是有益于人种改良的,中国妇女的境遇是极其平等的,一切道理都已不错,一切状态都已够好。E君的发愁,或者也不为无因罢,然而俄国是不要紧的,因为他们不像我们中国,有所谓"特别国情",还有所谓"特殊知识阶级"。

但这种工作,也怕终于像古人那样,不能十分奏效的罢,因为这实在比细腰蜂所做的要难得多。她于青虫,只须不动,所以仅在运动神经球上一螫,即告成功。而我们的工作,却求其能运动,无知觉,该在知觉神经中枢,加以完全的麻醉的。但知觉一失,运动也就随之失却主宰,不能贡献玉食,恭请上自"极峰"下至"特殊知识阶级"的赏收享用了。就现在而言,窃以为除了遗老的圣经贤传法,学者的进研究室主义,文学家和茶摊老板的莫谈国事律,教育家的勿视勿听勿言勿动论之外,委实还没有更好,更完全,更无流弊的方法。便是留学生的特别发见,其实也并未轶出了前贤的范围。

那么,又要"礼失而求诸野"了。夷人,现在因为想去取法,姑且称之为外国,他那里,可有较好的法子么?可惜,也没有。所有者,仍不外乎不准集会,不许开口之类,和我们中华并没有什么很不同。然亦可见至道嘉猷,人同此心,心同此理,固无华夷之限也。猛兽是单独的,牛羊则结队;野牛的大队,就会排角成城以御强敌了,但拉开一匹,定只能牟牟地叫。人民与牛马同流,——此就中国而言,夷人别有分类法云,——治之之道,自然应该禁止集合:这方法是对的。其次要防说话。人能说话,已经是祸胎了,而况有时还要做文章。所以苍颉造字,夜有鬼哭。鬼且反对,而况于官?猴子不会说话,猴界即向无风潮,——可是猴界中也没有官,但这又作别论,——确应该虚心取法,反朴归真,则口且不开,文章自灭:这方法也是对的。然而上文也不过就理论而言,至于实效,却依然是难说。最显著的例,是连那么专制的俄国,而尼古拉二世"龙御上宾"之后,罗马诺夫氏竟已"覆宗绝祀"了。要而言之,那大缺点就在虽有二大良法,而还缺其一,便是:无法禁止人们的思想。

于是我们的造物主——假如天空真有这样的一位"主子"——就可恨了:一恨其没有永远分清"治者"与"被治者";二恨其不给治者生一枝细腰蜂那样的毒针;三恨其不将被治者造得即使砍去了藏着的思想中枢的脑袋而还能动作——服役。三者得一,阔人的地位即永久稳固,统御也永久省了气力,而天下于是乎太平。今也不然,所以即使单想高高在上,暂时维持阔气,也还得日施手段,夜费心机,实在不胜其委屈劳神之至……。

假使没有了头颅,却还能做服役和战争的机械,世上的情形就何等地醒目呵!这时再不必用什么制帽勋章来表明阔人和窄人了,只要一看头之有无,便知道主奴,官民,上下,贵贱的区别。并且也不至于再闹什么革命,共和,会议等的乱子了,单是电报,就要省下许多许多来。古人毕竟聪明,仿佛早想到过这样的东西,《山海经》上就记载着一种名叫"刑天"的怪物。他没有了能想的头,却还活着,"以乳为目,以脐为口",——这一点想得很周到,否则他怎么看,怎么吃呢,——实在是很值得奉为师法的。假使我们的国民都能这样,阔人又何等安全快乐?但他又"执干戚而舞",则似乎还是死也不肯安分,和我那专为阔人图便利而设的理想底好国民又不同。陶潜先生又有诗道:"刑天舞干戚,猛志固常在。"连这位貌似旷达的老隐士也这么说,可见无头也会仍有猛志,阔人的天下一时总怕难得太平的了。但有了太多的"特殊知识阶级"的国民,也许有特在例外的希望;况且精神文明太高了之后,精神的头就会提前飞去,区区物质的头的有无也算不得什么难问题。

一九二五年四月二十二日。

(本篇最初发表于1925年4月24日
《莽原》周刊第1期,选自《坟》)

灯下漫笔

一

有一时,就是民国二三年时候,北京的几个国家银行的钞票,信用日见其好了,真所谓蒸蒸日上。听说连一向执迷于现银的乡下人,也知道这既便当,又可靠,很乐意收受,行使了。至于稍明事理的人,则不必是"特殊知识阶级",也早不将沉重累坠的银元装在怀中,来自讨无谓的苦吃。想来,除了多少对于银子有特别嗜好和爱情的人物之外,所有的怕大都是钞票了罢,而且多是本国的。但可惜后来忽然受了一个不小的打击。

就是袁世凯想做皇帝的那一年,蔡松坡先生溜出北京,到云南去起义。这边所受的影响之一,是中国和交通银行的停止兑现。虽然停止兑现,政府勒令商民照旧行用的威力却还有的;商民也自有商民的老本领,不说不要,却道找不出零钱。假如拿几十几百的钞票去买东西,我不知道怎样,但倘使只要买一枝笔,一盒烟卷呢,难道就付给一元钞票么?不但不甘心,也没有这许多票。那么,换铜元,少换几个罢,又都说没有铜元。那么,到亲戚朋友那里借现钱去罢,怎么会有?于是降格以求,不讲爱国了,要外国银行的钞票。但外国银行的钞票这时就等于现银,他如果借给你这钞票,也就借给你真的银元了。

我还记得那时我怀中还有三四十元的中交票①,可是忽而变了一个穷人,几乎要绝食,很有些恐慌。俄国革命以后的藏着纸卢布的富翁的心情,恐怕也就这样的罢;至多,不过更深更大罢了。我只得探听,钞票可能折价换到现银呢?说是没有行市。幸而终于,暗暗地有了行市了:六折几。我非常高兴,赶紧去卖了一半。后来又涨到七折了,我更非常高兴,全去换了现银,沉垫垫地坠在怀中,似乎这就是我的性命的斤两。倘在平时,钱铺子如果少给我一个铜元,我是决不答应的。

但我当一包现银塞在怀中,沉垫垫地觉得安心,喜欢的时候,却突然起了另一思想,就是:我们极容易变成奴隶,而且变了之后,还万分喜欢。

假如有一种暴力,"将人不当人",不但不当人,还不及牛马,不算什么东西;待到人们羡慕牛马,发生"乱离人,不及太平犬"的叹息的时候,然后给与他略等于牛马的价格,有如元朝定律,打死别人的奴隶,赔一头牛,则人们便要心悦诚服,恭颂太平的盛世。为什么呢?因为他虽不算人,究竟已等于牛马了。

我们不必恭读《钦定二十四史》,或者入研究室,审察精神文明的高超。只要一翻孩子所读的《鉴略》,——还嫌烦重,则看《历代纪元编》,就知道"三千余年古国古"的中华,历来所闹的就不过是这一个小玩艺。但在新近编纂的所谓"历史教科书"一流东西里,却不大看得明白了,只仿佛说:咱们向来就很好的。

但实际上,中国人向来就没有争到过"人"的价格,至多不过是奴隶,到现在还如此,然而下于奴隶的时候,却是数见不鲜的。

---

① 指当时中国银行和交通银行发行的钞票。

中国的百姓是中立的,战时连自己也不知道属于那一面,但又属于无论那一面。强盗来了,就属于官,当然该被杀掠;官兵既到,该是自家人了罢,但仍然要被杀掠,仿佛又属于强盗似的。这时候,百姓就希望有一个一定的主子,拿他们去做百姓,——不敢,是拿他们去做牛马,情愿自己寻草吃,只求他决定他们怎样跑。

假使真有谁能够替他们决定,定下什么奴隶规则来,自然就"皇恩浩荡"了。可惜的是往往暂时没有谁能定。举其大者,则如五胡十六国的时候,黄巢的时候,五代时候,宋末元末时候,除了老例的服役纳粮以外,都还要受意外的灾殃。张献忠的脾气更古怪了,不服役纳粮的要杀,服役纳粮的也要杀,敌他的要杀,降他的也要杀:将奴隶规则毁得粉碎。这时候,百姓就希望来一个另外的主子,较为顾及他们的奴隶规则的,无论仍旧,或者新颁,总之是有一种规则,使他们可上奴隶的轨道。

"时日曷丧,予及汝偕亡!"愤言而已,决心实行的不多见。实际上大概是群盗如麻,纷乱至极之后,就有一个较强,或较聪明,或较狡滑,或是外族的人物出来,较有秩序地收拾了天下。厘定规则:怎样服役,怎样纳粮,怎样磕头,怎样颂圣。而且这规则是不像现在那样朝三暮四的。于是便"万姓胪欢"了;用成语来说,就叫作"天下太平"。

任凭你爱排场的学者们怎样铺张,修史时候设些什么"汉族发祥时代""汉族发达时代""汉族中兴时代"的好题目,好意诚然是可感的,但措辞太绕湾子了。有更其直捷了当的说法在这里——

一,想做奴隶而不得的时代;
二,暂时做稳了奴隶的时代。

这一种循环,也就是"先儒"之所谓"一治一乱";那些作乱人物,从后日的"臣民"看来,是给"主子"清道辟路的,所以说:"为圣天子驱除云尔。"

现在入了那一时代,我也不了然。但看国学家的崇奉国粹,文学家的赞叹固有文明,道学家的热心复古,可见于现状都已不满了。然而我们究竟正向着那一条路走呢?百姓是一遇到莫名其妙的战争,稍富的迁进租界,妇孺则避入教堂里去了,因为那些地方都比较的"稳",暂不至于想做奴隶而不得。总而言之,复古的,避难的,无智愚贤不肖,似乎都已神往于三百年前的太平盛世,就是"暂时做稳了奴隶的时代"了。

但我们也就都像古人一样,永久满足于"古已有之"的时代么?都像复古家一样,不满于现在,就神往于三百年前的太平盛世么?

自然,也不满于现在的,但是,无须反顾,因为前面还有道路在。而创造这中国历史上未曾有过的第三样时代,则是现在的青年的使命!

二

但是赞颂中国固有文明的人们多起来了,加之以外国人。我常常想,凡有来到中国的,倘能疾首蹙额而憎恶中国,我敢诚意地捧献我的感谢,因为他一定是不愿意吃中国人的肉的!

鹤见祐辅氏在《北京的魅力》中,记一个白人将到中国,预定的暂住时候是一年,但五年之后,还在北京,而且不想回去了。有一天,他们两人一同吃晚饭——

"在圆的桃花心木的食桌前坐定,川流不息地献着山海的珍味,谈话就从古董,画,政治这些开头。电灯上罩着支那式的灯罩,淡淡的光洋溢于古物罗列的屋子中。什么无产阶级呀,Proletariat①呀那些事,就像不过在什么地方刮风。

"我一面陶醉在支那生活的空气中,一面深思着对于外人有着'魅力'的这东西。元人也曾征服支那,而被征服于汉人种的生活美了;满人也征服支那,而被征服于汉人种的生活美了。现在西洋人也一样,嘴里虽然说着Democracy②呀,什么什么呀,而却被魅于支那人费六千年而建筑起来的生活的美。一经仕过北京,就忘不掉那生活的味道。大风时候的万丈的沙尘,每三月一回的督军们的开战游戏,都不能抹去这支那生活的魅力。"

这些话我现在还无力否认他。我们的古圣先贤既给与我们保古守旧的格言,但同时也排好了用子女玉帛所做的奉献于征服者的大宴。中国人的耐劳,中国人的多子,都就是办酒的材料,到现在还为我们的爱国者所自诩的。西洋人初入中国时,被称为蛮夷,自不免个个蹙额,但是,现在则时机已至,到了我们将曾经献于北魏,献于金,献于元,献于清的盛宴,来献给他们的时候了。出则汽车,行则保护:虽遇清道,然而通行自由的;虽或被劫,然而必得赔偿的;孙美瑶③掳去他们站在军前,还使官兵不敢开火。何况在华屋中享用盛宴呢? 待到享受盛宴的时候,自然也就是赞颂中国固有文明的时候;但是我们的有些乐观的爱国者,也许反而欣然色喜,以为他们将要开始被中国同化了罢。古人曾以女人作苟安的城堡,美其名以自欺曰"和亲",今人还用子女玉帛为作奴的贽敬,又美其名曰"同化"。所以倘有外国的谁,到了已有赴宴的资格的现在,而还替我们诅咒中国的现状者,这才是真有良心的真可佩服的人!

---

① 英语,意为无产阶级。
② 英语,意为民主。
③ 孙美瑶是占领山东抱犊崮的土匪首领。1923年5月5日他在津浦路临城站劫车,掳去中外旅客二百多人。

但我们自己是早已布置妥帖了，有贵贱，有大小，有上下。自己被人凌虐，但也可以凌虐别人；自己被人吃，但也可以吃别人。一级一级的制驭着，不能动弹，也不想动弹了。因为倘一动弹，虽或有利，然而也有弊。我们且看古人的良法美意罢——

"天有十日，人有十等。下所以事上，上所以共神也。故王臣公，公臣大夫，大夫臣士，士臣皂，皂士臣舆，舆臣隶，隶臣僚，僚臣仆，仆臣台。"（《左传》昭公七年）

但是"台"没有臣，不是太苦了么？无须担心的，有比他更卑的妻，更弱的子在。而且其子也很有希望，他日长大，升而为"台"，便又有更卑更弱的妻子，供他驱使了。如此连环，各得其所，有敢非议者，其罪名曰不安分！

虽然那是古事，昭公七年离现在也太辽远了，但"复古家"尽可不必悲观的。太平的景象还在：常有兵燹，常有水旱，可有谁听到大叫唤么？打的打，革的革，可有处士来横议么？对国民如何专横，向外人如何柔媚，不犹是差等的遗风么？中国固有的精神文明，其实并未为共和二字所埋没，只有满人已经退席，和先前稍不同。

因此我们在目前，还可以亲见各式各样的筵宴，有烧烤，有翅席，有便饭，有西餐。但茅檐下也有淡饭，路傍也有残羹，野上也有饿莩；有吃烧烤的身价不赀的阔人，也有饿得垂死的每斤八文的孩子（见《现代评论》二十一期）。所谓中国的文明者，其实不过是安排给阔人享用的人肉的筵宴。所谓中国者，其实不过是安排这人肉的筵宴的厨房。不知道而赞颂者是可恕的，否则，此辈当得永远的诅咒！

外国人中，不知道而赞颂者，是可恕的；占了高位，养尊处优，因此受了蛊惑，昧却灵性而赞叹者，也还可恕的。可是还有两种，其一是以中国人为劣种,只配悉照原来模样,因而故意称赞中国的旧物。其一是愿世间人各不相同以增自己旅行的兴趣,到中国看辫子,到日本看木屐,到高丽看笠子,倘若服饰一样,便索然无味了,因而来反对亚洲的欧化。这些都可憎恶。至于罗素在西湖见轿夫含笑,便赞美中国人,则也许别有意思罢。但是,轿夫如果能对坐轿的人不含笑,中国也早不是现在似的中国了。

这文明,不但使外国人陶醉,也早使中国一切人们无不陶醉而且至于含笑。因为古代传来而至今还在的许多差别,使人们各各分离,遂不能再感到别人的痛苦;并且因为自己各有奴使别人,吃掉别人的希望,便也就忘却自己同有被奴使被吃掉的将来。于是大小无数的人肉的筵宴,即从有文明以来一直排到现在,人们就在这会场中吃人,被吃,以凶人的愚妄的欢呼,将悲惨的弱者的呼号遮掩,更不消说女人和小儿。

这人肉的筵宴现在还排着,有许多人还想一直排下去。扫荡这些食人者,掀掉这筵席,毁坏这厨房,则是现在的青年的使命!

一九二五年四月二十九日。

(本篇最初发表于 1925 年 5 月 1 日、22 日《莽原》周刊第 2 期、第 5 期,选自《坟》)

论"他妈的!"

无论是谁,只要在中国过活,便总得常听到"他妈的"或其相类的口头禅。我想:这话的分布,大概就跟着中国人足迹之所至罢;使用的遍数,怕也未必比客气的"您好呀"会更少。假使依或人所说,牡丹是中国的"国花",那么,这就可以算是中国的"国骂"了。

我生长于浙江之东,就是西滢先生之所谓"某籍"①。那地方通行的"国骂"却颇简单:专以"妈"为限,决不牵涉余人。后来稍游各地,才始惊异于国骂之博大而精微:上溯祖宗,旁连姊妹,下递子孙,普及同性,真是"犹河汉而无极也"。而且,不特用于人,也以施之兽。前年,曾见一辆煤车的只轮陷入很深的辙迹里,车夫便愤然跳下,出死力打那拉车的骡子道:"你姊姊的!你姊姊的!"

别的国度里怎样,我不知道。单知道诺威人 Hamsun② 有一本小说叫《饥饿》,粗野的口吻是很多的,但我并不见这一类话。Gorky③ 所写的小说中多无赖汉,就我所看过的而言,也没有这骂

---

① 陈西滢在《闲话》中说女师大风潮"有在北京教育界占最大势力的某籍某系的人在暗中鼓动",攻击籍贯是浙江的鲁迅。
② 即哈姆生,挪威小说家。
③ 即苏联作家高尔基。

法。惟独 Artzybashev① 在《工人绥惠略夫》里,却使无抵抗主义者亚拉借夫骂了一句"你妈的"。但其时他已经决计为爱而牺牲了,使我们也失却笑他自相矛盾的勇气。这骂的翻译,在中国原极容易的,别国却似乎为难,德文译本作"我使用过你的妈",日文译本作"你的妈是我的母狗"。这实在太费解,——由我的眼光看起来。

那么,俄国也有这类骂法的了,但因为究竟没有中国似的精博,所以光荣还得归到这边来。好在这究竟又并非什么大光荣,所以他们大约未必抗议;也不如"赤化"之可怕,中国的阔人,名人,高人,也不至于骇死的。但是,虽在中国,说的也独有所谓"下等人",例如"车夫"之类,至于有身份的上等人,例如"士大夫"之类,则决不出之口,更何况笔之于书。"予生也晚",赶不上周朝,未为大夫,也没有做士,本可以放笔直干的,然而终于改头换面,从"国骂"上削去一个动词和一个名词,又改对称为第三人称者,恐怕还因为到底未曾拉车,因而也就不免"有点贵族气味"之故。那用途,既然只限于一部分,似乎又有些不能算作"国骂"了;但也不然,阔人所赏识的牡丹,下等人又何尝以为"花之富贵者也"?

这"他妈的"的由来以及始于何代,我也不明白。经史上所见骂人的话,无非是"役夫","奴","死公";较厉害的,有"老狗","貉子";更厉害,涉及先代的,也不外乎"而母婢也","赘阉遗丑"罢了!还没见过什么"妈的"怎样,虽然也许是士大夫讳而不录。但《广弘明集》(七)记北魏邢子才"以为妇人不可保。谓元景曰,'卿何必姓王?'元景变色。子才曰,'我亦何必姓邢;能保五世耶?'"则颇有可以推见消息的地方。

晋朝已经是人重门第,重到过度了;华胄世业,子弟便易于得

---

① 即俄国作家阿尔志跋绥夫。

官;即使是一个酒囊饭袋,也还是不失为清品。北方疆土虽失于拓跋氏,士人却更其发狂似的讲究阀阅,区别等第,守护极严。庶民中纵有俊才,也不能和大姓比并。至于大姓,实不过承祖宗余荫,以旧业骄人,空腹高心,当然使人不耐。但士流既然用祖宗做护符,被压迫的庶民自然也就将他们的祖宗当作仇敌。邢子才的话虽然说不定是否出于愤激,但对于躲在门第下的男女,却确是一个致命的重伤。势位声气,本来仅靠了"祖宗"这惟一的护符而存,"祖宗"倘一被毁,便什么都倒败了。这是倚赖"余荫"的必得的果报。

同一的意思,但没有邢子才的文才,而直出于"下等人"之口的,就是:"他妈的!"

要攻击高门大族的坚固的旧堡垒,却去瞄准他的血统,在战略上,真可谓奇谲的了。最先发明这一句"他妈的"的人物,确要算一个天才,——然而是一个卑劣的天才。

唐以后,自夸族望的风气渐渐消除;到了金元,已奉夷狄为帝王,自不妨拜屠沽作卿士,"等"的上下本该从此有些难定了,但偏还有人想辛辛苦苦地爬进"上等"去。刘时中的曲子里说:"堪笑这没见识街市匹夫,好打那好顽劣。江湖伴侣,旋将表德官名相体呼,声音多厮称,字样不寻俗。听我一个个细数:粜米的唤子良;卖肉的呼仲甫……开张卖饭的呼君宝;磨面登罗底叫德夫:何足云乎?!"(《乐府新编阳春白雪》三)这就是那时的暴发户的丑态。

"下等人"还未暴发之先,自然大抵有许多"他妈的"在嘴上,但一遇机会,偶窃一位,略识几字,便即文雅起来:雅号也有了;身份也高了;家谱也修了,还要寻一个始祖,不是名儒便是名臣。从此化为"上等人",也如上等前辈一样,言行都很温文尔雅。然而愚民究竟也有聪明的,早已看穿了这鬼把戏,所以又有俗谚,说:"口上仁义礼智,心里男盗女娼!"他们是很明白的。

于是他们反抗了,曰:"他妈的!"

但人们不能蔑弃扫荡人我的余泽和旧荫,而硬要去做别人的祖宗,无论如何,总是卑劣的事。有时,也或加暴力于所谓"他妈的"的生命上,但大概是乘机,而不是造运会,所以无论如何,也还是卑劣的事。

中国人至今还有无数"等",还是依赖门第,还是倚仗祖宗。倘不改造,即永远有无声的或有声的"国骂"。就是"他妈的",围绕在上下和四旁,而且这还须在太平的时候。

但偶尔也有例外的用法:或表惊异,或表感服。我曾在家乡看见乡农父子一同午饭,儿子指一碗菜向他父亲说:"这不坏,妈的你尝尝看!"那父亲回答道:"我不要吃。妈的你吃去罢!"则简直已经醇化为现在时行的"我的亲爱的"的意思了。

一九二五年七月十九日。

(本篇最初发表于 1925 年 7 月 27 日
《语丝》周刊第 37 期,选自《坟》)

论睁了眼看

　　虚生先生所做的时事短评中,曾有一个这样的题目:《我们应该有正眼看各方面的勇气》(《猛进》十九期)。诚然,必须敢于正视,这才可望敢想,敢说,敢作,敢当。倘使并正视而不敢,此外还能成什么气候。然而,不幸这一种勇气,是我们中国人最所缺乏的。

　　但现在我所想到的是别一方面——

　　中国的文人,对于人生,——至少是对于社会现象,向来就多没有正视的勇气。我们的圣贤,本来早已教人"非礼勿视"的了;而这"礼"又非常之严,不但"正视",连"平视""斜视"也不许。现在青年的精神未可知,在体质,却大半还是弯腰曲背,低眉顺眼,表示着老牌的老成的子弟,驯良的百姓,——至于说对外却有大力量,乃是近一月来的新说,还不知道究竟是如何。

　　再回到"正视"问题去:先既不敢,后便不能,再后,就自然不视,不见了。一辆汽车坏了,停在马路上,一群人围着呆看,所得的结果是一团乌油油的东西。然而由本身的矛盾或社会的缺陷所生的苦痛,虽不正视,却要身受的。文人究竟是敏感人物,从他们的作品上看来,有些人确也早已感到不满,可是一到快要显露缺陷的危机一发之际,他们总即刻连说"并无其事",同时便闭上了眼睛。这闭着的眼睛便看见一切圆满,当前的苦痛不过是"天之将降大任于是人也,必先苦其心志,劳其筋骨,饿其体肤,空乏其身,行拂乱其所为。"于是无问题,无缺陷,无不平,也就无解决,无改革,无反抗。因为凡事总要"团圆",正无须我们焦躁;放心喝茶,睡觉大吉。再说费话,就有"不合时宜"之咎,免不了要受大学教授的纠正了。呸!

我并未实验过,但有时候想:倘将一位久蛰洞房的老太爷抛在夏天正午的烈日底下,或将不出闺门的千金小姐拖到旷野的黑夜里,大概只好闭了眼睛,暂续他们残存的旧梦,总算并没有遇到暗或光,虽然已经是绝不相同的现实。中国的文人也一样,万事闭眼睛,聊以自欺,而且欺人,那方法是:瞒和骗。

中国婚姻方法的缺陷,才子佳人小说作家早就感到了,他于是使一个才子在壁上题诗,一个佳人便来和,由倾慕——现在就得称恋爱——而至于有"终身之约"。但约定之后,也就有了难关。我们都知道,"私订终身"在诗和戏曲或小说上尚不失为美谈(自然只以与终于中状元的男人私订为限),实际却不容于天下的,仍然免不了要离异。明末的作家便闭上眼睛,并这一层也加以补救了,说是:才子及第,奉旨成婚。"父母之命媒妁之言"经这大帽子来一压,便成了半个铅钱也不值,问题也一点没有了。假使有之,也只在才子的能否中状元,而决不在婚姻制度的良否。

(近来有人以为新诗人的做诗发表,是在出风头,引异性;且迁怒于报章杂志之滥登。殊不知即使无报,墙壁实"古已有之",早做过发表机关了;据《封神演义》,纣王已曾在女娲庙壁上题诗,那起源实在非常之早。报章可以不取白话,或排斥小诗,墙壁却拆不完,管不及的;倘一律刷成黑色,也还有破磁可划,粉笔可书,真是穷于应付。做诗不刻木板,去藏之名山,却要随时发表,虽然很有流弊,但大概是难以杜绝的罢。)

《红楼梦》中的小悲剧,是社会上常有的事,作者又是比较的敢于实写的,而那结果也并不坏。无论贾氏家业再振,兰桂齐芳,即宝玉自己,也成了个披大红猩猩毡斗篷的和尚。和尚多矣,但披这样阔斗篷的能有几个,已经是"入圣超凡"无疑了。至于别的人们,则早在册子里一一注定,末路不过是一个归结:是问题的结束,不是问题的开头。读者即小有不安,也终于奈何不得。然而后来或续或改,非借尸还魂,即冥中另配,必令"生旦当场团圆",才肯放手者,乃是自欺欺人的瘾太大,所以看了小小骗局,还不甘心,定须闭眼胡说一通而后快。赫克尔(E. Haeckel)说过:人和人之差,有时比类人猿和原人之差还远。我们将《红楼梦》的续作者和原作者一比较,就会承认这话大概是确实的。

"作善降祥"的古训,六朝人本已有些怀疑了,他们作墓志,竟会说"积善不报,终自欺人"的话。但后来的昏人,却又瞒起来。元刘信将三岁痴儿抛入醮纸火盆,妄希福祐,是见于《元典章》的;剧本《小张屠焚儿救母》却道是为母延命,命得延,儿亦不死了。一女愿侍痼疾之夫,《醒世恒言》中还说终于一同自杀的;后来改作的却道是有蛇坠入药罐里,丈夫服后便全愈了。凡有缺陷,一经作者粉饰,后半便大抵改观,使读者落诬妄中,以为世间委实尽够光明,谁有不幸,便是自作,自受。

有时遇到彰明的史实,瞒不下,如关羽岳飞的被杀,便只好别设骗局了。一是前世已造夙因,如岳飞;一是死后使他成神,如关羽。定命不可逃,成神的善报更满人意,所以杀人者不足责,被杀者也不足悲,冥冥中自有安排,使他们各得其所,正不必别人来费力了。

中国人的不敢正视各方面,用瞒和骗,造出奇妙的逃路来,而自以为正路。在这路上,就证明着国民性的怯弱,懒惰,而又巧滑。一天一天的满足着,即一天一天的堕落着,但却又觉得日见其光荣。在事实上,亡国一次,即添加几个殉难的忠臣,后来每不想光复旧物,而只去赞美那几个忠臣;遭劫一次,即造成一群不辱的烈女,事过之后,也每每不思惩凶,自卫,却只顾歌咏那一群烈女。仿佛亡国遭劫的事,反而给中国人发挥"两间正气"的机会,增高价值,即在此一举,应该一任其至,不足忧悲似的。自然,此上也无可为,因为我们已经借死人获得最上的光荣了。沪汉烈士的追悼会①中,活的人们在一块很可景仰的高大的木主下互相打骂,也就是和我们的先辈走着同一的路。

文艺是国民精神所发的火光,同时也是引导国民精神的前途的灯火。这是互为因果的,正如麻油从芝麻榨出,但以浸芝麻,就使它更油。倘以油为上,就不必说;否则,当参入别的东西,或水或硷去。中国人向来因为不敢正视人生,只好瞒和骗,由此也生出瞒和骗的文艺来,由这文艺,更令中国人更深地陷入瞒和骗的大泽中,甚而至于已经自己不觉得。世界日日改变,我们的作家取下假面,真诚地,深入地,大胆地看取人生并且写出他的血和肉来的时候早到了;早就应该有一片崭新的文场,早就应该有几个凶猛的闯将!

现在,气象似乎一变,到处听不见歌吟花月的声音了,代之而起的是铁和血的赞颂。然而倘以欺瞒的心,用欺瞒的嘴,则无论说 A 和 O,或 Y 和 Z,一样是虚假的;只可以吓哑了先前鄙薄花月的所谓批评家的嘴,满足地以为中国就要中兴。可怜他在"爱国"的大帽子底下又闭上了眼睛了——或者本来就闭着。

没有冲破一切传统思想和手法的闯将,中国是不会有真的新文艺的。

一九二五年七月二十二日。

(本篇最初发表于 1925 年 8 月 3 日
《语丝》周刊第 38 期,选自《坟》)

---

① 指 1925 年 6 月 25 日北京群众为五卅惨案而在天安门前召开的沪汉烈士追悼会。

忽 然 想 到

三

我想,我的神经也许有些瞀乱了。否则,那就可怕。

我觉得仿佛久没有所谓中华民国。

我觉得革命以前,我是做奴隶;革命以后不多久,就受了奴隶的骗,变成他们的奴隶了。

我觉得有许多民国国民而是民国的敌人。

我觉得有许多民国国民很像住在德法等国里的犹太人,他们的意中别有一个国度。

我觉得许多烈士的血都被人们踏灭了,然而又不是故意的。

我觉得什么都要从新做过。

退一万步说罢,我希望有人好好地做一部民国的建国史给少年看,因为我觉得民国的来源,实在已经失传了,虽然还只有十四年!

二月十二日。

四

先前,听到二十四史不过是"相斫书",是"独夫的家谱"一类的话,便以为诚然。后来自己看起来,明白了:何尝如此。

历史上都写着中国的灵魂,指示着将来的命运,只因为涂饰太厚,废话太多,所以很不容易察出底细来。正如通过密叶投射在莓苔上面的月光,只看见点点的碎影。但如看野史和杂记,可更容易了然了,因为他们究竟不必太摆史官的架子。

秦汉远了,和现在的情形相差已多,且不道。元人著作寥寥。至于唐宋明的杂史之类,则现在多有。试将记五代,南宋,明末的事情的,和现今的状况一比较,就当惊心动魄于何其相似之甚,仿佛时间的流驶,独与我们中国无关。现在的中华民国也还是五代,是宋末,是明季。

以明末例现在,则中国的情形还可以更腐败,更破烂,更凶酷,更残虐,现在还不算达到极点。但明末的腐败破烂也还未达到极点,因为李自成,张献忠闹起来了。而张李的凶酷残虐也还未达到极点,因为满洲兵进来了。

难道所谓国民性者,真是这样地难于改变的么?倘如此,将来的命运便大略可想了,也还是一句烂熟的话:古已有之。

伶俐人实在伶俐,所以,决不攻难古人,摇动古例的。古人做过的事,无论什么,今人也都会做出来。而辩护古人,也就是辩护自己。况且我们是神州华胄,敢不"绳其祖武"么?

幸而谁也不敢十分决定说:国民性是决不会改变的。在这"不可知"中,虽可有破例——即其情形为从来所未有——的灭亡的恐怖,也可以有破例的复生的希望,这或者可作改革者的一点慰藉罢。

但这一点慰藉,也会勾消在许多自诩古文明者流的笔上,淹死在许多诬告新文明者流的嘴上,扑灭在许多假冒新文明者流的言动上,因为相似的老例,也是"古已有之"的。

其实这些人是一类,都是伶俐人,也都明白,中国虽完,自己的精神是不会苦的,——因为都能变出合式的态度来。倘有不信,请看清朝的汉人所做的颂扬武功的文章去,开口"大兵",闭口"我军",你能料得到被这"大兵""我军"所败的就是汉人的么?你将以为汉人带了兵将别的一种什么野蛮腐败民族歼灭了。

然而这一流人是永远胜利的,大约也将永久存在。在中国,惟他们最适于生存,而他们生存着的时候,中国便永远免不掉反复着先前的运命。

"地大物博,人口众多",用了这许多好材料,难道竟不过老是演一出轮回把戏而已么?

二月十六日。

(本篇最初发表于1925年2月14日、20日《京报副刊》,选自《华盖集》)

夏 三 虫

夏天近了,将有三虫:蚤,蚊,蝇。

假如有谁提出一个问题,问我三者之中,最爱什么,而且非爱一个不可,又不准像"青年必读书"那样的缴白卷的。我便只得回答道:跳蚤。

跳蚤的来吮血,虽然可恶,而一声不响地就是一口,何等直截爽快。蚊子便不然了,一针叮进皮肤,自然还可以算得有点彻底的,但当未叮之前,要哼哼地发一篇大议论,却使人觉得讨厌。如果所哼的是在说明人血应该给它充饥的理由,那可更其讨厌了,幸而我不懂。

野雀野鹿,一落在人手中,总时时刻刻想要逃走。其实,在山林间,上有鹰鹯,下有虎狼,何尝比在人手里安全。为什么当初不逃到人类中来,现在却要逃到鹰鹯虎狼间去?或者,鹰鹯虎狼之于它们,正如跳蚤之于我们罢。肚子饿了,抓着就是一口,决不谈道理,弄玄虚。被吃者也无须在被吃之前,先承认自己之理应被吃,心悦诚服,誓死不二。人类,可是也颇擅长于哼哼的了,害中取小,它们的避之惟恐不速,正是绝顶聪明。

苍蝇嗡嗡地闹了大半天,停下来也不过舐一点油汗,倘有伤痕或疮疖,自然更占一些便宜;无论怎么好的,美的,干净的东西,又总喜欢一律拉上一点蝇矢。但因为只舐一点油汗,只添一点腌臜,在麻木的人们还没有切肤之痛,所以也就将它放过了。中国人还不很知道它能够传播病菌,捕蝇运动大概不见得兴盛。它们的运命是长久的;还要更繁殖。

但它在好的,美的,干净的东西上拉了蝇矢之后,似乎还不至于欣欣然反过来嘲笑这东西的不洁:总要算还有一点道德的。

古今君子,每以禽兽斥人,殊不知便是昆虫,值得师法的地方也多着哪。

四月四日。

(本篇最初发表于1925年4月7日《京报》附刊
《民众文艺周刊》第16号,选自《华盖集》)

忽然想到

五

我生得太早一点,连康有为们"公车上书"的时候,已经颇有些年纪了。政变之后,有族中的所谓长辈也者教诲我,说:康有为是想篡位,所以他的名字叫有为;有者,"富有天下",为者,"贵为天子"也。非图谋不轨而何?我想:诚然。可恶得很!

长辈的训诲于我是这样的有力,所以我也很遵从读书人家的家教。屏息低头,毫不敢轻举妄动。两眼下视黄泉,看天就是傲慢,满脸装出死相,说笑就是放肆。我自然以为极应该的,但有时心里也发生一点反抗。心的反抗,那时还不算什么犯罪,似乎诛心之律,倒不及现在之严。

但这心的反抗,也还是大人们引坏的,因为他们自己就常常随便大说大笑,而单是禁止孩子。黔首们看见秦始皇那么阔气,捣乱的项羽道:"彼可取而代也!"没出息的刘邦却说:"大丈夫不当如是耶?"我是没出息的一流,因为羡慕他们的随意说笑,就很希望赶忙变成大人,——虽然此外也还有别种的原因。

大丈夫不当如是耶,在我,无非只想不再装死而已,欲望也并不甚奢。

现在,可喜我已经大了,这大概是谁也不能否认的罢,无论用了怎样古怪的"逻辑"。

我于是就抛了死相,放心说笑起来,而不意立刻又碰了正经人的钉子:说是使他们"失望"了。我自然是知道的,先前是老人们的世界,现在是少年们的世界了;但竟不料治世的人们虽异,而其禁止说笑也则同。那么,我的死相也还得装下去,装下去,"死而后已",岂不痛哉!

我于是又恨我生得太迟一点。何不早二十年,赶上那大人还准说笑的时候?真是"我生不辰",正当可诅咒的时候,活在可诅咒的地方了。

约翰弥耳说:专制使人们变成冷嘲。我们却天下太平,连冷嘲也没有。我想:暴君的专制使人们变成冷嘲,愚民的专制使人们变成死相。大家渐渐死下去,而自己反以为卫道有效,这才渐近于正经的活人。

世上如果还有真要活下去的人们,就先该敢说,敢笑,敢哭,敢怒,敢骂,敢打,在这可诅咒的地方击退了可诅咒的时代!

四月十四日。

六

外国的考古学者们[1]联翩而至了。

久矣夫,中国的学者们也早已口口声声的叫着"保古!保古!保古!……"

---

[1] 这里指借考古之名来我国掠夺文物的西方人。这些人先后在我国和阗、敦煌等地盗走大批珍贵文物。

但是不能革新的人种,也不能保古的。

所以,外国的考古学者们便联翩而至了。

长城久成废物,弱水也似乎不过是理想上的东西。老大的国民尽钻在僵硬的传统里,不肯变革,衰朽到毫无精力了,还要自相残杀。于是外面的生力军很容易地进来了,真是"匪今斯今,振古如兹"。至于他们的历史,那自然都没我们的那么古。

可是我们的古也就难保,因为土地先已危险而不安全。土地给了别人,则"国宝"虽多,我觉得实在也无处陈列。

但保古家还在痛骂革新,力保旧物地干:用玻璃板印些宋版书,每部定价几十几百元;"涅槃!涅槃!涅槃!"佛自汉时已入中国,其古色古香为何如哉!买集些旧书和金石,是勋古爱国之士,略作考证,赶印目录,就升为学者或高人。而外国人所得的古董,却每从高人的高尚的袖底里共清风一同流出。即不然,归安陆氏的䀹宋,潍县陈氏的十钟,[①]其子孙尚能世守否?

现在,外国的考古学者们便联翩而至了。

他们活有余力,则以考古,但考古尚可,帮同保古就更可怕了。有些外人,很希望中国永是一个大古董以供他们的赏鉴,这虽然可恶,却还不奇,因为他们究竟是外人。而中国竟也有自己还不够,并且要率领了少年,赤子,共成一个大古董以供他们的赏鉴者,则真不知是生着怎样的心肝。

中国废止读经了,教会学校不是还请腐儒做先生,教学生读"四书"么?民国废去跪拜了,犹太学校不是偏请遗老做先生,要学生磕头拜寿么?外国人办给中国人看的报纸,不是最反对五四以来的小改革么?而外国总主笔治下的中国小主笔,则倒是崇拜

[①] "䀹宋"指清代陆心源的䀹宋楼所藏二百种宋版书,"十钟"指清代陈介祺收藏的十口古代乐器钟。后来均由其后代卖给日本人。

道学,保存国粹的!

  但是,无论如何,不革新,是生存也为难的,而况保古。现状就是铁证,比保古家的万言书有力得多。

  我们目下的当务之急,是:一要生存,二要温饱,三要发展。苟有阻碍这前途者,无论是古是今,是人是鬼,是《三坟》《五典》,百宋千元,天球河图,金人玉佛,祖传丸散,秘制膏丹,全都踏倒他。

  保古家大概总读过古书,"林回弃千金之璧,负赤子而趋",该不能说是禽兽行为罢。那么,弃赤子而抱千金之璧的是什么?

四月十八日。

(本篇最初发表于 1925 年 4 月 18 日、22 日《京报副刊》,选自《华盖集》)

杂　感

　　人们有泪,比动物进化,但即此有泪,也就是不进化,正如已经只有盲肠,比鸟类进化,而究竟还有盲肠,终不能很算进化一样。凡这些,不但是无用的赘物,还要使其人达到无谓的灭亡。

　　现今的人们还以眼泪赠答,并且以这为最上的赠品,因为他此外一无所有。无泪的人则以血赠答,但又各各拒绝别人的血。

　　人大抵不愿意爱人下泪。但临死之际,可能也不愿意爱人为你下泪么?无泪的人无论何时,都不愿意爱人下泪,并且连血也不要:他拒绝一切为他的哭泣和灭亡。

　　人被杀于万众聚观之中,比被杀在"人不知鬼不觉"的地方快活,因为他可以妄想,博得观众中的或人的眼泪。但是,无泪的人无论被杀在什么所在,于他并无不同。

　　杀了无泪的人,一定连血也不见。爱人不觉他被杀之惨,仇人也终于得不到杀他之乐:这是他的报恩和复仇。

　　死于敌手的锋刃,不足悲苦;死于不知何来的暗器,却是悲苦。但最悲苦的是死于慈母或爱人误进的毒药,战友乱发的流弹,病菌的并无恶意的侵入,不是我自己制定的死刑。

仰慕往古的,回往古去罢!想出世的,快出世罢!想上天的,快上天罢!灵魂要离开肉体的,赶快离开罢!现在的地上,应该是执着现在,执着地上的人们居住的。

但厌恶现世的人们还住着。这都是现世的仇仇,他们一日存在,现世即一日不能得救。

先前,也曾有些愿意活在现世而不得的人们,沉默过了,呻吟过了,叹息过了,哭泣过了,哀求过了,但仍然愿意活在现世而不得,因为他们忘却了愤怒。

勇者愤怒,抽刃向更强者;怯者愤怒,却抽刃向更弱者。不可救药的民族中,一定有许多英雄,专向孩子们瞪眼。这些孱头们!

孩子们在瞪眼中长大了,又向别的孩子们瞪眼,并且想:他们一生都过在愤怒中。因为愤怒只是如此,所以他们要愤怒一生,——而且还要愤怒二世,三世,四世,以至末世。

无论爱什么,——饭,异性,国,民族,人类等,——只有纠缠如毒蛇,执着如怨鬼,二六时中①,没有已时者有望。但太觉疲劳时,也无妨休息一会罢;但休息之后,就再来一回罢,而且两回,三回……。血书,章程,请愿,讲学,哭,电报,开会,挽联,演说,神经衰弱,则一切无用。

血书所能挣来的是什么?不过就是你的一张血书,况且并不好看。至于神经衰弱,其实倒是自己生了病,你不要再当作宝贝了,我的可敬爱而讨厌的朋友呀!

我们听到呻吟,叹息,哭泣,哀求,无须吃惊。见了酷烈的沉默,就应该留心了;见有什么像毒蛇似的在尸林中蜿蜒,怨鬼似的在黑暗中奔驰,就更应该留心了:这在豫告"真的愤怒"将要到来。

---

① 即十二个时辰,整天整夜的意思。

那时候,仰慕往古的就要回往古去了,想出世的要出世去了,想上天的要上天了,灵魂要离开肉体的就要离开了!……

五月五日。

(本篇最初发表于1925年5月8日北京《莽原》周刊第3期,选自《华盖集》)

北京通信

蕴儒,培良两兄:

昨天收到两份《豫报》,使我非常快活,尤其是见了那《副刊》。因为它那蓬勃的朝气,实在是在我先前的豫想以上。你想:从有着很古的历史的中州①,传来了青年的声音,仿佛在预告这古国将要复活,这是一件如何可喜的事呢?

倘使我有这力量,我自然极愿意有所贡献于河南的青年。但不幸我竟力不从心,因为我自己也正站在歧路上,——或者,说得较有希望些:站在十字路口。站在歧路上是几乎难于举足,站在十字路口,是可走的道路很多。我自己,是什么也不怕的,生命是我自己的东西,所以我不妨大步走去,向着我自以为可以走去的路;即使前面是深渊,荆棘,狭谷,火坑,都由我自己负责。然而向青年说话可就难了,如果盲人瞎马,引入危途,我就该得谋杀许多人命的罪孽。

所以,我终于还不想劝青年一同走我所走的路;我们的年龄,境遇,都不相同,思想的归宿大概总不能一致的罢。但倘若一定要问我青年应当向怎样的目标,那么,我只可以说出我为别人设计的

---

① 河南的古称。

话,就是:一要生存,二要温饱,三要发展。有敢来阻碍这三事者,无论是谁,我们都反抗他,扑灭他!

可是还得附加几句话以免误解,就是:我之所谓生存,并不是苟活;所谓温饱,并不是奢侈;所谓发展,也不是放纵。

中国古来,一向是最注重于生存的,什么"知命者不立于岩墙之下"咧,什么"千金之子坐不垂堂"咧,什么"身体发肤受之父母不敢毁伤"咧,竟有父母愿意儿子吸鸦片的,一吸,他就不至于到外面去,有倾家荡产之虞了。可是这一流人家,家业也决不能长保,因为这是苟活。苟活就是活不下去的初步,所以到后来,他就活不下去了。意图生存,而太卑怯,结果就得死亡。以中国古训中教人苟活的格言如此之多,而中国人偏多死亡,外族偏多侵入,结果适得其反,可见我们蔑弃古训,是刻不容缓的了。这实在是无可奈何,因为我们要生活,而且不是苟活的缘故。

中国人虽然想了各种苟活的理想乡,可惜终于没有实现。但我却替他们发现了,你们大概知道的罢,就是北京的第一监狱。这监狱在宣武门外的空地里,不怕邻家的火灾;每日两餐,不虑冻馁;起居有定,不会伤生;构造坚固,不会倒塌;禁卒管着,不会再犯罪;强盗是决不会来抢的。住在里面,何等安全,真真是"千金之子坐不垂堂"了。但阙少的就有一件事:自由。

古训所教的就是这样的生活法,教人不要动。不动,失错当然就较少了,但不活的岩石泥沙,失错不是更少么?我以为人类为向上,即发展起见,应该活动,活动而有若干失错,也不要紧。惟独半死半生的苟活,是全盘失错的。因为他挂了生活的招牌,其实却引人到死路上去!

我想,我们总得将青年从牢狱里引出来,路上的危险,当然是有的,但这是求生的偶然的危险,无从逃避。想逃避,就须度那古人所希求的第一监狱式生活了,可是真在第一监狱里的犯人,都想早些释放,虽然外面并不比狱里安全。

北京暖和起来了;我的院子里种了几株丁香,活了;还有两株榆叶梅,至今还未发芽,不知道他是否活着。

昨天闹了一个小乱子①,许多学生被打伤了;听说还有死的,我不知道确否。其实,只要听他们开会,结果不过是开会而已,因为加了强力的迫压,遂闹出开会以上的事来。俄国的革命,不就是从这样的路径出发的么?

夜深了,就此搁笔,后来再谈罢。

鲁迅。五月八日夜。

(本篇最初发表于 1925 年 5 月 14 日开封
《豫报副刊》,选自《华盖集》)

---

① 指北京学生 1925 年 5 月 7 日举行纪念国耻的集会遭警察镇压一事。

导　师

近来很通行说青年；开口青年，闭口也是青年。但青年又何能一概而论？有醒着的，有睡着的，有昏着的，有躺着的，有玩着的，此外还多。但是，自然也有要前进的。

要前进的青年们大抵想寻求一个导师。然而我敢说：他们将永远寻不到。寻不到倒是运气；自知的谢不敏，自许的果真识路么？凡自以为识路者，总过了"而立"之年，灰色可掬了，老态可掬了，圆稳而已，自己却误以为识路。假如真识路，自己就早进向他的目标，何至于还在做导师。说佛法的和尚，卖仙药的道士，将来都与白骨是"一丘之貉"，人们现在却向他听生西的大法，求上升的真传，岂不可笑！

但是我并非敢将这些人一切抹杀；和他们随便谈谈，是可以的。说话的也不过能说话，弄笔的也不过能弄笔；别人如果希望他打拳，则是自己错。他如果能打拳，早已打拳了，但那时，别人大概又要希望他翻筋斗。

有些青年似乎也觉悟了，我记得《京报副刊》征求青年必读书时，曾有一位发过牢骚，终了说：只有自己可靠！我现在还想斗胆转一句，虽然有些杀风景，就是：自己也未必可靠的。

我们都不大有记性。这也无怪，人生苦痛的事太多了，尤其是在中国。记性好的,大概都被厚重的苦痛压死了;只有记性坏的,适者生存,还能欣然活着。但我们究竟还有一点记忆,回想起来,怎样的"今是昨非"呵,怎样的"口是心非"呵,怎样的"今日之我与昨日之我战"呵。我们还没有正在饿得要死时于无人处见别人的饭,正在穷得要死时于无人处见别人的钱,正在性欲旺盛时遇见异性,而且很美的。我想,大话不宜讲得太早,否则,倘有记性,将来想到时会脸红。

或者还是知道自己之不甚可靠者,倒较为可靠罢。

青年又何须寻那挂着金字招牌的导师呢?不如寻朋友,联合起来,同向着似乎可以生存的方向走。你们所多的是生力,遇见深林,可以辟成平地的,遇见旷野,可以栽种树木的,遇见沙漠,可以开掘井泉的。问什么荆棘塞途的老路,寻什么乌烟瘴气的鸟导师!

五月十一日。

(本篇最初发表于1925年5月15日《莽原》周刊第4期,选自《华盖集》)

长　城

伟大的长城！

这工程,虽在地图上也还有它的小像,凡是世界上稍有知识的人们,大概都知道的罢。

其实,从来不过徒然役死许多工人而已,胡人何尝挡得住。现在不过一种古迹了,但一时也不会灭尽,或者还要保存它。

我总觉得周围有长城围绕。这长城的构成材料,是旧有的古砖和补添的新砖。两种东西联为一气造成了城壁,将人们包围。

何时才不给长城添新砖呢？

这伟大而可诅咒的长城！

五月十一日。

（本篇最初发表于1925年5月15日《莽原》周刊第4期,选自《华盖集》）

忽然想到

七

　　大约是送报人忙不过来了，昨天不见报，今天才给补到，但是奇怪，正张上已经剪去了两小块；幸而副刊是完全的。那上面有一篇武者君的《温良》，又使我记起往事，我记得确曾用了这样一个糖衣的毒刺赠送过我的同学们。现在武者君也在大道上发见了两样东西了：凶兽和羊。但我以为这不过发见了一部分，因为大道上的东西还没有这样简单，还得附加一句，是：凶兽样的羊，羊样的凶兽。

　　他们是羊，同时也是凶兽；但遇见比他更凶的凶兽时便现羊样，遇见比他更弱的羊时便现凶兽样，因此，武者君误认为两样东西了。

　　我还记得第一次五四以后，军警们很客气地只用枪托，乱打那手无寸铁的教员和学生，威武到很像一队铁骑在苗田上驰骋；学生们则惊叫奔避，正如遇见虎狼的羊群。但是，当学生们成了大群，袭击他们的敌人时，不是遇见孩子也要推他摔几个筋斗么？在学校里，不是还唾骂敌人的儿子，使他非逃回家去不可么？这和古代暴君的灭族的意见,有什么区分!

  我还记得中国的女人是怎样被压制,有时简直并羊而不如。现在托了洋鬼子学说的福,似乎有些解放了。但她一得到可以逞威的地位如校长之类,不就雇用了"掠袖擦掌"的打手似的男人,来威吓毫无武力的同性的学生们么?不是利用了外面正有别的学潮的时候,和一些狐群狗党趁势来开除她私意所不喜的学生们么?① 而几个在"男尊女卑"的社会生长的男人们,此时却在异性的饭碗化身的面前摇尾,简直并羊而不如。羊,诚然是弱的,但还不至于如此,我敢给我所敬爱的羊们保证!

  但是,在黄金世界还未到来之前,人们恐怕总不免同时含有这两种性质,只看发现时候的情形怎样,就显出勇敢和卑怯的大区别来。可惜中国人但对于羊显凶兽相,而对于凶兽则显羊相,所以即使显着凶兽相,也还是卑怯的国民。这样下去,一定要完结的。

  我想,要中国得救,也不必添什么东西进去,只要青年们将这两种性质的古传用法,反过来一用就够了:对手如凶兽时就如凶兽,对手如羊时就如羊!

  那么,无论什么魔鬼,就都只能回到他自己的地狱里去。

五月十日。

(本篇最初发表于1925年5月12日
《京报副刊》,选自《华盖集》)

---

① 指1925年北京女师大风潮中校长杨荫榆迫害学生,开除六位学生自治会职员之事。

补　白

一

"公理战胜"的牌坊①,立在法国巴黎的公园里不知怎样,立在中国北京的中央公园里可实在有些希奇,——但这是现在的话。当时,市民和学生也曾游行欢呼过。

我们那时的所以入战胜之林者,因为曾经送去过很多的工人;大家也常常自夸工人在欧战的劳绩。现在不大有人提起了,战胜也忘却了,而且实际上是战败了②。

现在的强弱之分固然在有无枪炮,但尤其是在拿枪炮的人。假使这国民是卑怯的,即纵有枪炮,也只能杀戮无枪炮者,倘敌手也有,胜败便在不可知之数了。这时候才见真强弱。

我们弓箭是能自己制造的,然而败于金,败于元,败于清。记

---

① 第一次世界大战后,协约国宣扬他们打败了同盟国是"公理战胜强权",纷纷立碑纪念。中国北洋政府因曾参加协约国一方,也在北京中央公园(今中山公园)建立了"公理战胜"的牌坊。
② 第一次世界大战结束后召开的巴黎和会,无视中国的主权和"战胜国"的地位,非法决定让日本帝国主义继承战前德国在山东的特权。"实际上是战败了",即指此。

得宋人的一部杂记里记有市井间的谐谑,将金人和宋人的事物来比较。譬如问金人有箭,宋有什么?则答道,"有锁子甲"。又问金有四太子,宋有何人?则答道,"有岳少保"。临末问,金人有狼牙棒(打人脑袋的武器),宋有什么?却答道,"有天灵盖"!

自宋以来,我们终于只有天灵盖而已,现在又发现了一种"民气",更加玄虚飘渺了。

但不以实力为根本的民气,结果也只能以固有而不假外求的天灵盖自豪,也就是以自暴自弃当作得胜。我近来也颇觉"心上有杞天之虑",怕中国更要复古了。瓜皮帽,长衫,双梁鞋,打拱作揖,大红名片,水烟筒,或者都要成为爱国的标征,因为这些都可以不费力气而拿出来,和天灵盖不相上下的。(但大红名片也许不用,以避"赤化"之嫌。)

然而我并不说中国人顽固,因为我相信,鸦片和扑克是不会在排斥之列的。况且爱国之士不是已经说过,马将牌已在西洋盛行,给我们复了仇么?

爱国之士又说,中国人是爱和平的。但我殊不解既爱和平,何以国内连年打仗?或者这话应该修正:中国人对外国人是爱和平的。

我们仔细查察自己,不再说诳的时候应该到来了,一到不再自欺欺人的时候,也就是到了看见希望的萌芽的时候。

我不以为自承无力,是比自夸爱和平更其耻辱。

六月二十三日。

二

先前以"士人""上等人"自居的,现在大可以改称"平民"了罢;在实际上,也确有许多人已经如此。彼一时,此一时,清朝该去考秀才,捐监生,现在就只得进学校。"平民"这一个徽号现已日见其时式,地位也高起来了,以此自居,大概总可以从别人得到和先前对于"上等人"一样的尊敬,时势虽然变迁,老地位是不会失掉的。倘遇见这样的平民,必须恭维他,至少也得点头拱手陪笑唯诺,像先前下等人的对于贵人一般。否则,你就会得到罪名,曰:"骄傲",或"贵族的"。因为他已经是平民了。见平民而不格外趋奉,非骄傲而何?

清的末年,社会上大抵恶革命党如蛇蝎,南京政府①一成立,漂亮的士绅和商人看见似乎革命党的人,便亲密的说道:"我们本来都是'草字头'②,一路的呵。"

徐锡麟刺杀恩铭之后,大捕党人,陶成章君是其中之一,罪状曰:"著《中国权力史》,学日本催眠术。"(何以学催眠术就有罪,殊觉费解。)于是连他在家的父亲也大受痛苦;待到革命兴旺,这才被尊称为"老太爷";有人给"孙少爷"去说媒。可惜陶君不久就遭人暗杀了,神主入祠的时候,捧香恭送的士绅和商人尚有五六百。直到袁世凯打倒二次革命之后,这才冷落起来。

谁说中国人不善于改变呢?每一新的事物进来,起初虽然排斥,但看到有些可靠,就自然会改变。不过并非将自己变得合于新事物,乃是将新事物变得合于自己而已。

---

① 指1912年1月1日成立于南京的中华民国临时政府。
② 因"革"字与"草"字的起头相似,所以当时称革命党为"草字头"。

佛教初来时便大被排斥,一到理学先生谈禅,和尚做诗的时候,"三教同源"的机运就成熟了。听说现在悟善社里的神主已经有了五块:孔子,老子,释迦牟尼,耶稣基督,谟哈默德。

中国老例,凡要排斥异己的时候,常给对手起一个诨名,——或谓之"绰号"。这也是明清以来讼师的老手段;假如要控告张三李四,倘只说姓名,本很平常,现在却道"六臂太岁张三","白额虎李四",则先不问事迹,县官只见绰号,就觉得他们是恶棍了。

月球只一面对着太阳,那一面我们永远不得见。歌颂中国文明的也惟以光明的示人,隐匿了黑的一面。譬如说到家族亲旧,书上就有许多好看的形容词:慈呀,爱呀,悌呀,……又有许多好看的古典:五世同堂呀,礼门呀,义宗呀,……至于诨名,却藏在活人的心中,隐僻的书上。最简单的打官司教科书《萧曹遗笔》里就有着不少惯用的恶谥,现在钞一点在这里,省得自己做文章——

亲戚类
　　孽亲　枭亲　兽亲　鳄亲　虎亲　歪亲
尊长类
　　鳄伯　虎伯(叔同)　孽兄　毒兄　虎兄
卑幼类
　　悖男　恶侄　孽侄　悖孙　虎孙　枭甥
　　孽甥　悖妾　泼媳　枭弟　恶婿　凶奴

其中没有父母,那是例不能控告的,因为历朝大抵"以孝治天下"。

这一种手段也不独讼师有。民国元年章太炎先生在北京,好发议论,而且毫无顾忌地褒贬。常常被贬的一群人于是给他起了一个绰号,曰"章疯了"。其人既是疯子,议论当然是疯话,没有价值的了,但每有言论,也仍在他们的报章上登出来,不过题目特别,道:《章疯子大发其疯》。有一回,他可是骂到他们的反对党头上去了。那怎么办呢？第二天报上登出来的时候，那题目是：《章疯子居然不疯》。

往日看《鬼谷子》，觉得其中的谋略也没有什么出奇，独有《飞箝》中的"可箝而从，可箝而横，……可引而反，可引而覆。虽覆能复，不失其度"这一段里的一句"虽覆能复"很有些可怕。但这一种手段，我们在社会上是时常遇见的。

《鬼谷子》自然是伪书，决非苏秦，张仪的老师所作；但作者也决不是"小人"，倒是一个老实人。宋的来鹄已经说，"捭阖飞箝，今之常态，不读鬼谷子书者，皆得自然符契也。"人们常用，不以为奇，作者知道了一点，便笔之于书，当作秘诀，可见禀性纯厚，不但手段，便是心里的机诈也并不多。如果是大富翁，他肯将十元钞票嵌在镜屏里当宝贝么？

鬼谷子所以究竟不是阴谋家，否则，他还该说得吞吞吐吐些；或者自己不说，而钩出别人来说；或者并不必钩出别人来说，而自己永远阔不可言。这末后的妙法，知者不言，书上也未见，所以我不知道，倘若知道，就不至于老在灯下编《莽原》，做《补白》了。

但各种小纵横，我们总常要身受，或者目睹。夏天的忽而甲乙相打；忽而甲乙相亲，同去打丙；忽而甲丙相合，又同去打乙，忽而甲丙又互打起来，①就都是这"覆""复"作用；化数百元钱，请一回酒，许多人立刻变了色彩，也还是这顽意儿。然而真如来鹄所说，现在的人们是已经"是乃天授，非人力也"的；倘使要看了《鬼谷子》才能，就如拿着文法书去和外国人谈天一样，一定要碰壁。

七月一日。

---

① 指当时各地军阀的内战。

三

离五卅事件的发生已有四十天,北京的情形就像五月二十九日一样。聪明的批评家大概快要提出照例的"五分钟热度"①说来了罢,虽然也有过例外:曾将汤尔和②先生的大门"打得擂鼓一般,足有十五分钟之久"。(见六月二十三日《晨报》)有些学生们也常常引这"五分热"说自诫,仿佛早经觉到了似的。

但是,中国的老先生们——连二十岁上下的老先生们都算在内——不知怎的总有一种矛盾的意见,就是将女人孩子看得太低,同时又看得太高。妇孺是上不了场面的;然而一面又拜才女,捧神童,甚至于还想借此结识一个阔亲家,使自己也连类飞黄腾达。什么木兰从军,缇萦救父,更其津津乐道,以显示自己倒是一个死不挣气的瘟虫。对于学生也是一样,既要他们"莫谈国事",又要他们独退番兵,退不了,就冷笑他们无用。

倘在教育普及的国度里,国民十之九是学生;但在中国,自然还是一个特别种类。虽是特别种类,却究竟是"束发小生",所以当然不会有三头六臂的大神力。他们所能做的,也无非是演讲,游行,宣传之类,正如火花一样,在民众的心头点火,引起他们的光焰来,使国势有一点转机。倘若民众并没有可燃性,则火花只能将自身烧完,正如在马路上焚纸人轿马,暂时引得几个人闲看,而终于

---

① 梁启超在一九二五年五月七日《晨报》"勿忘国耻"栏发表的《第十度的"五七"》一文中,曾说:"我不怕说一句犯众了!义和团式的爱国本质好不好另属一问题。但他的功用之表现,当然是靠'五分钟热度',这种无理性的冲动能有持续性,我绝对不敢相信。"

② 汤尔和曾任北洋政府的教育总长,抗日战争期间陷落为汉奸。他在《晨报》的"时论"栏发表《不善导的忠告》一文中说:"前天某学校以跳舞会的名义来募捐,我家的佣工,告诉他说是捐的次数太多了,家里没有钱。来人说你们主人做过什么长,还会没钱吗?把大门打得擂鼓一般,足有十五分钟之久,再三央告,始怫然而去。"

毫不相干,那热闹至多也不过如"打门"之久。谁也不动,难道"小生"们真能自己来打枪铸炮,造兵舰,糊飞机,活擒番将,平定番邦么?所以这"五分热"是地方病,不是学生病。这已不是学生的耻辱,而是全国民的耻辱了;倘在别的有活力,有生气的国度里,现象该不至于如此的。外人不足责,而本国的别的灰冷的民众,有权者,袖手旁观者,也都于事后来嘲笑,实在是无耻而且昏庸!

但是,别有所图的聪明人又作别论,便是真诚的学生们,我以为自身却有一个颇大的错误,就是正如旁观者所希望或冷笑的一样:开首太自以为有非常的神力,有如意的成功。幻想飞得太高,堕在现实上的时候,伤就格外沉重了;力气用得太骤,歇下来的时候,身体就难于动弹了。为一般计,或者不如知道自己所有的不过是"人力",倒较为切实可靠罢。

现在,从读书以至"寻异性朋友讲情话",似乎都为有些有志者所诟病了。但我想,责人太严,也正是"五分热"的一个病源。譬如自己要择定一种口号——例如不买英日货——来履行,与其不饮不食的履行七日或痛哭流涕的履行一月,倒不如也看书也履行至五年,或者也看戏也履行至十年,或者也寻异性朋友也履行至五十年,或者也讲情话也履行至一百年。记得韩非子曾经教人以竞马的要妙,其一是"不耻最后"。即使慢,驰而不息,纵令落后,纵令失败,但一定可以达到他所向的目标。

七月八日。

(本篇最初分别发表于1925年6月26日出版的
《莽原》周刊第10期、7月3日出版的11期及
同月10日出版的第12期,选自《华盖集》)

十四年的"读经"

　　自从章士钊主张读经①以来,论坛上又很出现了一些论议,如谓经不必尊,读经乃是开倒车之类。我以为这都是多事的,因为民国十四年的"读经",也如民国前四年,四年,或将来的二十四年一样,主张者的意思,大抵并不如反对者所想像的那么一回事。

　　尊孔,崇儒,专经,复古,由来已经很久了。皇帝和大臣们,向来总要取其一端,或者"以孝治天下",或者"以忠诏天下",而且又"以贞节励天下"。但是,二十四史不现在么?其中有多少孝子,忠臣,节妇和烈女?自然,或者是多到历史上装不下去了;那么,去翻专夸本地人物的府县志书去。我可以说,可惜男的孝子和忠臣也不多的,只有节烈的妇女的名册却大抵有一大卷以至几卷。孔子之徒的经,真不知读到那里夫了;倒是不识字的妇女们能实践。还有,欧战时候的参战,我们不是常常自负的么?但可曾用《论语》感化过德国兵,用《易经》咒翻了潜水艇呢?儒者们引为劳绩的,倒是那大抵目不识丁的华工!

　　所以要中国好,或者倒不如不识字罢,一识字,就有近乎读经的病根了。"瞰亡往拜""出疆载质"的最巧玩艺儿,经上都有,我

---

① 1925年11月2日章士钊主持教育部部务会议决定,小学自四年级起开始读经书。

75

读熟过的。只有几个胡涂透顶的笨牛,真会诚心诚意地来主张读经。而且这样的脚色,也不消和他们讨论。他们虽说什么经,什么古,实在不过是空嚷嚷。问他们经可是要读到像颜回,子思,孟轲,朱熹,秦桧(他是状元),王守仁,徐世昌,曹锟;古可是要复到像清(即所谓"本朝"),元,金,唐,汉,禹汤文武周公,无怀氏,葛天氏?他们其实都没有定见。他们也知不清颜回以至曹锟为人怎样,"本朝"以至葛天氏情形如何;不过像苍蝇们失掉了垃圾堆,自不免嗡嗡地叫。况且既然是诚心诚意主张读经的笨牛,则决无钻营,取巧,献媚的手段可知,一定不会阔气;他的主张,自然也决不会发生什么效力的。

　　至于现在的能以他的主张,引起若干议论的,则大概是阔人。阔人决不是笨牛,否则,他早已伏处牖下,老死田间了。现在岂不是正值"人心不古"的时候么?则其所以得阔之道,居然可知。他们的主张,其实并非那些笨牛一般的真主张,是所谓别有用意;反对者们以为他真相信读经可以救国,真是"谬以千里"了!

　　我总相信现在的阔人都是聪明人;反过来说,就是倘使老实,必不能阔是也。至于所挂的招牌是佛学,是孔道,那倒没有什么关系。总而言之,是读经已经读过了,很悟到一点玩意儿,这种玩意儿,是孔二先生的先生老聃的大著作里就有的,此后的书本子里还随时可得。所以他们都比不识字的节妇,烈女,华工聪明;甚而至于比真要读经的笨牛还聪明。何也?曰:"学而优则仕"故也。倘若"学"而不"优",则以笨牛没世,其读经的主张,也不为世间所知。

　　孔子岂不是"圣之时者也"么,而况"之徒"呢?现在是主张"读经"的时候了。武则天做皇帝,谁敢说"男尊女卑"?多数主义虽然现称过激派,如果在列宁治下,则共产之合于葛天氏,一定可以考据出来的。但幸而现在英国和日本的力量还不弱,所以,主张亲俄者,是被卢布换去了良心。

我看不见读经之徒的良心怎样,但我觉得他们大抵是聪明人,而这聪明,就是从读经和古文得来的。我们这曾经文明过而后来奉迎过蒙古人满洲人大驾了的国度里,古书实在太多,倘不是笨牛,读一点就可以知道,怎样敷衍,偷生,献媚,弄权,自私,然而能够假借大义,窃取美名。再进一步,并可以悟出中国人是健忘的,无论怎样言行不符,名实不副,前后矛盾,撒谎造谣,蝇营狗苟,都不要紧,经过若干时候,自然被忘得干干净净;只要留下一点卫道模样的文字,将来仍不失为"正人君子"。况且即使将来没有"正人君子"之称,于目下的实利又何损哉?

这一类的主张读经者,是明知道读经不足以救国的,也不希望人们都读成他自己那样的;但是,要些把戏,将人们作笨牛看则有之,"读经"不过是这一回要把戏偶尔用到的工具。抗议的诸公倘若不明乎此,还要正经老实地来评道理,谈利害,那我可不再客气,也要将你们归入诚心诚意主张读经的笨牛类里去了。

以这样文不对题的话来解释"俨乎其然"的主张,我自己也知道有不恭之嫌,然而我又自信我的话,因为我也是从"读经"得来的。我几乎读过十三经。

衰老的国度大概就免不了这类现象。这正如人体一样,年事老了,废料愈积愈多,组织间又沉积下矿质,使组织变硬,易就于灭亡。一面,则原是养卫人体的游走细胞(Wanderzelle)渐次变性,只顾自己,只要组织间有小洞,它便钻,蚕食各组织,使组织耗损,易就于灭亡。俄国有名的医学者梅契尼珂夫(Elias Metschnikov)特地给他别立了一个名目:大嚼细胞(Fresserzelle)。据说,必须扑灭了这些,人体才免于老衰;要扑灭这些,则须每日服用一种酸性剂。他自己就实行着。

古国的灭亡,就因为大部分的组织被太多的古习惯教养得硬化了,不再能够转移,来适应新环境。若干分子又被太多的坏经验教养得聪明了,于是变性,知道在硬化的社会里,不妨妄行。单是妄行的是可与论议的,故意妄行的却无须再与谈理。惟一的疗救,是在另开药方:酸性剂,或者简直是强酸剂。

不提防临末又提到了一个俄国人,怕又有人要疑心我收到卢布了罢。我现在郑重声明:我没有收过一张纸卢布。因为俄国还未赤化之前,他已经死掉了,是生了别的急病,和他那正在实验的药的有效与否这问题无干。

十一月十八日。

(本篇最初发表于1925年11月27日《猛进》
周刊第39期,选自《华盖集》)

这个与那个

一　读经与读史

一个阔人说要读经，嗡的一阵一群狭人也说要读经。岂但"读"而已矣哉，据说还可以"救国"哩。"学而时习之，不亦说乎？"那也许是确凿的罢，然而甲午战败了，——为什么独独要说"甲午"呢，是因为其时还在开学校，废读经以前。

我以为伏案还未功深的朋友，现在正不必埋头来哼线装书。倘其咿唔日久，对于旧书有些上瘾了，那么，倒不如去读史，尤其是宋朝明朝史，而且尤须是野史；或者看杂说。

现在中西的学者们，几乎一听到"钦定四库全书"这名目就魂不附体，膝弯总要软下来似的。其实呢，书的原式是改变了，错字是加添了，甚至于连文章都删改了，最便当的是《琳琅秘室丛书》中的两种《茅亭客话》，一是宋本，一是四库本，一比较就知道。"官修"而加以"钦定"的正史也一样，不但本纪咧，列传咧，要摆"史架子"；里面也不敢说什么。据说，字里行间是也含着什么褒贬的，但谁有这么多的心眼儿来猜闷壶卢。至今还道"将平生事迹宣付国史馆立传"，还是算了罢。

野史和杂说自然也免不了有讹传,挟恩怨,但看往事却可以较分明,因为它究竟不像正史那样地装腔作势。看宋事,《三朝北盟汇编》已经变成古董,太贵了,新排印的《宋人说部丛书》却还便宜。明事呢,《野获编》原也好,但也化为古董了,每部数十元;易于入手的是《明季南北略》,《明季稗史汇编》,以及新近集印的《痛史》。

史书本来是过去的陈帐簿,和急进的猛士不相干。但先前说过,倘若还不能忘情于咿唔,倒也可以翻翻,知道我们现在的情形,和那时的何其神似,而现在的昏妄举动,胡涂思想,那时也早已有过,并且都闹糟了。

试到中央公园去,大概总可以遇见祖母带着她孙女儿在玩的。这位祖母的模样,就预示着那娃儿的将来。所以倘有谁要预知令夫人后日的丰姿,也只要看丈母。不同是当然要有些不同的,但总归相去不远。我们查帐的用处就在此。

但我并不说古来如此,现在遂无可为,劝人们对于"过去"生敬畏心,以为它已经铸定了我们的运命。Le Bon① 先生说,死人之力比生人大,诚然也有一理的,然而人类究竟进化着。又据章士钊总长说,则美国的什么地方已在禁讲进化论了,这实在是吓死我也,然而禁只管禁,进却总要进的。

总之:读史,就愈可以觉悟中国改革之不可缓了。虽是国民性,要改革也得改革,否则,杂史杂说上所写的就是前车。一改革,就无须怕孙女儿总要像点祖母那些事,譬如祖母的脚是三角形,步履维艰的,小姑娘的却是天足,能飞跑;丈母老太太出过天花,脸上有些缺点的,令夫人却种的是牛痘,所以细皮白肉:这也就大差其

---

① 即勒朋,法国社会心理学家。

远了。

十二月八日。

二　捧与挖

中国的人们,遇见带有会使自己不安的朕兆的人物,向来就用两样法:将他压下去,或者将他捧起来。

压下去就用旧习惯和旧道德,或者凭官力,所以孤独的精神的战士,虽然为民众战斗,却往往反为这"所为"而灭亡。到这样,他们这才安心了。压不下时,则于是乎捧,以为抬之使高,餍之使足,便可以于己稍稍无害,得以安心。

伶俐的人们,自然也有谋利而捧的,如捧阔老,捧戏子,捧总长之类;但在一般粗人,——就是未尝"读经"的,则凡有捧的行为的"动机",大概是不过想免害。即以所奉祀的神道而论,也大抵是凶恶的,火神瘟神不待言,连财神也是蛇呀刺猬呀似的骇人的畜类;观音菩萨倒还可爱,然而那是从印度输入的,并非我们的"国粹"。要而言之:凡有被捧者,十之九不是好东西。

既然十之九不是好东西,则被捧而后,那结果便自然和捧者的希望适得其反了。不但能使不安,还能使他们很不安,因为人心本来不易餍足。然而人们终于至今没有悟,还以捧为苟安之一道。

记得有一部讲笑话的书,名目忘记了,也许是《笑林广记》罢,说,当一个知县的寿辰,因为他是子年生,属鼠的,属员们便集资铸了一个金老鼠去作贺礼。知县收受之后,另寻了机会对大众说道:明年又恰巧是贱内的整寿;她比我小一岁,是属牛的。其实,如果大家先不送金老鼠,他决不敢想金牛。一送开手,可就难于收拾了,无论金牛无力致送,即使送了,怕他的姨太太也会属象。象不在十二生肖之内,似乎不近情理罢,但这是我替他设想的法子罢了,知县当然别有我们所莫测高深的妙法在。

民元革命①时候,我在S城,来了一个都督。他虽然也出身绿林大学,未尝"读经"(?),但倒是还算顾大局,听舆论的,可是自绅士以至于庶民,又用了祖传的捧法群起而捧之了。这个拜会,那个恭维,今天送衣料,明天送翅席,捧得他连自己也忘其所以,结果是渐渐变成老官僚一样,动手刮地皮。

最奇怪的是北几省的河道,竟捧得河身比屋顶高得多了。当初自然是防其溃决,所以壅上一点土;殊不料愈壅愈高,一旦溃决,那祸害就更大。于是就"抢堤"咧,"护堤"咧,"严防决堤"咧,花色繁多,大家吃苦。如果当初见河水泛滥,不去增堤,却去挖底,我以为决不至于这样。

有贪图金牛者,不但金老鼠,便是死老鼠也不给。那么,此辈也就连生日都未必做了。单是省却拜寿,已经是一件大快事。

中国人的自讨苦吃的根苗在于捧,"自求多福"之道却在于挖。其实,劳力之量是差不多的,但从惰性太多的人们看来,却以为还是捧省力。

十二月十日。

三　最先与最后

《韩非子》说赛马的妙法,在于"不为最先,不耻最后"。这虽是从我们这样外行的人看起来,也觉得很有理。因为假若一开首便拼命奔驰,则马力易竭。但那第一句是只适用于赛马的,不幸中

---

① 即辛亥革命。

国人却奉为人的处世金针了。

中国人不但"不为戎首","不为祸始",甚至于"不为福先"。所以凡事都不容易有改革;前驱和闯将,大抵是谁也怕得做。然而人性岂真能如道家所说的那样恬淡;欲得的却多。既然不敢径取,就只好用阴谋和手段。以此,人们也就日见其卑怯了,既是"不为最先",自然也不敢"不耻最后",所以虽是一大堆群众,略见危机,便"纷纷作鸟兽散"了。如果偶有几个不肯退转,因而受害的,公论家便异口同声,称之曰傻子。对于"锲而不舍"的人们也一样。

我有时也偶尔去看看学校的运动会。这种竞争,本来不像两敌国的开战,挟有仇隙的,然而也会因了竞争而骂,或者竟打起来。但这些事又作别论。竞走的时候,大抵是最快的三四个人一到决胜点,其余的便松懈了,有几个还至于失了跑完豫定的圈数的勇气,中途挤入看客的群集中;或者佯为跌倒,使红十字队用担架将他抬走。假若偶有虽然落后,却尽跑,尽跑的人,大家就嗤笑他。大概是因为他太不聪明,"不耻最后"的缘故罢。

所以中国一向就少有失败的英雄,少有韧性的反抗,少有敢单身鏖战的武人,少有敢抚哭叛徒的吊客;见胜兆则纷纷聚集,见败兆则纷纷逃亡。战具比我们精利的欧美人,战具未必比我们精利的匈奴蒙古满洲人,都如入无人之境。"土崩瓦解"这四个字,真是形容得有自知之明。

多有"不耻最后"的人的民族,无论什么事,怕总不会一下子就"土崩瓦解"的,我每看运动会时,常常这样想:优胜者固然可敬,但那虽然落后而仍非跑至终点不止的竞技者,和见了这样竞技者而肃然不笑的看客,乃正是中国将来的脊梁。

四　流产与断种

近来对于青年的创作,忽然降下一个"流产"的恶谥,哄然应和的就有一大群。我现在相信,发明这话的是没有什么恶意的,不过偶尔说一说;应和的也是情有可原的,因为世事本来大概就这样。

我独不解中国人何以于旧状况那么心平气和,于较新的机运就这么疾首蹙额;于已成之局那么委曲求全,于初兴之事就这么求全责备?

智识高超而眼光远大的先生们开导我们:生下来的倘不是圣贤,豪杰,天才,就不要生;写出来的倘不是不朽之作,就不要写;改革的事倘不是一下子就变成极乐世界,或者,至少能给我(!)有更多的好处,就万万不要动!……

那么,他是保守派么?据说:并不然的。他正是革命家。惟独他有公平,正当,稳健,圆满,平和,毫无流弊的改革法;现下正在研究室里研究着哩,——只是还没有研究好。

什么时候研究好呢?答曰:没有准儿。

孩子初学步的第一步,在成人看来,的确是幼稚,危险,不成样子,或者简直是可笑的。但无论怎样的愚妇人,却总以恳切的希望的心,看他跨出这第一步去,决不会因为他的走法幼稚,怕要阻碍阔人的路线而"逼死"他;也决不至于将他禁在床上,使他躺着研究到能够飞跑时再下地。因为她知道:假如这么办,即使长到一百岁也还是不会走路的。

古来就这样,所谓读书人,对于后起者却反而专用彰明较著的或改头换面的禁锢。近来自然客气些,有谁出来,大抵会遇见学士文人们挡驾:且住,请坐。接着是谈道理了:调查,研究,推敲,修养,……结果是老死在原地方。否则,便得到"捣乱"的称号。我也曾有如现在的青年一样,向已死和未死的导师们问过应走的路。他们都说:不可向东,或西,或南,或北。但不说应该向东,或西,或南,或北。我终于发见他们心底里的蕴蓄了:不过是一个"不走"而已。

坐着而等待平安,等待前进,倘能,那自然是很好的,但可虑的是老死而所等待的却终于不至;不生育,不流产而等待一个英伟的宁馨儿,那自然也很可喜的,但可虑的是终于什么也没有。

倘以为与其所得的不是出类拔萃的婴儿,不如断种,那就无话可说。但如果我们永远要听见人类的足音,则我以为流产究竟比不生产还有望,因为这已经明明白白地证明着能够生产的了。

十二月二十日。

(本篇最初发表于 1925 年 12 月 10 日、12 日、22 日《国民新报副刊》,选自《华盖集》)

学界的三魂

从《京报副刊》上知道有一种叫《国魂》的期刊，曾有一篇文章说章士钊固然不好，然而反对章士钊的"学匪"们也应该打倒。我不知道大意是否真如我所记得？但这也没有什么关系，因为不过引起我想到一个题目，和那原文是不相干的。意思是，中国旧说，本以为人有三魂六魄，或云七魄；国魂也该这样。而这三魂之中，似乎一是"官魂"，一是"匪魂"，还有一个是什么呢？也许是"民魂"罢，我不很能够决定。又因为我的见闻很偏隘，所以未敢悉指中国全社会，只好缩而小之曰"学界"。

中国人的官瘾实在深，汉重孝廉而有埋儿刻木，宋重理学而有高帽破靴，清重帖括①而有"且夫""然则"。总而言之：那魂灵就在做官，——行官势，摆官腔，打官话。顶着一个皇帝做傀儡，得罪了官就是得罪了皇帝，于是那些人就得了雅号曰"匪徒"。学界的打官话是始于去年，凡反对章士钊的都得了"土匪"，"学匪"，"学棍"的称号，但仍然不知道从谁的口中说出，所以还不外乎一种"流言"。

但这也足见去年学界之糟了，竟破天荒的有了学匪。以大点

---

① 帖括，科举考试文体名。这里指八股文。

的国事来比罢,太平盛世,是没有匪的;待到群盗如毛时,看旧史,一定是外戚,宦官,奸臣,小人当国,即使大打一通官话,那结果也还是"呜呼哀哉"。当这"呜呼哀哉"之前,小民便大抵相率而为盗,所以我相信源增先生的话:"表面上看只是些土匪与强盗,其实是农民革命军。"(《国民新报副刊》四三)那么,社会不是改进了么?并不,我虽然也是被谥为"土匪"之一,却并不想为老前辈们饰非掩过。农民是不来夺取政权的,源增先生又道:"任三五热心家将皇帝推倒,自己过皇帝瘾去。"但这时候,匪便被称为帝,除遗老外,文人学者却都来恭维,又称反对他的为匪了。

所以中国的国魂里大概总有这两种魂:官魂和匪魂。这也并非硬要将我辈的魂挤进国魂里去,贪图与教授名流的魂为伍,只因为事实仿佛是这样。社会诸色人等,爱看《双官诰》,也爱看《四杰村》,望偏安巴蜀的刘玄德成功,也愿意打家劫舍的宋公明得法;至少,是受了官的恩惠时候则艳羡官僚,受了官的剥削时候便同情匪类。但这也是人情之常;倘使连这一点反抗心都没有,岂不就成为万劫不复的奴才了?

然而国情不同,国魂也就两样。记得在日本留学时候,有些同学问我在中国最有大利的买卖是什么,我答道:"造反。"他们便大骇怪。在万世一系的国度里,那时听到皇帝可以一脚踢落,就如我们听说父母可以一棒打杀一般。为一部分士女所心悦诚服的李景林①先生,可就深知此意了,要是报纸上所传非虚。今天的《京报》即载着他对某外交官的谈话道:"予预计于旧历正月间,当能与君在天津晤谈;若天津攻击竟至失败,则拟俟三四月间卷土重来,若再失败,则暂投土匪,徐养兵力,以待时机。"云。但他所希望的不

---

① 李景林是奉系军阀,曾任直隶督军。1925年冬,冯玉祥国民军攻占天津,李逃匿租界,次年到济南收拾残部准备反攻。他对某外交官的谈话,即发表于此时。

是做皇帝,那大概是因为中华民国之故罢。

所谓学界,是一种发生较新的阶级,本该可以有将旧魂灵略加湔洗之望了,但听到"学官"的官话,和"学匪"的新名,则似乎还走着旧道路。那末,当然也得打倒的。这来打倒他的是"民魂",是国魂的第三种。先前不很发扬,所以一闹之后,终不自取政权,而只"任三五热心家将皇帝推倒,自己过皇帝瘾去"了。

惟有民魂是值得宝贵的,惟有他发扬起来,中国才有真进步。但是,当此连学界也倒走旧路的时候,怎能轻易地发挥得出来呢?在乌烟瘴气之中,有官之所谓"匪"和民之所谓匪;有官之所谓"民"和民之所谓民;有官以为"匪"而其实是真的国民,有官以为"民"而其实是衙役和马弁。所以貌似"民魂"的,有时仍不免为"官魂",这是鉴别魂灵者所应该十分注意的。

话又说远了,回到本题去。去年,自从章士钊提了"整顿学风"的招牌,上了教育总长的大任之后,学界里就官气弥漫,顺我者"通"①,逆我者"匪",官腔官话的余气,至今还没有完。但学界却也幸而因此分清了颜色;只是代表官魂的还不是章士钊,因为上头还有"减膳"执政②在,他至多不过做了一个官魄;现在是在天津"徐养兵力,以待时机"了。③ 我不看《甲寅》,不知道说些什么话:官话呢,匪话呢,民话呢,衙役马弁话呢?……

一月二十四日。

(本篇最初发表于1926年2月1日《语丝》
周刊第64期,选自《华盖集续编》)

---

① 章士钊曾称赞陈西滢为"通品"。
② 指段祺瑞。章士钊曾在呈文中向段献媚说:"万一钧座因而减膳。时局为之不宁"。
③ 章士钊于1925年底慑于北京群众的游行示威,潜隐天津。

谈 皇 帝

中国人的对付鬼神，凶恶的是奉承，如瘟神和火神之类，老实一点的就要欺侮，例如对于土地或灶君。待遇皇帝也有类似的意思。君民本是同一民族，乱世时"成则为王败则为贼"，平常是一个照例做皇帝，许多个照例做平民；两者之间，思想本没有什么大差别。所以皇帝和大臣有"愚民政策"，百姓们也自有其"愚君政策"。

往昔的我家，曾有一个老仆妇，告诉过我她所知道，而且相信的对付皇帝的方法。她说——

"皇帝是很可怕的。他坐在龙位上，一不高兴，就要杀人；不容易对付的。所以吃的东西也不能随便给他吃，倘是不容易办到的，他吃了又要，一时办不到；——譬如他冬天想到瓜，秋天要吃桃子，办不到，他就生气，杀人了。现在是一年到头给他吃波菜，要就有，毫不为难。但是倘说是波菜，他又要生气的，因为这是便宜货，所以大家对他就不称为波菜，另外起一个名字，叫作'红嘴绿鹦哥'。"

在我的故乡，是通年有波菜的，根很红，正如鹦哥的嘴一样。

这样的连愚妇人看来，也是呆不可言的皇帝，似乎大可以不要了。然而并不，她以为要有的，而且应该听凭他作威作福。至于用

89

处,仿佛在靠他来镇压比自己更强梁的别人,所以随便杀人,正是非备不可的要件。然而倘使自己遇到,且须侍奉呢?可又觉得有些危险了,因此只好又将他练成傻子,终年耐心地专吃着"红嘴绿鹦哥"。

其实利用了他的名位,"挟天子以令诸侯"的,和我那老仆妇的意思和方法都相同,不过一则又要他弱,一则又要他愚。儒家的靠了"圣君"来行道也就是这玩意,因为要"靠",所以要他威重,位高;因为要便于操纵,所以又要他颇老实,听话。

皇帝一自觉自己的无上威权,这就难办了。既然"普天之下,莫非皇土",他就胡闹起来,还说是"自我得之,自我失之,我又何恨"哩!于是圣人之徒也只好请他吃"红嘴绿鹦哥"了,这就是所谓"天"。据说天子的行事,是都应该体帖天意,不能胡闹的;而这"天意"也者,又偏只有儒者们知道着。

这样,就决定了:要做皇帝就非请教他们不可。

然而不安分的皇帝又胡闹起来了。你对他说"天"么,他却道,"我生不有命在天?!"岂但不仰体上天之意而已,还逆天,背天,"射天",简直将国家闹完,使靠天吃饭的圣贤君子们,哭不得,也笑不得。

于是乎他们只好去著书立说,将他骂一通,豫计百年之后,即身殁之后,大行于时,自以为这就了不得。

但那些书上,至多就止记着"愚民政策"和"愚君政策"全都不成功。

二月十七日。

(本篇最初发表于1926年3月9日《国民新报副刊》,选自《华盖集续编》)

记念刘和珍君

一

　　中华民国十五年三月二十五日,就是国立北京女子师范大学为十八日在段祺瑞执政府前遇害的刘和珍杨德群①两君开追悼会的那一天,我独在礼堂外徘徊,遇见程君②,前来问我道,"先生可曾为刘和珍写了一点什么没有?"我说"没有"。她就正告我,"先生还是写一点罢;刘和珍生前就很爱看先生的文章。"

　　这是我知道的,凡我所编辑的期刊,大概是因为往往有始无终之故罢,销行一向就甚为寥落,然而在这样的生活艰难中,毅然预定了《莽原》③全年的就有她。我也早觉得有写一点东西的必要了,这虽然于死者毫不相干,但在生者,却大抵只能如此而已。倘使我能够相信真有所谓"在天之灵",那自然可以得到更大的安慰,——但是,现在,却只能如此而已。

---

① 刘和珍(1904—1926),江西南昌人,北京女子师范大学英文系学生。杨德群(1902—1926),湖南湘阴人,北京女子师范大学国文系预科学生。
② 指程毅志,湖北孝感人,北京女子师范大学教育系学生。
③ 《莽原》,文艺刊物,鲁迅编辑,1925年4月24日创刊于北京。初为周刊,后改为半月刊。这里所说的"毅然预定了《莽原》全年",指半月刊。

可是我实在无话可说。我只觉得所住的并非人间。四十多个青年的血,洋溢在我的周围,使我艰于呼吸视听,那里还能有什么言语?长歌当哭,是必须在痛定之后的。而此后几个所谓学者文人的阴险的论调,尤使我觉得悲哀。我已经出离愤怒了。我将深味这非人间的浓黑的悲凉;以我的最大哀痛显示于非人间,使它们快意于我的苦痛,就将这作为后死者的菲薄的祭品,奉献于逝者的灵前。

二

真的猛士,敢于直面惨淡的人生,敢于正视淋漓的鲜血。这是怎样的哀痛者和幸福者?然而造化又常常为庸人设计,以时间的流驶,来洗涤旧迹,仅使留下淡红的血色和微漠的悲哀。在这淡红的血色和微漠的悲哀中,又给人暂得偷生,维持着这似人非人的世界。我不知道这样的世界何时是一个尽头!

我们还在这样的世上活着;我也早觉得有写一点东西的必要了。离三月十八日也已有两星期,忘却的救主快要降临了罢,我正有写一点东西的必要了。

三

在四十余被害的青年之中,刘和珍君是我的学生。学生云者,我向来这样想,这样说,现在却觉得有些踌躇了,我应该对她奉献我的悲哀与尊敬。她不是"苟活到现在的我"的学生,是为了中国而死的中国的青年。

她的姓名第一次为我所见,是在去年夏初杨荫榆女士做女子师范大学校长,开除校中六个学生自治会职员的时候。① 其中的一个就是她;但是我不认识。直到后来,也许已经是刘百昭率领男女武将,强拖出校之后了,才有人指着一个学生告诉我,说:这就是刘和珍。其时我才能将姓名和实体联合起来,心中却暗自诧异。我平素想,能够不为势利所屈,反抗一广有羽翼的校长的学生,无论如何,总该是有些桀骜锋利的,但她却常常微笑着,态度很温和。待到偏安于宗帽胡同②,赁屋授课之后,她才始来听我的讲义,于是见面的回数就较多了,也还是始终微笑着,态度很温和。待到学校恢复旧观③,往日的教职员以为责任已尽,准备陆续引退的时候,我才见她虑及母校前途,黯然至于泣下。此后似乎就不相见。总之,在我的记忆上,那一次就是永别了。

四

我在十八日早晨,才知道上午有群众向执政府请愿的事;下午便得到噩耗,说卫队居然开枪,死伤至数百人,而刘和珍君即在遇害者之列。但我对于这些传说,竟至于颇为怀疑。我向来是不惮以最坏的恶意,来推测中国人的,然而我还不料,也不信竟会下劣凶残到这地步。况且始终微笑着的和蔼的刘和珍君,更何至于无端在府门前喋血呢?

然而即日证明是事实了,作证的便是她自己的尸骸。还有一

---

① 在北京女子师范大学学生反对校长杨荫榆的风潮中,杨于1925年5月7日借召开"国耻纪念会"之机,强行登台做主席,但当即为全场学生的嘘声所驱赶。下午,她在西安饭店召集若干教员宴饮,策划迫害学生。9日,以评议会名义开除许广平、刘和珍、蒲振声、张平江、郑德音、姜伯谛六个学生自治会职员的学籍。
② 反对杨荫榆的女师大学生被赶出学校后,在西城宗帽胡同租赁房屋作为临时校舍,于1925年9月21日开学。当时鲁迅和部分教师曾去义务授课,表示支持。
③ 女师大学生经过一年多的斗争,在社会进步力量的声援下,于1925年11月30日迁回宣武门内石驸马大街原址,宣告复校。

具,是杨德群君的。而且又证明着这不但是杀害,简直是虐杀,因为身体上还有棍棒的伤痕。

但段政府就有令,说她们是"暴徒"!

但接着就有流言,说她们是受人利用的。

惨象,已使我目不忍视了;流言,尤使我耳不忍闻。我还有什么话可说呢?我懂得衰亡民族之所以默无声息的缘由了。沉默呵,沉默呵!不在沉默中爆发,就在沉默中灭亡。

五

但是,我还有要说的话。

我没有亲见;听说,她,刘和珍君,那时是欣然前往的。自然,请愿而已,稍有人心者,谁也不会料到有这样的罗网。但竟在执政府前中弹了,从背部入,斜穿心肺,已是致命的创伤,只是没有便死。同去的张静淑①君想扶起她,中了四弹,其一是手枪,立仆;同去的杨德群君又想去扶起她,也被击,弹从左肩入,穿胸偏右出,也立仆。但她还能坐起来,一个兵在她头部及胸部猛击两棍,于是死掉了。

始终微笑的和蔼的刘和珍君确是死掉了,这是真的,有她自己的尸骸为证;沉勇而友爱的杨德群君也死掉了,有她自己的尸骸为证;只有一样沉勇而友爱的张静淑君还在医院里呻吟。当三个女子从容地转辗于文明人所发明的枪弹的攒射中的时候,这是怎样的一个惊心动魄的伟大呵!中国军人的屠戮妇婴的伟绩,八国联军的惩创学生的武功,不幸全被这几缕血痕抹杀了。

---

① 张静淑(1902—1978),湖南长沙人,北京女子师范大学教育系学生。受伤后经医治,幸得不死。

但是中外的杀人者却居然昂起头来，不知道个个脸上有着血污……。

六

时间永是流驶，街市依旧太平，有限的几个生命，在中国是不算什么的，至多，不过供无恶意的闲人以饭后的谈资，或者给有恶意的闲人作"流言"的种子。至于此外的深的意义，我总觉得很寥寥，因为这实在不过是徒手的请愿。人类的血战前行的历史，正如煤的形成，当时用大量的木材，结果却只是一小块，但请愿是不在其中的，更何况是徒手。

然而既然有了血痕了，当然不觉要扩大。至少，也当浸渍了亲族，师友，爱人的心，纵使时光流驶，洗成绯红，也会在微漠的悲哀中永存微笑的和蔼的旧影。陶潜说过，"亲戚或余悲，他人亦已歌，死去何所道，托体同山阿。"倘能如此，这也就够了。

七

我已经说过：我向来是不惮以最坏的恶意来推测中国人的。但这回却很有几点出于我的意外。一是当局者竟会这样地凶残，一是流言家竟至如此之下劣，一是中国的女性临难竟能如是之从容。

我目睹中国女子的办事，是始于去年的，虽然是少数，但看那干练坚决，百折不回的气概，曾经屡次为之感叹。至于这一回在弹雨中互相救助，虽殒身不恤的事实，则更足为中国女子的勇毅，虽遭阴谋秘计，压抑至数千年，而终于没有消亡的明证了。倘要寻求这一次死伤者对于将来的意义，意义就在此罢。

苟活者在淡红的血色中,会依稀看见微茫的希望;真的猛士,将更奋然而前行。

呜呼,我说不出话,但以此记念刘和珍君!

四月一日。

(本篇最初发表于1926年4月12日《语丝》周刊第74期,选自《华盖集续编》)

黄花节的杂感

黄花节将近了，必须做一点所谓文章。但对于这一个题目的文章，教我做起来，实在近于先前的在考场里"对空策"。因为，——说出来自己也惭愧，——黄花节这三个字，我自然明白它是什么意思的；然而战死在黄花冈头的战士们呢，不但姓名，连人数也不知道。

为寻些材料，好发议论起见，只得查《辞源》。书里面有是有的，可不过是：

"黄花冈。地名，在广东省城北门外白云山之麓。清宣统三年三月二十九日，革命党数十人，攻袭督署，不成而死，丛葬于此。"

轻描淡写，和我所知道的差不多，于我并不能有所裨益。

我又愿意知道一点十七年前的三月二十九日的情形，但一时也找不到目击耳闻的耆老。从别的地方——如北京，南京，我的故乡——的例子推想起来，当时大概有若干人痛惜，若干人快意，若干人没有什么意见，若干人当作酒后茶余的谈助的罢。接着便将被人们忘却。久受压制的人们，被压制时只能忍苦，幸而解放了便只知道作乐，悲壮剧是不能久留在记忆里的。

但是三月二十九日的事却特别,当时虽然失败,十月就是武昌起义,第二年,中华民国便出现了。于是这些失败的战士,当时也就成为革命成功的先驱,悲壮剧刚要收场,又添上一个团圆剧的结束。这于我们是很可庆幸的,我想,在纪念黄花节的时候便可以看出。

我还没有亲自遇见过黄花节的纪念,因为久在北方。不过,中山先生的纪念日却遇见过了:在学校里,晚上来看演剧的特别多,连凳子也踏破了几条,非常热闹。用这例子来推断,那么,黄花节也一定该是极其热闹的罢。

当三月十二日那天的晚上,我在热闹场中,便深深地更感得革命家的伟大。我想,恋爱成功的时候,一个爱人死掉了,只能给生存的那一个以悲哀。然而革命成功的时候,革命家死掉了,却能每年给生存的大家以热闹,甚而至于欢欣鼓舞。惟独革命家,无论他生或死,都能给大家以幸福。同是爱,结果却有这样地不同,正无怪现在的青年,很有许多感到恋爱和革命的冲突的苦闷。

以上的所谓"革命成功",是指暂时的事而言;其实是"革命尚未成功"①的。革命无止境,倘使世上真有什么"止于至善",这人间世便同时变了凝固的东西了。不过,中国经了许多战士的精神和血肉的培养,却的确长出了一点先前所没有的幸福的花果来,也还有逐渐生长的希望。倘若不像有,那是因为继续培养的人们少,而赏玩,攀折这花,摘食这果实的人们倒是太多的缘故。

我并非说,大家都须天天去痛哭流涕,以凭吊先烈的"在天之灵",一年中有一天记起他们也就可以了。但就广东的现在而论,我却觉得大家对于节日的办法,还须改良一点。黄花节很热闹,热闹一天自然也好;热闹得疲劳了,回去就好好地睡一觉。然而第二

---

① 这是孙中山遗嘱中的话。

天,元气恢复了,就该加工做一天自己该做的工作。这当然是劳苦的,但总比枪弹从致命的地方穿过去要好得远;何况这也算是在培养幸福的花果,为着后来的人们呢。

三月二十四日夜。

(本篇最初发表于1927年3月29日中山大学政治训育部编印的《政治训育》第7期"黄花节特号",选自《而已集》)

略论中国人的脸

　　大约人们一遇到不大看惯的东西,总不免以为他古怪。我还记得初看见西洋人的时候,就觉得他脸太白,头发太黄,眼珠太淡,鼻梁太高。虽然不能明明白白地说出理由来,但总而言之:相貌不应该如此。至于对于中国人的脸,是毫无异议;即使有好丑之别,然而都不错的。

　　我们的古人,倒似乎并不放松自己中国人的相貌。周的孟轲就用眸子来判胸中的正不正,汉朝还有《相人》二十四卷。后来闹这玩艺儿的尤其多;分起来,可以说有两派罢:一是从脸上看出他的智愚贤不肖;一是从脸上看出他过去,现在和将来的荣枯。于是天下纷纷,从此多事,许多人就都战战兢兢地研究自己的脸。我想,镜子的发明,恐怕这些人和小姐们是大有功劳的。不过近来前一派已经不大有人讲究,在北京上海这些地方捣鬼的都只是后一派了。

　　我一向只留心西洋人。留心的结果,又觉得他们的皮肤未免太粗;毫毛有白色的,也不好。皮上常有红点,即因为颜色太白之故,倒不如我们之黄。尤其不好的是红鼻子,有时简直像是将要熔化的蜡烛油,仿佛就要滴下来,使人看得栗栗危惧,也不及黄色人种的较为隐晦,也见得较为安全。总而言之:相貌还是不应该如此的。

后来,我看见西洋人所画的中国人,才知道他们对于我们的相貌也很不敬。那似乎是《天方夜谈》或者《安徒生童话》中的插画,现在不很记得清楚了。头上戴着拖花翎的红缨帽,一条辫子在空中飞扬,朝靴的粉底非常之厚。但这些都是满洲人连累我们的。独有两眼歪斜,张嘴露齿,却是我们自己本来的相貌。不过我那时想,其实并不尽然,外国人特地要奚落我们,所以格外形容得过度了。

但此后对于中国一部分人们的相貌,我也逐渐感到一种不满,就是他们每看见不常见的事件或华丽的女人,听到有些醉心的说话的时候,下巴总要慢慢挂下,将嘴张了开来。这实在不大雅观;仿佛精神上缺少着一样什么机件。据研究人体的学者们说,一头附着在上颚骨上,那一头附着在下颚骨上的"咬筋",力量是非常之大的。我们幼小时候想吃核桃,必须放在门缝里将它的壳夹碎。但在成人,只要牙齿好,那咬筋一收缩,便能咬碎一个核桃。有着这么大的力量的筋,有时竟不能收住一个并不沉重的自己的下巴,虽然正在看得出神的时候,倒也情有可原,但我总以为究竟不是十分体面的事。

日本的长谷川如是闲是善于做讽刺文字的。去年我见过他的一本随笔集,叫作《猫・狗・人》;其中有一篇就说到中国人的脸。大意是初见中国人,即令人感到较之日本人或西洋人,脸上总欠缺着一点什么。久而久之,看惯了,便觉得这样已经尽够,并不缺少东西;倒是看得西洋人之流的脸上,多余着一点什么。这多余着的东西,他就给它一个不大高妙的名目:兽性。中国人的脸上没有这个,是人,则加上多余的东西,即成了下列的算式:

人+兽性=西洋人

他借了称赞中国人,贬斥西洋人,来讥刺日本人的目的,这样就达到了,自然不必再说这兽性的不见于中国人的脸上,是本来没有的呢,还是现在已经消除。如果是后来消除的,那么,是渐渐净尽而只剩了人性的呢,还是不过渐渐成了驯顺。野牛成为家牛,野猪成为猪,狼成为狗,野性是消失了,但只足使牧人喜欢,于本身并无好处。人不过是人,不再夹杂着别的东西,当然再好没有了。倘不得已,我以为还不如带些兽性,如果合于下列的算式倒是不很有趣的:

　　　　人+家畜性=某一种人

　　中国人的脸上真可有兽性的记号的疑案,暂且中止讨论罢。我只要说近来却在中国人所理想的古今人的脸上,看见了两种多余。一到广州,我觉得比我所从来的厦门丰富得多的,是电影,而且大半是"国片",有古装的,有时装的。因为电影是"艺术",所以电影艺术家便将这两种多余加上去了。

　　古装的电影也可以说是好看,那好看下下于看戏;至少,决不至于有大锣大鼓将人的耳朵震聋。在"银幕"上,则有身穿不知何时何代的衣服的人物,缓慢地动作;脸正如古人一般死,因为要显得活,便只好加上些旧式戏子的昏庸。

　　时装人物的脸,只要见过清朝光绪年间上海的吴友如的《画报》的,便会觉得神态非常相像。《画报》所画的大抵不是流氓拆梢①,便是妓女吃醋,所以脸相都狡猾。这精神似乎至今不变,国产影片中的人物,虽是作者以为善人杰士者,眉宇间也总带些上海洋场式的狡猾。可见不如此,是连善人杰士也做不成的。

　　听说,国产影片之所以多,是因为华侨欢迎,能够获利,每一新片到,老的便带了孩子去指点给他们看道:"看哪,我们的祖国的

---

① 上海方言,指流氓制造事端诈取财物的行为。

人们是这样的。"在广州似乎也受欢迎,日夜四场,我常见看客坐得满满。

广州现在也如上海一样,正在这样地修养他们的趣味。可惜电影一开演,电灯一定熄灭,我不能看见人们的下巴。

四月六日。

(本篇最初发表于1927年11月25日《莽原》半月刊第2卷第21期、22期合刊,选自《而已集》)

读 书 杂 谈

——七月十六日在广州知用中学讲

因为知用中学的先生们希望我来演讲一回,所以今天到这里和诸君相见。不过我也没有什么东西可讲。忽而想到学校是读书的所在,就随便谈谈读书。是我个人的意见,姑且供诸君的参考,其实也算不得什么演讲。

说到读书,似乎是很明白的事,只要拿书来读就是了,但是并不这样简单。至少,就有两种:一是职业的读书,一是嗜好的读书。所谓职业的读书者,譬如学生因为升学,教员因为要讲功课,不翻翻书,就有些危险的就是。我想在坐的诸君之中一定有些这样的经验,有的不喜欢算学,有的不喜欢博物,然而不得不学,否则,不能毕业,不能升学,和将来的生计便有妨碍了。我自己也这样,因为做教员,有时即非看不喜欢看的书不可,要不这样,怕不久便会于饭碗有妨。我们习惯了,一说起读书,就觉得是高尚的事情,其实这样的读书,和木匠的磨斧头,裁缝的理针线并没有什么分别,并不见得高尚,有时还很苦痛,很可怜。你爱做的事,偏不给你做,你不爱做的,倒非做不可。这是由于职业和嗜好不能合一而来的。倘能够大家去做爱做的事,而仍然各有饭吃,那是多么幸福。但现在的社会上还做不到,所以读书的人们的最大部分,大概是勉勉强强的,带着苦痛的为职业的读书。

现在再讲嗜好的读书罢。那是出于自愿,全不勉强,离开了利害关系的。——我想,嗜好的读书,该如爱打牌的一样,天天打,夜夜打,连续的去打,有时被公安局捉去了,放出来之后还是打。诸君要知道真打牌的人的目的并不在赢钱,而在有趣。牌有怎样的有趣呢,我是外行,不大明白。但听得爱赌的人说,它妙在一张一张的摸起来,永远变化无穷。我想,凡嗜好的读书,能够手不释卷的原因也就是这样。他在每一叶每一叶里,都得着深厚的趣味。自然,也可以扩大精神,增加智识的,但这些倒都不计及,一计及,便等于意在赢钱的博徒了,这在博徒之中,也算是下品。

不过我的意思,并非说诸君应该都退了学,去看自己喜欢看的书去,这样的时候还没有到来;也许终于不会到,至多,将来可以设法使人们对于非做不可的事发生较多的兴味罢了。我现在是说,爱看书的青年,大可以看看本分以外的书,即课外的书,不要只将课内的书抱住。但请不要误解,我并非说,譬如在国文讲堂上,应该在抽屉里暗看《红楼梦》之类;乃是说,应做的功课已完而有余暇,大可以看看各样的书,即使和本业毫不相干的,也要泛览。譬如学理科的,偏看看文学书,学文学的,偏看看科学书,看看别个在那里研究的,究竟是怎么一回事。这样子,对于别人,别事,可以有更深的了解。现在中国有一个大毛病,就是人们大概以为自己所学的一门是最好,最妙,最要紧的学问,而别的都无用,都不足道的,弄这些不足道的东西的人,将来该当饿死。其实是,世界还没有如此简单,学问都各有用处,要定什么是头等还很难。也幸而有各式各样的人,假如世界上全是文学家,到处所讲的不是"文学的分类"便是"诗之构造",那倒反而无聊得很了。

不过以上所说的,是附带而得的效果,嗜好的读书,本人自然并不计及那些,就如游公园似的,随随便便去,因为随随便便,所以不吃力,因为不吃力,所以会觉得有趣。如果一本书拿到手,就满心想道,"我在读书了!""我在用功了!"那就容易疲劳,因而减掉兴味,或者变成苦事了。

我看现在的青年,为兴味的读书的是有的,我也常常遇到各样的询问。此刻就将我所想到的说一点,但是只限于文学方面,因为我不明白其他的。

第一,是往往分不清文学和文章。甚至于已经来动手做批评文章的,也免不了这毛病。其实粗粗的说,这是容易分别的。研究文章的历史或理论的,是文学家,是学者;做做诗,或戏曲小说的,是做文章的人,就是古时候所谓文人,此刻所谓创作家。创作家不妨毫不理会文学史或理论,文学家也不妨做不出一句诗。然而中国社会上还很误解,你做几篇小说,便以为你一定懂得小说概论,做几句新诗,就要你讲诗之原理。我也尝见想做小说的青年,先买小说法程和文学史来看。据我看来,是即使将这些书看烂了,和创作也没有什么关系的。

事实上,现在有几个做文章的人,有时也确去做教授。但这是因为中国创作不值钱,养不活自己的缘故。听说美国小名家的一篇中篇小说,时价是二千美金;中国呢,别人我不知道,我自己的短篇寄给大书铺,每篇卖过二十元。当然要寻别的事,例如教书,讲文学。研究是要用理智,要冷静的,而创作须情感,至少总得发点热,于是忽冷忽热,弄得头昏,——这也是职业和嗜好不能合一的苦处。苦倒也罢了,结果还是什么都弄不好。那证据,是试翻世界文学史,那里面的人,几乎没有兼做教授的。

还有一种坏处,是一做教员,未免有顾忌;教授有教授的架子,不能畅所欲言。这或者有人要反驳:那么,你畅所欲言就是了,何必如此小心。然而这是事前的风凉话,一到有事,不知不觉地他也要从众来攻击的。而教授自身,纵使自以为怎样放达,下意识里总不免有架子在。所以在外国,称为"教授小说"的东西倒并不少,但是不大有人说好,至少,是总难免有令人发烦的炫学的地方。

所以我想,研究文学是一件事,做文章又是一件事。

第二,我常被询问:要弄文学,应该看什么书?这实在是一个极难回答的问题。先前也曾有几位先生给青年开过一大篇书目。但从我看来,这是没有什么用处的,因为我觉得那都是开书目的先生自己想要看或者未必想要看的书目。我以为倘要弄旧的呢,倒不如姑且靠着张之洞的《书目答问》去摸门径去。倘是新的,研究文学,则自己先看看各种的小本子,如本间久雄的《新文学概论》,厨川白村的《苦闷的象征》,瓦浪斯基们的《苏俄的文艺论战》之类,然后自己再想想,再博览下去。因为文学的理论不像算学,二二一定得四,所以议论很纷歧。如第三种,便是俄国的两派的争论,——我附带说一句,近来听说连俄国的小说也不大有人看了,似乎一看见"俄"字就吃惊,其实苏俄的新创作何尝有人绍介,此刻译出的几本,都是革命前的作品,作者在那边都已经被看作反革命的了。倘要看看文艺作品呢,则先看几种名家的选本,从中觉得谁的作品自己最爱看,然后再看这一个作者的专集,然后再从文学史上看看他在史上的位置;倘要知道得更详细,就看一两本这人的传记,那便可以大略了解了。如果专是请教别人,则各人的嗜好不同,总是格不相入的。

第三,说几句关于批评的事。现在因为出版物太多了,——其实有什么呢,而读者因为不胜其纷纭,便渴望批评,于是批评家也便应运而起。批评这东西,对于读者,至少对于和这批评家趣旨相近的读者,是有用的。但中国现在,似乎应该暂作别论。往往有人误以为批评家对于创作是操生杀之权,占文坛的最高位的,就忽而变成批评家;他的灵魂上挂了刀。但是怕自己的立论不周密,便主张主观,有时怕自己的观察别人不看重,又主张客观;有时说自己的作文的根柢全是同情,有时将校对者骂得一文不值。凡中国的批评文字,我总是越看越胡涂,如果当真,就要无路可走。印度人是早知道的,有一个很普通的比喻。他们说:一个老翁和一个孩子用一匹驴子驮着货物去出卖,货卖去了,孩子骑驴回来,老翁跟着走。但路人责备他了,说是不晓事,叫老年人徒步。他们便换了一个地位,而旁人又说老人忍心;老人忙将孩子抱到鞍鞯上,后来看见的人却说他们残酷;于是都下来,走了不久,可又有人笑他们了,说他们是呆子,空着现成的驴子却不骑。于是老人对孩子叹息道,我们只剩了一个办法了,是我们两人抬着驴子走。无论读,无论做,倘若旁征博访,结果是往往会弄到抬驴子走的。

不过我并非要大家不看批评,不过说看了之后,仍要看看本书,自己思索,自己做主。看别的书也一样,仍要自己思索,自己观察。倘只看书,便变成书厨,即使自己觉得有趣,而那趣味其实是已在逐渐硬化,逐渐死去了。我先前反对青年躲进研究室①,也就是这意思,至今有些学者,还将这话算作我的一条罪状哩。

听说英国的培那特萧(Bernard Shaw)②,有过这样意思的话:世间最不行的是读书者。因为他只能看别人的思想艺术,不用自己。这也就是勖本华尔(Schopenhauer)③之所谓脑子里给别人跑马。较好的是思索者。因为能用自己的生活力了,但还不免是空想,所以更好的是观察者,他用自己的眼睛去读世间这一部活书。

这是的确的,实地经验总比看,听,空想确凿。我先前吃过干荔支,罐头荔支,陈年荔支,并且由这些推想过新鲜的好荔支。这回吃过了,和我所猜想的不同,非到广东来吃就永不会知道。但我对于萧的所说,还要加一点骑墙的议论。萧是爱尔兰人,立论也不

---

① "五四"以后,胡适曾提出"进研究室""整理国故"的主张。
② 通译萧伯纳,英国文学家。
③ 通译叔本华,德国哲学家。

免有些偏激的。我以为假如从广东乡下找一个没有历练的人,叫他从上海到北京或者什么地方,然后问他观察所得,我恐怕是很有限的,因为他没有练习过观察力。所以要观察,还是先要经过思索和读书。

总之,我的意思是很简单的:我们自动的读书,即嗜好的读书,请教别人是大抵无用,只好先行泛览,然后决择而入于自己所爱的较专的一门或几门;但专读书也有弊病,所以必须和实社会接触,使所读的书活起来。

(本篇记录稿经作者校阅后最初发表于1927年8月18、19、22日广州《民国日报》副刊《现代青年》第179、180、181期,选自《而已集》)

扣丝杂感

　　以下这些话,是因为见了《语丝》(一四七期)的《随感录》(二八)[1]而写的。

　　这半年来,凡我所看的期刊,除《北新》外,没有一种完全的:《莽原》,《新生》,《沉钟》。甚至于日本文的《斯文》,里面所讲的都是汉学,末尾附有《西游记传奇》,我想和演义来比较一下,所以很切用,但第二本即缺少,第四本起便杳然了。至于《语丝》,我所没有收到的统共有六期,后来多从市上的书铺里补得,惟有一二六和一四三终于买不到,至今还不知道内容究竟是怎样。

　　这些收不到的期刊,是遗失,还是没收的呢?我以为两者都有。没收的地方,是北京,天津,还是上海,广州呢?我以为大约也各处都有。至于没收的缘故,那可是不得而知了。

　　我所确切知道的,有这样几件事。是《莽原》也被扣留过一期,不过这还可以说,因为里面有俄国作品的翻译。那时只要一个"俄"字,已够惊心动魄,自然无暇顾及时代和内容。但韦丛芜的《君山》,也被扣留。这一本诗,不但说不到"赤",并且也说不到

---

[1] 指岂明所作的《光荣》,其中谈到《语丝》第141期登载《吴公如何》一文指斥吴稚晖提议"清党",因而该刊从那一期以后在南方便都被扣留之事。

"白",正和作者的年纪一样,是"青"的,而竟被禁锢在邮局里。黎锦明先生早有来信,说送我《烈火集》,一本是托书局寄的,怕他们忘记,自己又寄了一本。但至今已将半年,一本也没有到。我想,十之八九都被没收了,因为火色既"赤",而况又"烈"乎,当然通不过的。

《语丝》一三二期寄到我这里的时候是出版后约六星期,封皮上写着两个绿色大字道:"扣留",另外还有检查机关的印记和封条。打开看时,里面是《猩猩人的创世记》,《无题》,《寂寞札记》,《撒园荽》,《苏曼殊及其友人》,都不像会犯禁。我便看《来函照登》,是讲"情死""情杀"的,不要紧,目下还不管这些事。只有《闲话拾遗》了。这一期特别少,共只两条。一是讲日本的,大约也还不至于犯禁。一是说来信告诉"清党"的残暴手段的,《语丝》此刻不想登。莫非因为这一条么?但不登何以又不行呢?莫明其妙。然而何以"扣留"而又放行了呢?也莫明其妙。

这莫明其妙的根源,我以为在于检查的人员。

中国近来一有事,首先就检查邮电。这检查的人员,有的是团长或区长,关于论文诗歌之类,我觉得我们不必和他多谈。但即使是读书人,其实还是一样的说不明白,尤其是在所谓革命的地方。直截痛快的革命训练弄惯了,将所有革命精神提起,如油的浮在水面一般,然而顾不及增加营养。所以,先前是刊物的封面上画一个工人,手捏铁铲或鹤嘴锹,文中有"革命!革命!""打倒!打倒!"者,一帆风顺,算是好的。现在是要画一个少年军人拿旗骑在马上,里面"严办!严办!"这才庶几免于罪戾。至于什么"讽刺","幽默","反语","闲谈"等类,实在还是格不相入。从格不相入,而成为视之懵然,结果即不免有些弄得乱七八糟,谁也莫明其妙。

还有一层,是终日检查刊物,不久就会头昏眼花,于是讨厌,于是生气,于是觉得刊物大抵可恶——尤其是不容易了然的——而非严办不可。我记得书籍不切边,我也是作俑者之一,当时实在是没有什么恶意的。后来看见方传宗先生的通信(见本《丝》一二九),竟说得要毛边装订的人有如此可恶,不觉满肚子冤屈。但仔细一想,方先生似乎是图书馆员,那么,要他老是裁那并不感到兴趣的毛边书,终于不免生气而大骂毛边党,正是毫不足怪的事。检查员也同此例,久而久之,就要发火,开初或者看得详细点,但后来总不免《烈火集》也可怕,《君山》也可疑,——只剩了一条最稳当的路:扣留。

两个月前罢,看见报上记着某邮局因为扣下的刊物太多,无处存放了,一律焚毁。我那时实在感到心痛,仿佛内中很有几本是我的东西似的。呜呼哀哉!我的《烈火集》呵。我的《西游记传奇》呵。我的……。

附带还要说几句关于毛边的牢骚。我先前在北京参与印书的时候,自己暗暗地定下了三样无关紧要的小改革,来试一试。一,是首页的书名和著者的题字,打破对称式;二,是每篇的第一行之前,留下几行空白;三,就是毛边。现在的结果,第一件已经有恢复香炉烛台式的了;第二件有时无论怎样叮嘱,而临印的时候,工人终于将第一行的字移到纸边,用"迅雷不及掩耳的手段",使你无可挽救;第三件被攻击最早,不久我便有条件的降伏了。与李老板①约:别的不管,只是我的译著,必须坚持毛边到底!但是,今竟如何?老板送给我的五部或十部,至今还确是毛边。不过在书铺里,我却发见了毫无"毛"气,四面光滑的《彷徨》之类。归根结蒂,他们都将彻底的胜利。所以说我想改革社会,或者和改革社会有关,那是完全冤枉的,我早已瘟头瘟脑,躺在板床上吸烟卷——彩凤牌——了。

---

① 指北新书局主持者李小峰。

言归正传。刊物的暂时要碰钉子,也不但遇到检查员,我恐怕便是读书的青年,也还是一样。先已说过,革命地方的文字,是要直截痛快,"革命!革命!"的,这才是"革命文学"。我曾经看见一种期刊上登载一篇文章,后有作者的附白,说这一篇没有谈及革命,对不起读者,对不起对不起。但自从"清党"以后,这"直截痛快"以外,却又增添了一种神经过敏。"命"自然还是要革的,然而又不宜太革,太革便近于过激,过激便近于共产党,变了"反革命"了。所以现在的"革命文学",是在顽固这一种反革命和共产党这一种反革命之间。

于是又发生了问题,便是"革命文学"站在这两种危险物之间,如何保持她的纯正——正宗。这势必至于必须防止近于赤化的思想和文字,以及将来有趋于赤化之虑的思想和文字。例如,攻击礼教和白话,即有趋于赤化之忧。因为共产派无视一切旧物,而白话则始于《新青年》,而《新青年》乃独秀所办。今天看见北京教育部禁止白话①的消息,我逆料《语丝》必将有几句感慨,但我实在是无动于中。我觉得连思想文字,也到处都将窒息,几句白话黑话,已经没有什么大关系了。

那么,谈谈风月,讲讲女人,怎样呢?也不行。这是"不革命"。"不革命"虽然无罪,然而是不对的!

现在在南边,只剩了一条"革命文学"的独木小桥,所以外来的许多刊物,便通不过,扑通!扑通!都掉下去了。

但这直接痛快和神经过敏的状态,其实大半也还是视指挥刀的指挥而转移的。而此时刀尖的挥动,还是横七竖八。方向有个一定之后,或者可以好些罢。然而也不过是"好些",内中的骨子,

---

① 这是1927年9月北洋政府教育部发布的一项命令,规定"无论编纂何项讲义及课本,均不准再用白话文体,以昭划一而重国学"。

恐怕还不外乎窒息，因为这是先天性的遗传。

先前偶然看见一种报上骂郁达夫先生，说他《洪水》上的一篇文章，是不怀好意，恭维汉口。我就去买《洪水》来看，则无非说旧式的崇拜一个英雄，已和现代潮流不合，倒也看不出什么恶意来。这就证明着眼光的钝锐，我和现在的青年文学家已很不同了。所以《语丝》的莫明其妙的失踪，大约也许只是我们自己莫明其妙，而上面的检查员云云，倒是假设的恕词。

至于一四五期以后，这里是全都收到的，大约惟在上海者被押。假如真的被押，我却以为大约也与吴老先生无关。"打倒……打倒……严办……严办……"，固然是他老先生亲笔的话，未免有些责任，但有许多动作却并非他的手脚了。在中国，凡是猛人（这是广州常用的话，其中可以包括名人，能人，阔人三种），都有这种的运命。

无论是何等样人，一成为猛人，则不问其"猛"之大小，我觉得他的身边便总有几个包围的人们，围得水泄不透。那结果，在内，是使该猛人逐渐变成昏庸，有近乎傀儡的趋势。在外，是使别人所看见的并非该猛人的本相，而是经过了包围者的曲折而显现的幻形。至于幻得怎样，则当视包围者是三棱镜呢，还是凸面或凹面而异。假如我们能有一种机会，偶然走到一个猛人的近旁，便可以看见这时包围者的脸面和言动，和对付别的人们的时候有怎样地不同。我们在外面看见一个猛人的亲信，谬妄骄恣，很容易以为该猛人所爱的是这样的人物。殊不知其实是大谬不然的。猛人所看见的他是娇嫩老实，非常可爱，简直说话会口吃，谈天要脸红。老实说一句罢，虽是"世故的老人"如不佞者，有时从旁看来也觉得倒也并不坏。

但同时也就发生了胡乱的矫诏和过度的巴结，而晦气的人物呀，刊物呀，植物呀，矿物呀，则于是乎遭灾。但猛人大抵是不知道的。凡知道一点北京掌故的,该还记得袁世凯做皇帝时候的事罢。要看日报,包围者连报纸都会特印了给他看,民意全部拥戴,舆论一致赞成。直要待到蔡松坡云南起义,这才阿呀一声,连一连吃了二十多个馒头都自己不知道。但这一出戏也就闭幕,袁公的龙驭上宾于天了。

包围者便离开了这一株已倒的大树,去寻求别一个新猛人。

我曾经想做过一篇《包围新论》,先述包围之方法,次论中国之所以永是走老路,原因即在包围,因为猛人虽有起仆兴亡,而包围者永是这一伙。次更论猛人倘能脱离包围,中国就有五成得救。结末是包围脱离法。——然而终于想不出好的方法来,所以这新论也还没有敢动笔。

爱国志士和革命青年幸勿以我为懒于筹画,只开目录而没有文章。我思索是也在思索的,曾经想到了两样法子,但反复一想,都无用。一,是猛人自己出去看看外面的情形,不要先"清道"。然而虽不"清道",大家一遇猛人,大抵也会先就改变了本然的情形,再也看不出真模样。二,是广接各样的人物,不为一定的若干人所包围。然而久而久之,也终于有一群制胜,而这最后胜利者的包围力则最强大,归根结蒂,也还是古已有之的运命:龙驭上宾于天。

世事也还是像螺旋。但《语丝》今年特别碰钉子于南方,仿佛得了新境遇,这又是什么缘故呢?这一点,我自以为是容易解答的。

"革命尚未成功",是这里常见的标语。但由我看来,这仿佛已经成了一句谦虚话,在后方的一大部分的人们的心里,是"革命已经成功"或"将近成功"了。既然已经成功或将近成功,自己又是革命家,也就是中国的主人翁,则对于一切,当然有管理的权利和义务。刊物虽小事,自然也在看管之列。有近于赤化之虑者无论矣,而要说不吉利语,即可以说是颇有近于"反革命"的气息了,至少,也很令人不欢。而《语丝》,是每有不肯凑趣的坏脾气的,则其不免于有时失踪也,盖犹其小焉者耳。

九月十五日。

(本篇最初发表于1927年10月22日《语丝》
周刊第154期,选自《而已集》)

小 杂 感

蜜蜂的刺,一用即丧失了它自己的生命;犬儒的刺,一用则苟延了他自己的生命。

他们就是如此不同。

约翰穆勒说:专制使人们变成冷嘲。

而他竟不知道共和使人们变成沉默。

要上战场,莫如做军医;要革命,莫如走后方;要杀人,莫如做刽子手。既英雄,又稳当。

与名流学者谈,对于他之所讲,当装作偶有不懂之处。太不懂被看轻,太懂了被厌恶。偶有不懂之处,彼此最为合宜。

世间大抵只知道指挥刀所以指挥武士,而不想到也可以指挥文人。

又是演讲录,又是演讲录。①

---

① 指当时不断编印出售的蒋介石、汪精卫等人的演讲集。

但可惜都没有讲明他何以和先前大两样了；也没有讲明他演讲时，自己是否真相信自己的话。

阔的聪明人种种譬如昨日死。
不阔的傻子种种实在昨日死。

曾经阔气的要复古，正在阔气的要保持现状，未曾阔气的要革新。
大抵如是。大抵！

他们之所谓复古，是回到他们所记得的若干年前，并非虞夏商周。

女人的天性中有母性，有女儿性；无妻性。
妻性是逼成的，只是母性和女儿性的混合。

防被欺。
自称盗贼的无须防，得其反倒是好人；自称正人君子的必须防，得其反则是盗贼。

楼下一个男人病得要死，那间壁的一家唱着留声机；对面是弄孩子。楼上有两人狂笑；还有打牌声。河中的船上有女人哭着她死去的母亲。
人类的悲欢并不相通，我只觉得他们吵闹。

每一个破衣服人走过，叭儿狗就叫起来，其实并非都是狗主人的意旨或使嗾。

叭儿狗往往比它的主人更严厉。

恐怕有一天总要不准穿破布衫,否则便是共产党。

革命,反革命,不革命。
革命的被杀于反革命的。反革命的被杀于革命的。不革命的或当作革命的而被杀于反革命的,或当作反革命的而被杀于革命的,或并不当作什么而被杀于革命的或反革命的。
革命,革革命,革革革命,革革……。

人感到寂寞时,会创作;一感到干净时,即无创作,他已经一无所爱。
创作总根于爱。
杨朱无书。
创作虽说抒写自己的心,但总愿意有人看。
创作是有社会性的。
但有时只要有一个人看便满足:好友,爱人。

人往往憎和尚,憎尼姑,憎回教徒,憎耶教徒,而不憎道士。
懂得此理者,懂得中国大半。

要自杀的人,也会怕大海的汪洋,怕夏天死尸的易烂。
但遇到澄静的清池,凉爽的秋夜,他往往也自杀了。

凡为当局所"诛"者皆有"罪"。

刘邦除秦苛暴,"与父老约,法三章耳。"

而后来仍有族诛,仍禁挟书,还是秦法。

法三章者,话一句耳。

一见短袖子,立刻想到白臂膊,立刻想到全裸体,立刻想到生殖器,立刻想到性交,立刻想到杂交,立刻想到私生子。

中国人的想像惟在这一层能够如此跃进。

九月二十四日。

(本篇最初发表于 1927 年 12 月 17 日《语丝》
周刊第 4 卷第 1 期,选自《而已集》)

无声的中国

——二月十六日在香港青年会讲

以我这样没有什么可听的无聊的讲演,又在这样大雨的时候,竟还有这许多来听的诸君,我首先应当声明我的郑重的感谢。

我现在所讲的题目是:《无声的中国》。

现在,浙江,陕西,都在打仗,那里的人民哭着呢还是笑着呢,我们不知道。香港似乎很太平,住在这里的中国人,舒服呢还是不很舒服呢,别人也不知道。

发表自己的思想,感情给大家知道的是要用文章的,然而拿文章来达意,现在一般的中国人还做不到。这也怪不得我们;因为那文字,先就是我们的祖先留传给我们的可怕的遗产。人们费了多年的工夫,还是难于运用。因为难,许多人便不理它了,甚至于连自己的姓也写不清是张还是章,或者简直不会写,或者说道:Chang。虽然能说话,而只有几个人听到,远处的人们便不知道,结果也等于无声。又因为难,有些人便当作宝贝,像玩把戏似的,之乎者也,只有几个人懂,——其实是不知道可真懂,而大多数的人们却不懂得,结果也等于无声。

文明人和野蛮人的分别,其一,是文明人有文字,能够把他们的思想,感情,藉此传给大众,传给将来。中国虽然有文字,现在却已经和大家不相干,用的是难懂的古文,讲的是陈旧的古意思,所有的声音,都是过去的,都就是只等于零的。所以,大家不能互相了解,正像一大盘散沙。

将文章当作古董,以不能使人认识,使人懂得为好,也许是有趣的事罢。但是,结果怎样呢?是我们已经不能将我们想说的话说出来。我们受了损害,受了侮辱,总是不能说出些应说的话。拿最近的事情来说,如中日战争,拳匪事件,民元革命这些大事件,一直到现在,我们可有一部像样的著作?民国以来,也还是谁也不作声。反而在外国,倒常有说起中国的,但那都不是中国人自己的声音,是别人的声音。

这不能说话的毛病,在明朝是还没有这样厉害的;他们还比较地能够说些要说的话。待到满洲人以异族侵入中国,讲历史的,尤其是讲宋末的事情的人被杀害了,讲时事的自然也被杀害了。所以,到乾隆年间,人民大家便更不敢用文章来说话了。① 所谓读书人,便只好躲起来读经,校刊古书,做些古时的文章,和当时毫无关系的文章。有些新意,也还是不行的;不是学韩,便是学苏。韩愈苏轼他们,用他们自己的文章来说当时要说的话,那当然可以的。我们却并非唐宋时人,怎么做和我们毫无关系的时候的文章呢。即使做得像,也是唐宋时代的声音,韩愈苏轼的声音,而不是我们现代的声音。然而直到现在,中国人却还要着这样的旧戏法。人是有的,没有声音,寂寞得很。——人会没有声音的么?没有,可以说:是死了。倘要说得客气一点,那就是:已经哑了。

要恢复这多年无声的中国,是不容易的,正如命令一个死掉的人道:"你活过来!"我虽然并不懂得宗教,但我以为正如想出现一个宗教上之所谓"奇迹"一样。

---

① 清朝皇帝康熙、雍正和乾隆曾制造多起文字狱,很多人遭到迫害和屠杀。

首先来尝试这工作的是"五四运动"前一年,胡适之先生所提倡的"文学革命"。"革命"这两个字,在这里不知道可害怕,有些地方是一听到就害怕的。但这和文学两字连起来的"革命",却没有法国革命的"革命"那么可怕,不过是革新,改换一个字,就很平和了,我们就称为"文学革新"罢,中国文字上,这样的花样是很多的。那大意也并不可怕,不过说:我们不必再去费尽心机,学说古代的死人的话,要说现代的活人的话;不要将文章看作古董,要做容易懂得的白话的文章。然而,单是文学革新是不够的,因为腐败思想,能用古文做,也能用白话做。所以后来就有人提倡思想革新。思想革新的结果,是发生社会革新运动。这运动一发生,自然一面就发生反动,于是便酿成战斗……。

但是,在中国,刚刚提起文学革新,就有反动了。不过白话文却渐渐风行起来,不大受阻碍。这是怎么一回事呢？就因为当时又有钱玄同先生提倡废止汉字,用罗马字母来替代。这本也不过是一种文字革新,很平常的,但被不喜欢改革的中国人听见,就大不得了了,于是便放过了比较的平和的文学革命,而竭力来骂钱玄同。白话乘了这一个机会,居然减去了许多敌人,反而没有阻碍,能够流行了。

中国人的性情是总喜欢调和,折中的。譬如你说,这屋子太暗,须在这里开一个窗,大家一定不允许的。但如果你主张拆掉屋顶,他们就会来调和,愿意开窗了。没有更激烈的主张,他们总连平和的改革也不肯行。那时白话文之得以通行,就因为有废掉中国字而用罗马字母的议论的缘故。

其实,文言和白话的优劣的讨论,本该早已过去了,但中国是总不肯早早解决的,到现在还有许多无谓的议论。例如,有的说古文各省人都能懂,白话就各处不同,反而不能互相了解了。殊不知这只要教育普及和交通发达就好,那时就人人都能懂较为易解的白话文；至于古文，何尝各省人都能懂，便是一省里，也没有许多人懂得的。有的说：如果都用白话文，人们便不能看古书，中国的文化就灭亡了。其实呢，现在的人们大可以不必看古书，即使古书里真有好东西，也可以用白话来译出的，用不着那么心惊胆战。他们又有人说，外国尚且译中国书，足见其好，我们自己倒不看么？殊不知埃及的古书，外国人也译，非洲黑人的神话，外国人也译，他们别有用意，即使译出，也算不了怎样光荣的事的。

近来还有一种说法，是思想革新紧要，文字改革倒在其次，所以不如用浅显的文言来作新思想的文章，可以少招一重反对。这话似乎也有理。然而我们知道，连他长指甲都不肯剪去的人，是决不肯剪去他的辫子的。

因为我们说着古代的话，说着大家不明白，不听见的话，已经弄得像一盘散沙，痛痒不相关了。我们要活过来，首先就须由青年们不再说孔子孟子和韩愈柳宗元们的话。时代不同，情形也两样，孔子时代的香港不这样，孔子口调的"香港论"是无从做起的，"吁嗟阔哉香港也"，不过是笑话。

我们要说现代的，自己的话；用活着的白话，将自己的思想，感情直白地说出来。但是，这也要受前辈先生非笑的。他们说白话文卑鄙，没有价值；他们说年青人作品幼稚，贻笑大方。我们中国能做文言的有多少呢，其余的都只能说白话，难道这许多中国人，就都是卑鄙，没有价值的么？至于幼稚，尤其没有什么可羞，正如孩子对于老人，毫没有什么可羞一样。幼稚是会生长，会成熟的，只不要衰老，腐败，就好。倘说待到纯熟了才可以动手，那是虽是村妇也不至于这样蠢。她的孩子学走路，即使跌倒了，她决不至于叫孩子从此躺在床上，待到学会了走法再下地面来的。

青年们先可以将中国变成一个有声的中国。大胆地说话，勇敢地进行，忘掉了一切利害，推开了古人，将自己的真心的话发表出来。——真,自然是不容易的。譬如态度,就不容易真,讲演时候就不是我的真态度,因为我对朋友,孩子说话时候的态度是不这样的。——但总可以说些较真的话,发些较真的声音。只有真的声音,才能感动中国的人和世界的人;必须有了真的声音,才能和世界的人同在世界上生活。

我们试想现在没有声音的民族是那几种民族。我们可听到埃及人的声音?叩听到安南,朝鲜的声音?印度除了泰戈尔,别的声音可还有?

我们此后实在只有两条路:一是抱着古文而死掉,一是舍掉古文而生存。

(本篇最初刊于香港某报,1927年3月23日汉口《中央日报》副刊转载,选自《三闲集》)

太平歌诀

四月六日的《申报》上有这样的一段记事：

"南京市近日忽发现一种无稽谣传,谓总理墓行将工竣,石匠有摄收幼童灵魂,以合龙口之举。市民以讹传讹,自相惊扰,因而家家幼童,左肩各悬红布一方,上书歌诀四句,借避危险。其歌诀约有三种：（一）人来叫我魂,自叫自当承。叫人叫不着,自己顶石坟。（二）石叫石和尚,自叫自承当。急早回家转,免去顶坟坛。（三）你造中山墓,与我何相干？一叫魂不去,再叫自承当。"（后略）

这三首中的无论那一首,虽只寥寥二十字,但将市民的见解：对于革命政府的关系,对于革命者的感情,都已经写得淋漓尽致。虽有善于暴露社会黑暗面的文学家,恐怕也难有做到这么简明深切的了。"叫人叫不着,自己顶石坟"。则竟包括了许多革命者的传记和一部中国革命的历史。

看看有些人们的文字,似乎硬要说现在是"黎明之前"。然而市民是这样的市民,黎明也好,黄昏也好,革命者们总不能不背着这一伙市民进行。鸡肋,弃之不甘,食之无味,就要这样地牵缠下去。五十一年后能否就有出路,是毫无把握的。

近来的革命文学家往往特别畏惧黑暗,掩藏黑暗,但市民却毫不客气,自己表现了。那小巧的机灵和这厚重的麻木相撞,便使革命文学家不敢正视社会现象,变成婆婆妈妈,欢迎喜鹊,憎厌枭鸣,只检一点吉祥之兆来陶醉自己,于是就算超出了时代。

恭喜的英雄,你前去罢,被遗弃了的现实的现代,在后面恭送你的行旌。

但其实还是同在。你不过闭了眼睛。不过眼睛一闭,"顶石坟"却可以不至于了,这就是你的"最后的胜利"。

四月十日。

(本篇最初发表于1928年4月30日《语丝》第4卷第18期,选自《三闲集》)

铲 共 大 观

仍是四月六日的《申报》上，又有一段《长沙通信》，叙湘省破获共产党省委会，"处死刑者三十余人，黄花节斩决八名"。其中有几处文笔做得极好，抄一点在下面：

"……是日执行之后，因马（淑纯，十六岁；志纯，十四岁）傅（凤君，二十四岁）三犯，系属女性，全城男女往观者，终日人山人海，拥挤不通。加以共魁郭亮之首级，又悬之司门口示众，往观者更众。司门口八角亭一带，交通为之断绝。计南门一带民众，则看郭亮首级后，又赴教育会看女尸。北门一带民众，则在教育会看女尸后，又往司门口看郭首级。全城扰攘，铲共空气，为之骤张；直至晚间，观者始不似日间之拥挤。"

抄完之后，觉得颇不妥。因为我就想发一点议论，然而立刻又想到恐怕一面有人疑心我在冷嘲（有人说，我是只喜欢冷嘲的），一面又有人责罚我传播黑暗，因此咒我灭亡，自己带着一切黑暗到地底里去。但我熬不住，——别的议论就少发一点罢，单从"为艺术的艺术"说起来，你看这不过一百五六十字的文章，就多么有力。我一读，便仿佛看见司门口挂着一颗头，教育会前列着三具不连头的女尸。而且至少是赤膊的，——但这也许我猜得不对，是我自己太黑暗之故。而许多"民众",一批是由北往南,一批是由南往北,挤着,嚷着……。再添一点蛇足,是脸上都表现着或者正在神往,或者已经满足的神情。在我所见的"革命文学"或"写实文学"中,还没有遇到过这么强有力的文学。批评家罗喀绥夫斯奇说的罢:"安特列夫竭力要我们恐怖,我们却并不怕;契诃夫不这样,我们倒恐怖了。"这百余字实在抵得上小说一大堆,何况又是事实。

且住。再说下去,恐怕有些英雄们又要责我散布黑暗,阻碍革命了。一理是也有一理的,现在易犯嫌疑,忠实同志被误解为共党,或关或释的,报上向来常见。万一不幸,沉冤莫白,那真是……。倘使常常提起这些来,也许未免会短壮士之气。但是,革命被头挂退的事是很少有的,革命的完结,大概只由于投机者的潜入。也就是内里蛀空。这并非指赤化,任何主义的革命都如此。但不是正因为黑暗,正因为没有出路,所以要革命的么?倘必须前面贴着"光明"和"出路"的包票,这才雄赳赳地去革命,那就不但不是革命者,简直连投机家都不如了。虽是投机,成败之数也不能预卜的。

我临末还要揭出一点黑暗,是我们中国现在(现在!不是超时代的)的民众,其实还不很管什么党,只要看"头"和"女尸"。只要有,无论谁的都有人看,拳匪之乱,清末党狱①,民二②,去年和今年,在这短短的二十年中,我已经目睹或耳闻了好几次了。

四月十日。

(本篇最初发表于 1928 年 4 月 30 日《语丝》第 4 卷第 18 期,选自《三闲集》)

---

① 指清政府对革命党人的迫害。
② 民二,指民国二年(1913)孙中山领导的广东等省讨伐袁世凯的斗争。在此前后袁世凯杀害了大批革命者。

流氓的变迁

孔墨都不满于现状,要加以改革,但那第一步,是在说动人主,而那用以压服人主的家伙,则都是"天"。

孔子之徒为儒,墨子之徒为侠。"儒者,柔也",当然不会危险的。惟侠老实,所以墨者的末流,至于以"死"为终极的目的。到后来,真老实的逐渐死完,止留下取巧的侠,汉的大侠,就已和公侯权贵相馈赠,以备危急时来作护符之用了。

司马迁说:"儒以文乱法,而侠以武犯禁","乱"之和"犯",决不是"叛",不过闹点小乱子而已,而况有权贵如"五侯"①者在。

"侠"字渐消,强盗起了,但也是侠之流,他们的旗帜是"替天行道"。他们所反对的是奸臣,不是天子,他们所打劫的是平民,不是将相。李逵劫法场时,抡起板斧来排头砍去,而所砍的是看客。一部《水浒》,说得很分明:因为不反对天子,所以大军一到,便受招安,替国家打别的强盗——不"替天行道"的强盗去了。终于是奴才。

满洲入关,中国渐被压服了,连有"侠气"的人,也不敢再起盗

---

① 汉成帝时,外戚王谭等兄弟五人同日封侯,被称为"五侯"。"五侯"豢养了许多儒侠之士。

心,不敢指斥奸臣,不敢直接为天子效力,于是跟一个好官员或钦差大臣,给他保镖,替他捕盗,一部《施公案》,也说得很分明,还有《彭公案》,《七侠五义》之流,至今没有穷尽。他们出身清白,连先前也并无坏处,虽在钦差之下,究居平民之上,对一方面固然必须听命,对别方面还是大可逞雄,安全之度增多了,奴性也跟着加足。

然而为盗要被官兵所打,捕盗也要被强盗所打,要十分安全的侠客,是觉得都不妥当的,于是有流氓。和尚喝酒他来打,男女通奸他来捉,私娼私贩他来凌辱,为的是维持风化;乡下人不懂租界章程他来欺侮,为的是看不起无知;剪发女人他来嘲骂,社会改革者他来憎恶,为的是宝爱秩序。但后面是传统的靠山,对手又都非浩荡的强敌,他就在其间横行过去。现在的小说,还没有写出这一种典型的书,惟《九尾龟》中的章秋谷,以为他给妓女吃苦,是因为她要敲人们竹杠,所以给以惩罚之类的叙述,约略近之。

由现状再降下去,大概这一流人将成为文艺书中的主角了,我在等候"革命文学家"张资平[①]"氏"的近作。

---

① 张资平曾是创造社成员,写过大量三角恋爱的小说。

习惯与改革

　　体质和精神都已硬化了的人民,对于极小的一点改革,也无不加以阻挠,表面上好像恐怕于自己不便,其实是恐怕于自己不利,但所设的口实,却往往见得极其公正而且堂皇。

　　今年的禁用阴历,原也是琐碎的,无关大体的事,但商家当然叫苦连天了。不特此也,连上海的无业游民,公司雇员,竟也常常慨然长叹,或者说这很不便于农家的耕种,或者说这很不便于海船的候潮。他们居然因此念起久不相干的乡下的农夫,海上的舟子来。这真像煞有些博爱。

　　一到阴历的十二月二十三,爆竹就到处毕毕剥剥。我问一家的店伙:"今年仍可以过旧历年,明年一准过新历年么?"那回答是:"明年又是明年,要明年再看了。"他并不信明年非过阳历年不可。但日历上,却诚然删掉了阴历,只存节气。然而一面在报章上,则出现了《一百二十年阴阳合历》的广告。好,他们连曾孙玄孙时代的阴历,也已经给准备妥当了,一百二十年!

　　梁实秋先生们虽然很讨厌多数,但多数的力量是伟大,要紧的,有志于改革者倘不深知民众的心,设法利导,改进,则无论怎样的高文宏议,浪漫古典,都和他们无干,仅止于几个人在书房中互相叹赏,得些自己满足。假如竟有"好人政府"①,出令改革乎,不多久,就早被他们拉回旧道上去了。

真实的革命者,自有独到的见解,例如乌略诺夫②先生,他是将"风俗"和"习惯",都包括在"文化"之内的,并且以为改革这些,很为困难。我想,但倘不将这些改革,则这革命即等于无成,如沙上建塔,顷刻倒坏。中国最初的排满革命,所以易得响应者,因为口号是"光复旧物",就是"复古",易于取得保守的人民同意的缘故。但到后来,竟没有历史上定例的开国之初的盛世,只怅然失了一条辫子,就很为大家所不满了。

以后较新的改革,就著著失败,改革一两,反动十斤,例如上述的一年日历上不准注阴历,却来了阴阳合历一百二十年。

这种合历,欢迎的人们一定是很多的,因为这是风俗和习惯所拥护,所以也有风俗和习惯的后援。别的事也如此,倘不深入民众的大层中,于他们的风俗习惯,加以研究,解剖,分别好坏,立存废的标准,而于存于废,都慎选施行的方法,则无论怎样的改革,都将为习惯的岩石所压碎,或者只在表面上浮游一些时。

现在已不是在书斋中,捧书本高谈宗教,法律,文艺,美术……等的时候了,即使要谈论这些,也必须先知道习惯和风俗,而且有正视这些的黑暗面的勇猛和毅力。因为倘不看清,就无从改革。仅大叫未来的光明,其实是欺骗怠慢的自己和怠慢的听众的。

(本篇最初发表于1930年3月1日《萌芽月刊》第1卷第3期,选自《二心集》)

---

① 这是胡适等人于1922年提出的政治主张。1930年前后,胡适、罗隆基等又在《新月》上老调重弹。
② 通译乌里扬诺夫,即列宁。

新的"女将"

在上海制图版,比别处便当,也似乎好些,所以日报的星期附录画报呀,书店的什么什么月刊画报呀,也出得比别处起劲。这些画报上,除了一排一排的坐着大人先生们的什么什么会开会或闭会的纪念照片而外,还一定要有"女士"。

"女士"的尊容,为什么要绍介于社会的呢?我们只要看那说明,就可以明白了。例如:

"A女士,B女校皇后,性喜音乐。"

"C女士,D女校高材生,爱养叭儿狗。"

"E女士,F大学肄业,为G先生之第五女公子。"

再看装束:春天都是时装,紧身窄袖;到夏天,将裤脚和袖子都撒掉了,坐在海边,叫作"海水浴",天气正热,那原是应该的;入秋,天气凉了,不料日本兵恰恰侵入了东三省,于是画报上就出现了白长衫的看护服,或托枪的戎装的女士们。

这是可以使读者喜欢的,因为富于戏剧性。中国本来喜欢玩把戏,乡下的戏台上,往往挂着一副对子,一面是"戏场小天地",一面是"天地大戏场"。做起戏来,因为是乡下,还没有《乾隆帝下江南》之类,所以往往是《双阳公主追狄》,《薛仁贵招亲》,其中的女战士,看客称之为"女将"。她头插雉尾,手执双刀(或两端都有枪尖的长枪），一出台，看客就看得更起劲。明知不过是做做戏的，然而看得更起劲了。

练了多年的军人，一声鼓响，突然都变了无抵抗主义者。于是远路的文人学士，便大谈什么"乞丐杀敌"，"屠夫成仁"，"奇女子救国"一流的传奇式古典，想一声锣响，出于意料之外的人物来"为国增光"。而同时，画报上也就出现了这些传奇的插画。但还没有提起剑仙的一道白光，总算还是切实的。

但愿不要误解。我并不是说，"女士"们都得在绣房里关起来；我不过说，雄兵解甲而密斯①托枪，是富于戏剧性的而已。

还有事实可以证明。一，谁也没有看见过日本的"惩膺中国军"的看护队的照片；二，日本军里是没有女将的。然而确已动手了。这是因为日本人是做事是做事，做戏是做戏，决不混合起来的缘故。

（本篇最初发表于1931年11月20日《北斗》
第1卷第3期，选自《二心集》）

---

① 英语Miss的音译，意为小姐。

宣传与做戏

就是那刚刚说过的日本人,他们做文章论及中国的国民性的时候,内中往往有一条叫作"善于宣传"。看他的说明,这"宣传"两字却又不像是平常的"Propaganda"①,而是"对外说谎"的意思。

这宗话,影子是有一点的。譬如罢,教育经费用光了,却还要开几个学堂,装装门面;全国的人们十之九不识字,然而总得请几位博士,使他对西洋人去讲中国的精神文明;至今还是随便拷问,随便杀头,一面却总支撑维持着几个洋式的"模范监狱",给外国人看看。还有,离前敌很远的将军,他偏要大打电报,说要"为国前驱"。连体操班也不愿意上的学生少爷,他偏要穿上军装,说是"灭此朝食"。

不过,这些究竟还有一点影子;究竟还有几个学堂,几个博士,几个模范监狱,几个通电,几套军装。所以说是"说谎",是不对的。这就是我之所谓"做戏"。

但这普遍的做戏,却比真的做戏还要坏。真的做戏,是只有一时;戏子做完戏,也就恢复为平常状态的。杨小楼做《单刀赴会》,梅兰芳做《黛玉葬花》,只有在戏台上的时候是关云长,是林黛玉,

---

① 英语,意为宣传。

下台就成了普通人,所以并没有大弊。倘使他们扮演一回之后,就永远提着青龙偃月刀或锄头,以关老爷,林妹妹自命,怪声怪气,唱来唱去,那就实在只好算是发热昏了。

不幸因为是"天地大戏场",可以普遍的做戏者,就很难有下台的时候,例如杨缦华女士用自己的天足,踢破小国比利时女人的"中国女人缠足说"①,为面子起见,用权术来解围,这还可以说是很该原谅的。但我以为应该这样就拉倒。现在回到寓里,做成文章,这就是进了后台还不肯放下青龙偃月刀;而且又将那文章送到中国的《申报》上来发表,则简直是提着青龙偃月刀一路唱回自己的家里来了。难道作者真已忘记了中国女人曾经缠脚,至今也还有正在缠脚的么?还是以为中国人都已经自己催眠,觉得全国女人都已穿了高跟皮鞋了呢?

这不过是一个例子罢了,相像的还多得很,但恐怕不久天也就要亮了。

(本篇最初发表于1931年11月20日《北斗》
第1卷第3期,选自《二心集》)

---

① 1931年8月31日《申报》的《自由谈》载《杨缦华女士游欧杂感》一文,说她用自己的天足否定了比利时人关于中国女人都是小脚的说法,又对比利时人提出的"中国的军阀如何专横""人民过着地狱的生活"予以否定,为当时中国的黑暗政治粉饰太平。

中华民国的新"堂·吉诃德"们

十六世纪末尾的时候,西班牙的文人西万提斯做了一大部小说叫作《堂·吉诃德》,说这位吉先生,看武侠小说看呆了,硬要去学古代的游侠,穿一身破甲,骑一匹瘦马,带一个跟丁,游来游去,想斩妖服怪,除暴安良。谁知当时已不是那么古气盎然的时候了,因此只落得闹了许多笑话,吃了许多苦头,终于上个大当,受了重伤,狼狈回来,死在家里,临死才知道自己不过一个平常人,并不是什么大侠客。

这一个古典,去年在中国曾经很被引用了一回,受到这个谥法的名人,似乎还有点很不高兴的样子。其实是,这种书呆子,乃是西班牙书呆子,向来爱讲"中庸"的中国,是不会有的。西班牙人讲恋爱,就天天到女人窗下去唱歌,信旧教,就烧杀异端,一革命,就捣烂教堂,踢出皇帝。然而我们中国的文人学子,不是总说女人先来引诱他,诸教同源,保存庙产,宣统在革命之后,还许他许多年在宫里做皇帝吗?

记得先前的报章上,发表过几个店家的小伙计,看剑侠小说入了迷,忽然要到武当山去学道的事,这倒很和"堂·吉诃德"相像的。但此后便看不见一点后文,不知道是也做出了许多奇迹,还是不久就又回到家里去了?以"中庸"的老例推测起来,大约以回了家为合式。

这以后的中国式的"堂·吉诃德"的出现,是"青年援马团"①。不是兵,他们偏要上战场;政府要诉诸国联,他们偏要自己动手;政府不准去,他们偏要去;中国现在总算有一点铁路了,他们偏要一步一步的走过去;北方是冷的,他们偏只穿件夹袄;打仗的时候,兵器是顶要紧的,他们偏只着重精神。这一切等等,确是十分"堂·吉诃德"的了。然而究竟是中国的"堂·吉诃德",所以他只一个,他们是一团;送他的是嘲笑,送他们的是欢呼;迎他的是诧异,而迎他们的也是欢呼;他驻扎在深山中,他们驻扎在真茹镇;他在磨坊里打风磨,他们在常州玩梳篦,又见美女,何幸如之(见十二月《申报》《自由谈》)。其苦乐之不同,有如此者,呜呼!

不错,中外古今的小说太多了,里面有"舆榇",有"截指",有"哭秦庭",有"对天立誓"。耳濡目染,诚然也不免来抬棺材,砍指头,哭孙陵,宣誓出发的。然而五四运动时胡适之博士讲文学革命的时候,就已经要"不用古典",现在在行为上,似乎更可以不用了。

讲二十世纪战事的小说,旧一点的有雷马克的《西线无战事》,棱的《战争》,新一点的有绥拉菲摩维支的《铁流》,法捷耶夫的《毁灭》,里面都没有这样的"青年团",所以他们都实在打了仗。

(本篇最初发表于1932年1月20日《北斗》第2卷第1期,选自《二心集》)

---

① 九一八事变日军侵占东北后,黑龙江省代理主席马占山曾进行抵抗,得到各阶层爱国人士的支持。当时上海一些青年组织了"青年援马团",要求参加东北的抗日军队,对日作战,但由于缺乏坚决的斗争精神和切实的办法,尤其是国民党的阻挠破坏,这个团体不久就涣散了。

由中国女人的脚,推定中国人之非中庸,又由此推定孔夫子有胃病

——"学匪"派考古学之一

古之儒者不作兴谈女人,但有时总喜欢谈到女人。例如"缠足"罢,从明朝到清朝的带些考据气息的著作中,往往有一篇关于这事起源的迟早的文章。为什么要考究这样下等事呢,现在不说他也罢,总而言之,是可以分为两大派的,一派说起源早,一派说起源迟。说早的一派,看他的语气,是赞成缠足的,事情愈古愈好,所以他一定要考出连孟子的母亲,也是小脚妇人的证据来。说迟的一派却相反,他不大恭维缠足,据说,至早,亦不过起于宋朝的末年。

其实,宋末,也可以算得古的了。不过不缠之足,样子却还要古,学者应该"贵古而贱今",斥缠足者,爱古也。但也有先怀了反对缠足的成见,假造证据的,例如前明才子杨升庵先生,他甚至于替汉朝人做《杂事秘辛》,来证明那时的脚是"底平趾敛"。

于是又有人将这用作缠足起源之古的材料,说既然"趾敛",可见是缠的了。但这是自甘于低能之谈,这里不加评论。

照我的意见来说,则以上两大派的话,是都错,也都对的。现在是古董出现的多了,我们不但能看见汉唐的图画,也可以看到晋

唐古坟里发掘出来的泥人儿。那些东西上所表现的女人的脚上,有圆头履,有方头履,可见是不缠足的。古人比今人聪明,她决不至于缠小脚而穿大鞋子,里面塞些棉花,使自己走得一步一拐。

但是,汉朝就确已有一种"利屣",头是尖尖的,平常大约未必穿罢,舞的时候,却非此不可。不但走着爽利,"潭腿"似的踢开去之际,也不至于为裙子所碍,甚至于踢下裙子来。那时太太们固然也未始不舞,但舞的究以倡女为多,所以倡伎就大抵穿着"利屣",穿得久了,也免不了要"趾敛"的。然而伎女的装束,是闺秀们的大成至圣先师,这在现在还是如此,常穿利屣,即等于现在之穿高跟皮鞋,可以俨然居炎汉"摩登女郎"之列,于是乎虽是名门淑女,脚尖也就不免尖了起来。先是倡伎尖,后是摩登女郎尖,再后是大家闺秀尖,最后才是"小家碧玉"一齐尖。待到这些"碧玉"们成了祖母时,就入于利屣制度统一脚坛的时代了。

当民国初年,"不佞"观光北京的时候,听人说,北京女人看男人是否漂亮(自按:盖即今之所谓"摩登"也)的时候,是从脚起,上看到头的。所以男人的鞋袜,也得留心,脚样更不消说,当然要弄得齐齐整整,这就是天下之所以有"包脚布"的原因。仓颉造字,我们是知道的,谁造这布的呢,却还没有研究出。但至少是"占已有之",唐朝张鷟作的《朝野佥载》罢,他说武后朝有一位某男士,将脚裹得窄窄的,人们见了都发笑。可见盛唐之世,就已有了这一种玩意儿,不过还不是很极端,或者还没有很普及。然而好像终于普及了。由宋至清,绵绵不绝,民元革命以后,革了与否,我不知道,因为我是专攻考"古"学的。

然而奇怪得很,不知道怎的(自按:此处似略失学者态度),女士们之对于脚,尖还不够,并且勒令它"小"起来了,最高模范,还竟至于以三寸为度。这么一来,可以不必兼买利屣和方头履两种,从经济的观点来看,是不算坏的,可是从卫生的观点来看,却未免有些"过火",换一句话,就是"走了极端"了。

我中华民族虽然常常的自命为爱"中庸",行"中庸"的人民,其实是颇不免于过激的。譬如对于敌人罢,有时是压服不够,还要"除恶务尽",杀掉不够,还要"食肉寝皮"。但有时候,却又谦虚到"侵略者要进来,让他们进来。也许他们会杀了十万中国人。不要紧,中国人有的是,我们再有人上去"。这真教人会猜不出是真痴还是假呆。而女人的脚尤其是一个铁证,不小则已,小则必求其三寸,宁可走不成路,摆摆摇摇。慨自辫子肃清以后,缠足本已一同解放的了,老新党的母亲们,鉴于自己在皮鞋里塞棉花之麻烦,一时也确给她的女儿留了天足。然而我们中华民族是究竟有些"极端"的,不多久,老病复发,有些女士们已在别想花样,用一枝细黑柱子将脚跟支起,叫它离开地球。她到底非要她的脚变把戏不可。由过去以测将来,则四朝(假如仍旧有朝代的话)之后,全国女人的脚趾都和小腿成一直线,是可以有八九成把握的。

然则圣人为什么大呼"中庸"呢?曰:这正因为大家并不中庸的缘故。人必有所缺,这才想起他所需。穷教员养不活老婆了,于是觉到女子自食其力说之合理,并且附带地向男女平权论点头;富翁胖到要发哮喘病了,才去打高而富球,从此主张运动的紧要。我们平时,是决不记得自己有一个头,或一个肚子,应该加以优待的,然而一旦头痛肚泻,这才记起了他们,并且大有休息要紧,饮食小心的议论。倘有谁听了这些议论之后,便贸贸然决定这议论者为卫生家,可就失之十丈,差以亿里了。

倒相反,他是不卫生家,议论卫生,正是他向来的不卫生的结果的表现。孔子曰,"不得中行而与之,必也狂狷乎,狂者进取,狷者有所不为也!"以孔子交游之广,事实上没法子只好寻狂狷相与,这便是他在理想上之所以哼着"中庸,中庸"的原因。

以上的推定假使没有错,那么,我们就可以进而推定孔子晚年,是生了胃病的了。"割不正不食",这是他老先生的古板规矩,但"食不厌精,脍不厌细"的条令却有些稀奇。他并非百万富翁或能收许多版税的文学家,想不至于这么奢侈的,除了只为卫生,意在容易消化之外,别无解法。况且"不撤姜食",又简直是省不掉暖胃药了。何必如此独厚于胃,念念不忘呢?曰,以其有胃病之故也。

倘说:坐在家里,不大走动的人们很容易生胃病,孔子周游列国,运动王公,该可以不生病证的了。那就是犯了知今而不知古的错误。盖当时花旗白面①,尚未输入,土磨麦粉,多含灰沙,所以分量较今面为重;国道尚未修成,泥路甚多凹凸,孔子如果肯走,那是不大要紧的,而不幸他偏有一车两马。胃里袋着沉重的面食,坐在车子里走着七高八低的道路,一颠一顿,一掀一坠,胃就被坠得大起来,消化力随之减少,时时作痛;每餐非吃"生姜"不可了。所以那病的名目,该是"胃扩张";那时候,则是"晚年",约在周敬王十年以后。

以上的推定,虽然简略,却都是"读书得间"的成功。但若急于近功,妄加猜测,即很容易陷于"多疑"的谬误。例如罢,二月十四日《申报》载南京专电云:"中执委会令各级党部及人民团体制'忠孝仁爱信义和平'匾额,悬挂礼堂中央,以资启迪。"看了之后,切不可便推定为各要人讥大家为"忘八";三月一日《大晚报》载新闻云:"孙总理夫人宋庆龄女士自归国寓沪后,关于政治方面,不闻不问,惟对社会团体之组织非常热心。据本报记者所得报告,前日有人由邮政局致宋女士之索诈信□(自按:原缺)件,业经本市当局派驻邮局检查处检查员查获,当将索诈信截留,转辗呈报市府。"看了之后,也切不可便推定虽为总理夫人宋女士的信件,也

---

① 即从美国进口的面粉。

常在邮局被当局派员所检查。

盖虽"学匪派考古学",亦当不离于"学",而以"考古"为限的。

三月四日夜。

（本篇最初发表于 1933 年 3 月 16 日《论语》第 13 期,选自《南腔北调集》）

"友邦惊诧"论

只要略有知觉的人就都知道:这回学生的请愿①,是因为日本占据了辽吉,南京政府束手无策,单会去哀求国联,②而国联却正和日本是一伙。读书呀,读书呀,不错,学生是应该读书的,但一面也要大人老爷们不至于葬送土地,这才能够安心读书。报上不是说过,东北大学逃散,冯庸大学③逃散,日本兵看见学生模样的就枪毙吗?放下书包来请愿,真是已经可怜之至。不道国民党政府却在十二月十八日通电各地军政当局文里,又加上他们"捣毁机关,阻断交通,殴伤中委,拦劫汽车,攒击路人及公务人员,私逮刑讯,社会秩序,悉被破坏"的罪名,而且指出结果,说是"友邦人士,莫名惊诧,长此以往,国将不国"了!

---

① 指1931年12月间全国各地学生为反对蒋介石的不抵抗政策到南京请愿的事件。对于这次学生爱国行动,国民党政府于12月5日通令全国,禁止请愿;17日当各地学生联合向国民党中央党部请愿时,又命令军警逮捕和枪杀请愿学生,当场打死二十余人,打伤百余人;18日还电令各地军政当局紧急处置请愿事件。
② 九一八事变后,国民党政府多次向国联申诉,11月22日当日军进攻锦州时,又向国联提议划锦州为中立区,以中国军队退入关内为条件请求日军停止进攻;12月15日在日军继续进攻锦州时再度向国联申诉,请求它出面干涉,阻止日本帝国主义扩大侵华战争。
③ 奉系将领冯庸(1901—1981)所创办的一所大学,1927年在沈阳成立,1931年九一八事变后停办。

好个"友邦人士"！日本帝国主义的兵队强占了辽吉,炮轰机关,他们不惊诧;阻断铁路,追炸客车,捕禁官吏,枪毙人民,他们不惊诧。中国国民党治下的连年内战,空前水灾,卖儿救穷,砍头示众,秘密杀戮,电刑逼供,他们也不惊诧。在学生的请愿中有一点纷扰,他们就惊诧了！

好个国民党政府的"友邦人士"！是些什么东西！

即使所举的罪状是真的罢,但这些事情,是无论那一个"友邦"也都有的,他们的维持他们的"秩序"的监狱,就撕掉了他们的"文明"的面具。摆什么"惊诧"的臭脸孔呢？

可是"友邦人士"一惊诧,我们的国府就怕了,"长此以往,国将不国"了,好像失了东三省,党国倒愈像一个国,失了东三省谁也不响,党国倒愈像一个国,失了东三省只有几个学生上几篇"呈文",党国倒愈像一个国,可以博得"友邦人士"的夸奖,永远"国"下去一样。

几句电文,说得明白极了:怎样的党国,怎样的"友邦"。"友邦"要我们人民身受宰割,寂然无声,略有"越轨",便加屠戮;党国是要我们遵从这"友邦人士"的希望,否则,他就要"通电各地军政当局","即予紧急处置,不得于事后借口无法劝阻,敷衍塞责"了！

因为"友邦人士"是知道的:日兵"无法劝阻",学生们怎会"无法劝阻"？每月一千八百万的军费,四百万的政费,作什么用的呀,"军政当局"呀？

写此文后刚一天,就见二十一日《申报》登载南京专电云:"考试院部员张以宽,盛传前日为学生架去重伤。兹据张自述,当时因车夫误会,为群众引至中大①,旋出校回寓,并无

---

① 中大,南京中央大学。

受伤之事。至行政院某秘书被拉到中大,亦当时出来,更无失踪之事。"而"教育消息"栏内,又记本埠一小部分学校赴京请愿学生死伤的确数,则云:"中公死二人,伤三十人,复旦伤二人,复旦附中伤十人,东亚失踪一人(系女性),上中失踪一人,伤三人,文生氏死一人,伤五人……①"可见学生并未如国府通电所说,将"社会秩序,破坏无余",而国府则不但依然能够镇压,而且依然能够诬陷,杀戮。"友邦人士",从此可以不必"惊诧莫名",只请放心来瓜分就是了。

(本篇最初发表于1931年12月25日《十字街头》第2期,选自《二心集》)

---

① 中公,中国公学;复旦,复旦大学;复旦附中,复旦大学附属实验中学;东亚,东亚体育专科学校;上中,上海中学;文生氏,文生氏高等英文学校。这些都是当时上海的私立学校。

谈 金 圣 叹

讲起清朝的文字狱来,也有人拉上金圣叹①,其实是很不合适的。他的"哭庙",用近事来比例,和前年《新月》上的引据三民主义以自辩,并无不同,但不特捞不到教授而且至于杀头,则是因为他早被官绅们认为坏货了的缘故。就事论事,倒是冤枉的。

清中叶以后的他的名声,也有些冤枉。他抬起小说传奇来,和《左传》《杜诗》并列,实不过拾了袁宏道辈的唾余;而且经他一批,原作的诚实之处,往往化为笑谈,布局行文,也都被硬拖到八股的作法上。这余荫,就使有一批人,堕入了对于《红楼梦》之类,总在寻求伏线,挑剔破绽的泥塘。

自称得到古本,乱改《西厢》字句的案子且不说罢,单是截去《水浒》的后小半,梦想有一个"嵇叔夜"来杀尽宋江们,也就昏庸得可以。虽说因为痛恨流寇的缘故,但他是究竟近于官绅的,他到底想不到小百姓的对于流寇,只痛恨着一半:不在于"寇",而在于"流"。

百姓固然怕流寇,也很怕"流官"。记得民元革命以后,我在

---

① 金圣叹是明末清初文人。清顺治十八年(1661),吴县一些秀才因揭发县令的不法行为而被捕,随后金圣叹等群集文庙痛哭,亦被捕,旋被处斩。

故乡,不知怎地县知事常常掉换了。每一掉换,农民们便愁苦着相告道:"怎么好呢?又换了一只空肚鸭来了!"他们虽然至今不知道"欲壑难填"的古训,却很明白"成则为王,败则为贼"的成语,贼者,流着之王,王者,不流之贼也,要说得简单一点,那就是"坐寇"。中国百姓一向自称"蚁民",现在为便于譬喻起见,姑升为牛罢,铁骑一过,茹毛饮血,蹄骨狼藉,倘可避免,他们自然是总想避免的,但如果肯放任他们自啮野草,苟延残喘,挤出乳来将这些"坐寇"喂得饱饱的,后来能够比较的不复狼吞虎咽,则他们就以为如天之福。所区别的只在"流"与"坐",却并不在"寇"与"工"。试翻明末的野史,就知道北京民心的不安,在李自成入京的时候,是不及他出京之际的利害的。

宋江据有山寨,虽打家劫舍,而劫富济贫,金圣叹却道应该在童贯高俅辈的爪牙之前,一个个俯首受缚,他们想不懂。所以《水浒传》纵然成了断尾巴蜻蜓,乡下人却还要看《武松独手擒方腊》这些戏。

不过这还是先前的事,现在似乎又有了新的经验了。听说四川有一只民谣,大略是"贼来如梳,兵来如篦,官来如剃"的意思。汽车飞艇,价值既远过于大轿马车,租界和外国银行,也是海通以来新添的物事,不但剃尽毛发,就是刮尽筋肉,也永远填不满的。正无怪小百姓将"坐寇"之可怕,放在"流寇"之上了。

事实既然教给了这些,仅存的路,就当然使他们想到了自己的力量。

五月三十一日。

(本篇最初发表于1933年7月1日《文学》第1卷第1号,选自《南腔北调集》)

经　验

　　古人所传授下来的经验，有些实在是极可宝贵的，因为它曾经费去许多牺牲，而留给后人很大的益处。

　　偶然翻翻《本草纲目》，不禁想起了这一点。这一部书，是很普通的书，但里面却含有丰富的宝藏。自然，捕风捉影的记载，也是在所不免的，然而大部分的药品的功用，却由历久的经验，这才能够知道到这程度，而尤其惊人的是关于毒药的叙述。我们一向喜欢恭维古圣人，以为药物是由一个神农皇帝独自尝出来的，他曾经一天遇到过七十二毒，但都有解法，没有毒死。这种传说，现在不能主宰人心了。人们大抵已经知道一切文物，都是历来的无名氏所逐渐的造成。建筑，烹饪，渔猎，耕种，无不如此；医药也如此。这么一想，这事情可就大起来了：大约古人一有病，最初只好这样尝一点，那样尝一点，吃了毒的就死，吃了不相干的就无效，有的竟吃到了对证的就好起来，于是知道这是对于某一种病痛的药。这样地累积下去，乃有草创的纪录，后来渐成为庞大的书，如《本草纲目》就是。而且这书中的所记，又不独是中国的，还有阿拉伯人的经验，有印度人的经验，则先前所用的牺牲之大，更可想而知了。

　　然而也有经过许多人经验之后，倒给了后人坏影响的，如俗语说"各人自扫门前雪，莫管他家瓦上霜"的便是其一。救急扶伤，一不小心,向来就很容易被人所诬陷,而还有一种坏经验的结果的歌诀,是"衙门八字开,有理无钱莫进来",于是人们就只要事不干己,还是远远的站开干净。我想,人们在社会里,当初是并不这样彼此漠不相关的,但因豺狼当道,事实上因此出过许多牺牲,后来就自然的都走到这条道路上去了。所以,在中国,尤其是在都市里,倘使路上有暴病倒地,或翻车摔伤的人,路人围观或甚至于高兴的人尽有,肯伸手来扶助一下的人却是极少的。这便是牺牲所换来的坏处。

总之,经验的所得的结果无论好坏,都要很大的牺牲,虽是小事情,也免不掉要付惊人的代价。例如近来有些看报的人,对于什么宣言,通电,讲演,谈话之类,无论它怎样骈四俪六,崇论宏议,也不去注意了,甚而还至于不但不注意,看了倒不过做做嬉笑的资料。这那里有"始制文字,乃服衣裳"一样重要呢,然而这一点点结果,却是牺牲了一大片地面,和许多人的生命财产换来的。生命,那当然是别人的生命,倘是自己,就得不着这经验了。所以一切经验,是只有活人才能有的,我的决不上别人讥刺我怕死[①],就去自杀或拼命的当,而必须写出这一点来,就为此。而且这也是小小的经验的结果。

六月十二日。

(本篇最初发表于1933年7月15日《申报月刊》第2卷第7号,选自《南腔北调集》)

[①] 梁实秋在《鲁迅与牛》一文中,曾借1930年4月8日中国自由运动大同盟声援四·三惨案集会时有工人被巡捕枪杀之事,讥讽鲁迅说:"死的不是'参加工农革命底实际行动'的'左翼作家',是一位'勇敢的工人'……鲁迅先生的'不卖肉主义'是老早言明在先的。"

谚　语

　　粗略的一想，谚语固然好像一时代一国民的意思的结晶，但其实，却不过是一部分的人们的意思。现在就以"各人自扫门前雪，莫管他家瓦上霜"来做例子罢，这乃是被压迫者们的格言，教人要奉公，纳税，输捐，安分，不可怠慢，不可不平，尤其是不要管闲事；而压迫者是不算在内的。

　　专制者的反面就是奴才，有权时无所不为，失势时即奴性十足。孙皓是特等的暴君，但降晋之后，简直像一个帮闲；宋徽宗在位时，不可一世，而被掳后偏会含垢忍辱。做主子时以一切别人为奴才，则有了主子，一定以奴才自命：这是天经地义，无可动摇的。

　　所以被压制时，信奉着"各人自扫门前雪，莫管他家瓦上霜"的格言的人物，一旦得势，足以凌人的时候，他的行为就截然不同，变为"各人不扫门前雪，却管他家瓦上霜"了。

　　二十年来，我们常常看见：武将原是练兵打仗的，且不问他这兵是用以安内或攘外，总之他的"门前雪"是治军，然而他偏来干涉教育，主持道德；教育家原是办学的，无论他成绩如何，总之他的"门前雪"是学务，然而他偏去膜拜"活佛"，绍介国医。小百姓随军充伕，童子军沿门募款。头儿胡行于上，蚁民乱碰于下，结果是各人的门前都不成样，各家的瓦上也一团糟。

女人露出了臂膊和小腿,好像竟打动了贤人们的心,我记得曾有许多人絮絮叨叨,主张禁止过,后来也确有明文禁止了。不料到得今年,却又"衣服蔽体已足,何必前拖后曳,消耗布匹,……顾念时艰,后患何堪设想"起来,四川的营山县长于是就令公安局派队一一剪掉行人的长衣的下截。长衣原是累赘的东西,但以为不穿长衣,或剪去下截,即于"时艰"有补,却是一种特别的经济学。《汉书》上有一句云,"口含天宪",此之谓也。

某一种人,一定只有这某一种人的思想和眼光,不能越出他本阶级之外。说起来,好像又在提倡什么犯讳的阶级了,然而事实是如此的。谣谚并非全国民的意思,就为了这缘故。古之秀才,自以为无所不晓,于是有"秀才不出门,而知天下事"这自负的漫天大谎,小百姓信以为真,也就渐渐的成了谚语,流行开来。其实是"秀才虽出门,不知天下事"的。秀才只有秀才头脑和秀才眼睛,对于天下事,那里看得分明,想得清楚。清末,因为想"维新",常派些"人才"出洋去考察,我们现在看看他们的笔记罢,他们最以为奇的是什么馆里的蜡人能够和活人对面下棋。南海圣人康有为,佼佼者也,他周游十一国,一直到得巴尔干,这才悟出外国之所以常有"弑君"之故来了,曰:因为宫墙太矮的缘故。

六月十三日。

(本篇最初发表于1933年7月15日
《申报月刊》,选自《南腔北调集》)

沙

　　近来的读书人,常常叹中国人好像一盘散沙,无法可想,将倒楣的责任,归之于大家。其实这是冤枉了大部分中国人的。小民虽然不学,见事也许不明,但知道关于本身利害时,何尝不会团结。先前有跪香,民变,造反;现在也还有请愿之类。他们的像沙,是被统治者"治"成功的,用文言来说,就是"治绩"。

　　那么,中国就没有沙么?有是有的,但并非小民,而是大小统治者。

　　人们又常常说:"升官发财。"其实这两件事是不并列的,其所以要升官,只因为要发财,升官不过是一种发财的门径。所以官僚虽然依靠朝廷,却并不忠于朝廷,吏役虽然依靠衙署,却并不爱护衙署,头领下一个清廉的命令,小喽罗是决不听的,对付的方法有"蒙蔽"。他们都是自私自利的沙,可以肥己时就肥己,而且每一粒都是皇帝,可以称尊处就称尊。有些人译俄皇为"沙皇",移赠此辈,倒是极确切的尊号。财何从来?是从小民身上刮下来的。小民倘能团结,发财就烦难,那么,当然应该想尽方法,使他们变成散沙才好。以沙皇治小民,于是全中国就成为"一盘散沙"了。

然而沙漠以外,还有团结的人们①在,他们"如入无人之境"的走进来了。

这就是沙漠上的大事变。当这时候,古人曾有两句极切贴的比喻,叫作"君子为猿鹤,小人为虫沙"。那些君子们,不是像白鹤的腾空,就如猢狲的上树,"树倒猢狲散",另外还有树,他们决不会吃苦。剩在地下的,便是小民的蟓蚁和泥沙,要践踏杀戮都可以,他们对沙皇尚且不敌,怎能敌得过沙皇的胜者呢?

然而当这时候,偏又有人摇笔鼓舌,向着小民提出严重的质问道:"国民将何以自处"呢,"问国民将何以善其后"呢?忽然记得了"国民",别的什么都不说,只又要他们来填亏空,不是等于向着缚了手脚的人,要求他去捕盗么?

但这正是沙皇治绩的后盾,是猿鸣鹤唳的尾声,称尊肥己之余,必然到来的末一着。

七月十二日。

(本篇最初发表于 1933 年 8 月 15 日
《申报月刊》,选自《南腔北调集》)

---

① 这里所说"团结的人们"和下文"沙皇的胜者",指日本帝国主义。

上海的少女

　　在上海生活，穿时髦衣服的比土气的便宜。如果一身旧衣服，公共电车的车掌会不照你的话停车，公园看守会格外认真的检查入门券，大宅子或大客寓的门丁会不许你走正门。所以，有些人宁可居斗室，喂臭虫，一条洋服裤子却每晚必须压在枕头下，使两面裤腿上的折痕天天有棱角。

　　然而更便宜的是时髦的女人。这在商店里最看得出：挑选不完，决断不下，店员也还是很能忍耐的。不过时间太长，就须有一种必要的条件，是带着一点风骚，能受几句调笑。否则，也会终于引出普通的白眼来。

　　惯在上海生活了的女性，早已分明地自觉着这种自己所具的光荣，同时也明白着这种光荣中所含的危险。所以凡有时髦女子所表现的神气，是在招摇，也在固守，在罗致，也在抵御，像一切异性的亲人，也像一切异性的敌人，她在喜欢，也正在恼怒。这神气也传染了未成年的少女，我们有时会看见她们在店铺里购买东西，侧着头，佯嗔薄怒，如临大敌。自然，店员们是能像对于成年的女性一样，加以调笑的，而她也早明白着这调笑的意义。总之：她们大抵早熟了。

　　然而我们在日报上，确也常常看见诱拐女孩，甚而至于凌辱少女的新闻。

不但是《西游记》里的魔王,吃人的时候必须童男和童女而已,在人类中的富户豪家,也一向以童女为侍奉,纵欲,鸣高,寻仙,采补的材料,恰如食品的餍足了普通的肥甘,就想乳猪芽茶一样。现在这现象并且已经见于商人和工人里面了,但这乃是人们的生活不能顺遂的结果,应该以饥民的掘食草根树皮为比例,和富户豪家的纵恣的变态是不可同日而语的。

但是,要而言之,中国是连少女也进了险境了。

这险境,更使她们早熟起来,精神已是成人,肢体却还是孩子。俄国的作家梭罗古勃曾经写过这一种类型的少女,说是还是小孩子,而眼睛却已经长大了。然而我们中国的作家是另有一种称赞的写法的:所谓"娇小玲珑"者就是。

八月十二日。

(本篇最初发表于1933年9月15日《申报月刊》第2卷第9号,选自《南腔北调集》)

上海的儿童

　　上海越界筑路①的北四川路一带,因为打仗,去年冷落了大半年,今年依然热闹了,店铺从法租界搬回,电影院早经开始,公园左近也常见携手同行的爱侣,这是去年夏天所没有的。

　　倘若走进住家的弄堂里去,就看见便溺器,吃食担,苍蝇成群的在飞,孩子成队的在闹,有剧烈的捣乱,有发达的骂詈,真是一个乱烘烘的小世界。但一到大路上,映进眼帘来的却只是轩昂活泼地玩着走着的外国孩子,中国的儿童几乎看不见了。但也并非没有,只因为衣裤郎当,精神萎靡,被别人压得像影子一样,不能醒目了。

　　中国中流的家庭,教孩子大抵只有两种法。其一,是任其跋扈,一点也不管,骂人固可,打人亦无不可,在门内或门前是暴主,是霸王,但到外面,便如失了网的蜘蛛一般,立刻毫无能力。其二,是终日给以冷遇或呵斥,甚而至于打扑,使他畏葸退缩,仿佛一个奴才,一个傀儡,然而父母却美其名曰"听话",自以为是教育的成功,待到放他到外面来,则如暂出樊笼的小禽,他决不会飞鸣,也不会跳跃。

---

　　① 指当时上海租界当局越出租界范围修筑马路。

现在总算中国也有印给儿童看的画本了,其中的主角自然是儿童,然而画中人物,大抵倘不是带着横暴冥顽的气味,甚而至于流氓模样的,过度的恶作剧的顽童,就是钩头耸背,低眉顺眼,一副死板板的脸相的所谓"好孩子"。这虽然由于画家本领的欠缺,但也是取儿童为范本的,而从此又以作供给儿童仿效的范本。我们试一看别国的儿童画罢,英国沉着,德国粗豪,俄国雄厚,法国漂亮,日本聪明,都没有一点中国似的衰惫的气象。观民风是不但可以由诗文,也可以由图画,而且可以由不为人们所重的儿童画的。

顽劣,钝滞,都足以使人没落,灭亡。童年的情形,便是将来的命运。我们的新人物,讲恋爱,讲小家庭,讲自立,讲享乐了,但很少有人为儿女提出家庭教育的问题,学校教育的问题,社会改革的问题。先前的人,只知道"为儿孙作马牛",固然是错误的,但只顾现在,不想将来,"任儿孙作马牛",却不能不说是一个更大的错误。

八月十二日。

(本篇最初发表于1933年9月15日《申报月刊》第2卷第9号,选自《南腔北调集》)

小品文的危机

　　仿佛记得一两月之前,曾在一种日报上见到记载着一个人的死去的文章,说他是收集"小摆设"的名人,临末还有依稀的感喟,以为此人一死,"小摆设"的收集者在中国怕要绝迹了。
　　但可惜我那时不很留心,竟忘记了那日报和那收集家的名字。
　　现在的新的青年恐怕也大抵不知道什么是"小摆设"了。但如果他出身旧家,先前曾有玩弄翰墨的人,则只要不很破落,未将觉得没用的东西卖给旧货担,就也许还能在尘封的废物之中,寻出一个小小的镜屏,玲珑剔透的石块,竹根刻成的人像,古玉雕出的动物,锈得发绿的铜铸的三脚癞虾蟆:这就是所谓"小摆设"。先前,它们陈列在书房里的时候,是各有其雅号的,譬如那三脚癞虾蟆,应该称为"蟾蜍砚滴"之类,最末的收集家一定都知道,现在呢,可要和它的光荣一同消失了。
　　那些物品,自然决不是穷人的东西,但也不是达官富翁家的陈设,他们所要的,是珠玉扎成的盆景,五彩绘画的磁瓶。那只是所谓士大夫的"清玩"。在外,至少必须有几十亩膏腴的田地,在家,必须有几间幽雅的书斋;就是流寓上海,也一定得生活较为安闲,在客栈里有一间长包的房子,书桌一顶,烟榻一张,瘾足心闲,摩挲赏鉴。然而这境地,现在却已经被世界的险恶的潮流冲得七颠八倒,像狂涛中的小船似的了。

  然而就是在所谓"太平盛世"罢,这"小摆设"原也不是什么重要的物品。在方寸的象牙版上刻一篇《兰亭序》,至今还有"艺术品"之称,但倘将这挂在万里长城的墙头,或供在云冈的丈八佛像的足下,它就渺小得看不见了,即使热心者竭力指点,也不过令观者生一种滑稽之感。何况在风沙扑面,狼虎成群的时候,谁还有这许多闲工夫,来赏玩琥珀扇坠,翡翠戒指呢。他们即使要悦目,所要的也是耸立于风沙中的大建筑,要坚固而伟大,不必怎样精;即使要满意,所要的也是匕首和投枪,要锋利而切实,用不着什么雅。

  美术上的"小摆设"的要求,这幻梦是已经破掉了,那日报上的文章的作者,就直觉的地知道。然而对于文学上的"小摆设"——"小品文"的要求,却正在越加旺盛起来,要求者以为可以靠着低诉或微吟,将粗犷的人心,磨得渐渐的平滑。这就是想别人一心看着《六朝文絜》,而忘记了自己是抱在黄河决口之后,淹得仅仅露出水面的树梢头。

  但这时却只用得着挣扎和战斗。

  而小品文的生存,也只仗着挣扎和战斗的。晋朝的清言,早和它的朝代一同消歇了。唐末诗风衰落,而小品放了光辉。但罗隐的《谗书》,几乎全部是抗争和愤激之谈;皮日休和陆龟蒙自以为隐士,别人也称之为隐士,而看他们在《皮子文薮》和《笠泽丛书》中的小品文,并没有忘记天下,正是一榻胡涂的泥塘里的光彩和锋铓。明末的小品虽然比较的颓放,却并非全是吟风弄月,其中有不平,有讽刺,有攻击,有破坏。这种作风,也触着了满洲君臣的心病,费去许多助虐的武将的刀锋,帮闲的文臣的笔锋,直到乾隆年间,这才压制下去了。以后呢,就来了"小摆设"。

  "小摆设"当然不会有大发展。到五四运动的时候,才又来了一个展开,散文小品的成功,几乎在小说戏曲和诗歌之上。这之中,自然含着挣扎和战斗,但因为常常取法于英国的随笔(Essay),所以也带一点幽默和雍容;写法也有漂亮和缜密的,这是为了对于旧文学的示威,在表示旧文学之自以为特长者,白话文学也并非做不到。以后的路,本来明明是更分明的挣扎和战斗,因为这原是萌芽于"文学革命"以至"思想革命"的。但现在的趋势,却在特别提倡那和旧文章相合之点,雍容,漂亮,缜密,就是要它成为"小摆设",供雅人的摩挲,并且想青年摩挲了这"小摆设",由粗暴而变为风雅了。

然而现在已经更没有书桌;雅片虽然已经公卖,烟具是禁止的,吸起来还是十分不容易。想在战地或灾区里的人们来鉴赏罢——谁都知道是更奇怪的幻梦。这种小品,上海虽正在盛行,茶话酒谈,遍满小报的摊子上,但其实是正如烟花女子,已经不能在弄堂里拉扯她的生意,只好涂脂抹粉,在夜里蹩到马路上来了。

小品文就这样的走到了危机。但我所谓危机,也如医学上的所谓"极期"(Krisis)一般,是生死的分歧,能一直得到死亡,也能由此至于恢复。麻醉性的作品,是将与麻醉者和被麻醉者同归于尽的。生存的小品文,必须是匕首,是投枪,能和读者一同杀出一条生存的血路的东西;但自然,它也能给人愉快和休息,然而这并不是"小摆设",更不是抚慰和麻痹,它给人的愉快和休息是休养,是劳作和战斗之前的准备。

八月二十七日。

(本篇最初发表于 1933 年 10 月 1 日《现代》
第 3 卷第 6 期,选自《南腔北调集》)

偶　成

九月二十日的《申报》上,有一则嘉善地方的新闻,摘录起来,就是——

"本县大窑乡沈和声与子林生,被著匪石塘小弟绑架而去,勒索三万元。沈姓家以中人之产,迁延未决。讵料该帮股匪乃将沈和声父子及苏境方面绑来肉票,在丁棚北,北荡滩地方,大施酷刑。法以布条遍贴背上,另用生漆涂敷,俟其稍干,将布之一端,连皮揭起,则痛彻心肺,哀号呼救,惨不忍闻。时为该处居民目睹,恻然心伤,尽将惨状报告沈姓,速即往赎,否则恐无生还。帮匪手段之酷,洵属骇闻。"

"酷刑"的记载,在各地方的报纸上是时时可以看到的,但我们只在看见时觉得"酷",不久就忘记了,而实在也真是记不胜记。然而酷刑的方法,却决不是突然就会发明,一定都有它的师承或祖传,例如这石塘小弟所采用的,便是一个古法,见于士大夫未必肯看,而下等人却大抵知道的《说岳全传》一名《精忠传》上,是秦桧要岳飞自认"汉奸",逼供之际所用的方法,但使用的材料,却是麻条和鱼鳔。我以为生漆之说,是未必的确的,因为这东西很不容易干燥。

"酷刑"的发明和改良者,倒是虎吏和暴君,这是他们唯一的事业,而且也有工夫来考究。这是所以威民,也所以除奸的,然而《老子》说得好,"为之斗斛以量之,则并与斗斛而窃之,……"①有被刑的资格的也就来玩一个"剪窃"。张献忠的剥人皮,不是一种骇闻么?但他之前已有一位剥了"逆臣"景清的皮的永乐皇帝在。

奴隶们受惯了"酷刑"的教育,他只知道对人应该用酷刑。

但是,对于酷刑的效果的意见,主人和奴隶们是不一样的。主人及其帮闲们,多是智识者,他能推测,知道酷刑施之于敌对,能够给与怎样的痛苦,所以他会精心结撰,进步起来。奴才们却一定是愚人,他不能"推己及人",更不能推想一下,就"感同身受"。只要他有权,会采用成法自然也难说,然而他的主意,是没有智识者所测度的那么惨厉的。绥拉菲摩维支在《铁流》里,写农民杀掉了一个贵人的小女儿,那母亲哭得很凄惨,他却诧异道,哭什么呢,我们死掉多少小孩子,一点也没哭过。他不是残酷,他一向不知道人命会这么宝贵,他觉得奇怪了。

奴隶们受惯了猪狗的待遇,他只知道人们无异于猪狗。

用奴隶或半奴隶的幸福者,向来只怕"奴隶造反",真是无怪的。

要防"奴隶造反",就更加用"酷刑",而"酷刑"却因此更到了末路。在现代,枪毙是早已不足为奇了,枭首陈尸,也只能博得民众暂时的鉴赏,而抢劫,绑架,作乱的还是不减少,并且连绑匪也对于别人用起酷刑来了。酷的教育,使人们见酷而不再觉其酷,例如无端杀死几个民众,先前是大家就会嚷起来的,现在却只如见了日常茶饭事。人民真被治得好像厚皮的,没有感觉的癞象一样了,但正因为成了癞皮,所以又会踏着残酷前进,这也是虎吏和暴君所不

---

① 这两句引语出自《庄子》。

及料,而即使料及,也还是毫无办法的。

九月二十日。

（本篇最初发表于 1933 年 10 月 15 日《申报月刊》第 2 卷第 10 号,选自《南腔北调集》）

漫　与

地质学上的古生代的秋天,我们不大明白了,至于现在,却总是相差无几。假使前年是肃杀的秋天,今年就成了凄凉的秋天,那么,地球的年龄,怕比天文学家所豫测的最短的数目还要短得多多罢。但人事却转变得真快,在这转变中的人,尤其是诗人,就感到了不同的秋,将这感觉,用悲壮的,或凄惋的句子,传给一切平常人,使彼此可以应付过去,而天地间也常有新诗存在。

前年实在好像是一个悲壮的秋天,市民捐钱,青年拼命,箫鼓的声音也从诗人的笔下涌出,仿佛真要"投笔从戎"似的。然而诗人的感觉是锐敏的,他未始不知道国民的赤手空拳,所以只好赞美大家的殉难,因此在悲壮里面,便埋伏着一点空虚。我所记得的,是邵冠华先生的《醒起来罢同胞》(《民国日报》所载)里的一段——

　　"同胞,醒起来罢,
　　踢开了弱者的心,
　　踢开了弱者的脑,
　　看,看,看,
　　看同胞们的血喷出来了,
　　看同胞们的肉割开来了,

看同胞们的尸体挂起来了。"

鼓鼙之声要在前线,当进军的时候,是"作气"的,但尚且要"再而衰,三而竭",倘在并无进军的准备的处所,那就完全是"散气"的灵丹了,倒使别人的紧张的心情,由此转成弛缓。所以我曾比之于"嚎丧",是送死的妙诀,是丧礼的收场,从此使生人又可以在别一境界中,安心乐意的活下去。历来的文章中,化"敌"为"皇",称"逆"为"我朝",这样的悲壮的文章就是其间的"蝴蝶铰",但自然,作手是不必同出于一人的。然而从诗人看来,据说这些话乃是一种"狂吠"①。

不过事实真也比评论更其不留情面,仅在这短短的两年中,昔之义军,已名"匪徒",而有些"抗日英雄"②,却早已侨寓姑苏了,而且连捐款也发生了问题。九一八的纪念日,则华界但有囚车随着武装巡捕梭巡,这囚车并非"意图"拘禁敌人或汉奸,而是专为"意图乘机捣乱"的"反动分子"所豫设的宝座。天气也真是阴惨,狂风骤雨,报上说是"飓风",是天地在为中国饮泣,然而在天地之间——人间,这一日却"平安"的过去了。

于是就成了虽然有些惨淡,却很"平安"的秋天,正是一个丧家届了除服之期的景象。但这景象,却又与诗人非常适合的,我在《醒起来罢同胞》的同一作家的《秋的黄昏》(九月二十五日《时事新报》所载)里,听到了幽咽而舒服的声调——

"我到了秋天便会伤感;到了秋天的黄昏,便会流泪,我已很感觉到我的伤感是受着秋风的波动而兴奋地展开,同时

---

① 这是邵冠华攻击鲁迅的用语,见于他在1933年9月《新时代月刊》第5卷第3期发表的《鲁迅的狂吠》一文。
② 指马占山、苏炳文等人。九一八事变后,他们在东北抵抗过日军,被称为"抗日英雄",各地民众曾捐款慰问,估计有二千万元之多,但马占山说只收到一百多万,引起舆论不满,清查亦无结果。

自己又像会发现自己的环境是最适合于秋天,细细地抚摩着秋天在自然里发出的音波,我知道我的命运使我成为秋天的人。……"

钉梢,现在中国所流行的,是无赖子对于摩登女郎,和侦探对于革命青年的钉梢,而对于文人学士们,却还很少见。假使追蹑几月或几年试试罢,就会看见许多怎样的情随事迁,到底头头是道的诗人。

一个活人,当然是总想活下去的,就是真正老牌的奴隶,也还在打熬着要活下去。然而自己明知道是奴隶,打熬着,并且不平着,挣扎着,一面"意图"挣脱以至实行挣脱的,即使暂时失败,还是套上了镣铐罢,他却不过是单单的奴隶。如果从奴隶生活中寻出"美"来,赞叹,抚摩,陶醉,那可简直是万劫不复的奴才了,他使自己和别人永远安住于这生活。就因为奴群中有这一点差别,所以使社会有平安和不安的差别,而在文学上,就分明的显现了麻醉的和战斗的的不同。

九月二十七日。

(本篇最初发表于 1933 年 10 月 15 日《申报月刊》第 2 卷第 10 号,选自《南腔北调集》)

世 故 三 昧

人世间真是难处的地方,说一个人"不通世故",固然不是好话,但说他"深于世故"也不是好话。"世故"似乎也像"革命之不可不革,而亦不可太革"一样,不可不通,而亦不可太通的。

然而据我的经验,得到"深于世故"的恶谥者,却还是因为"不通世故"的缘故。

现在我假设以这样的话,来劝导青年人——

"如果你遇见社会上有不平事,万不可挺身而出,讲公道话,否则,事情倒会移到你头上来,甚至于会被指作反动分子的。如果你遇见有人被冤枉,被诬陷的,即使明知道他是好人,也万不可挺身而出,去给他解释或分辩,否则,你就会被人说是他的亲戚,或得了他的贿赂;倘使那是女人,就要被疑为她的情人的;如果他较有名,那便是党羽。例如我自己罢,给一个毫不相干的女士①做了一篇信札集的序,人们就说她是我的小姨;绍介一点科学的文艺理论,人们就说得了苏联的卢布。亲戚和金钱,在目下的中国,关系也真是大,事实给与了教训,人们看惯了,以为人人都脱不了这关系,原也无足深怪的。

---

① 指金淑姿。鲁迅曾作《〈淑姿的信〉序》。

"然而,有些人其实也并不真相信,只是说着玩玩,有趣有趣的。即使有人为了谣言,弄得凌迟碎剐,像明末的郑鄤那样了,和自己也并不相干,总不如有趣的紧要。这时你如果去辨正,那就是使大家扫兴,结果还是你自己倒楣。我也有一个经验。那是十多年前,我在教育部里做'官僚',常听得同事说,某女学校的学生,是可以叫出来嫖的①,连机关的地址门牌,也说得明明白白。有一回我偶然走过这条街,一个人对于坏事情,是记性好一点的,我记起来了,便留心着那门牌,但这一号,却是一块小空地,有一口大井,一间很破烂的小屋,是几个山东人住着卖水的地方,决计做不了别用。待到他们又在谈着这事的时候,我便说出我的所见来,而不料大家竟笑容尽敛,不欢而散了,此后不和我谈天者两三月。我事后才悟到打断了他们的兴致,是不应该的。

"所以,你最好是莫问是非曲直,一味附和着大家;但更好是不开口;而在更好之上的是连脸上也不显出心里的是非的模样来⋯⋯"

这是处世法的精义,只要黄河不流到脚下,炸弹不落在身边,可以保管一世没有挫折的。但我恐怕青年人未必以我的话为然;便是中年,老年人,也许要以为我是在教坏了他们的子弟。呜呼,那么,一片苦心,竟是白费了。

然而倘说中国现在正如唐虞盛世,却又未免是"世故"之谈。耳闻目睹的不算,单是看看报章,也就可以知道社会上有多少不平,人们有多少冤抑。但对于这些事,除了有时或有同业,同乡,同族的人们来说几句呼吁的话之外,利害无关的人的义愤的声音,我们是很少听到的。这很分明,是大家不开口;或者以为和自己不相

---

① 在1925年北京女师大风潮中,陈西滢曾诬蔑女师大学生可以"叫局",随后一些报刊不断载有谈论此事的文字。

干;或者连"以为和自己不相干"的意思也全没有。"世故"深到不自觉其"深于世故",这才真是"深于世故"的了。这是中国处世法的精义中的精义。

而且,对于看了我的劝导青年人的话,心以为非的人物,我还有一下反攻在这里。他是以我为狡猾的。但是,我的话里,一面固然显示着我的狡猾,而且无能,但一面也显示着社会的黑暗。他单责个人,正是最稳妥的办法,倘使兼责社会,可就得站出去战斗了。责人的"深于世故"而避开了"世"不谈,这是更"深于世故"的玩艺,倘若自己不觉得,那就更深更深了,离三昧境盖不远矣。

不过凡事一说,即落言筌,不再能得三昧。说"世故三昧"者,即非"世故三昧"。三昧真谛,在行而不言;我现在一说"行而不言",却又失了真谛,离三昧境盖益远矣。

一切善知识,心知其意可也,唵!

十月十三日。

(本篇最初发表于1933年11月15日《申报月刊》第2卷第11号,选自《南腔北调集》)

谣言世家

　　双十佳节,有一位文学家大名汤增敭先生的,在《时事新报》上给我们讲光复时候的杭州的故事。他说那时杭州杀掉许多驻防的旗人,辨别的方法,是因为旗人叫"九"为"钩"的,所以要他说"九百九十九",一露马脚,刀就砍下去了。
　　这固然是颇武勇,也颇有趣的。但是,可惜是谣言。
　　中国人里,杭州人是比较的文弱的人。当钱大王治世的时候,人民被刮得衣裤全无,只用一片瓦掩着下部,然而还要追捐,除被打得麂一般叫之外,并无贰话。不过这出于宋人的笔记,是谣言也说不定的。但宋明的末代皇帝,带着没落的阔人,和暮气一同滔滔的逃到杭州来,却是事实,苟延残喘,要大家有刚决的气魄,难不难。到现在,西子湖边还多是摇摇摆摆的雅人;连流氓也少有浙东似的"白刀子进红刀子出"的打架。自然,倘有军阀做着后盾,那是也会格外的撒泼的,不过当时实在并无敢于杀人的风气,也没有乐于杀人的人们。我们只要看举了老成持重的汤蛰仙先生做都督,就可以知道是不会流血的了。
　　不过战事是有的。革命军围住旗营,开枪打进去,里面也有时打出来。然而围得并不紧,我有一个熟人,白天在外面逛,晚上却自进旗营睡觉去了。

虽然如此,驻防军也终于被击溃,旗人降服了,房屋被充公是有的,却并没有杀戮。口粮当然取消,各人自寻生计,开初倒还好,后来就遭灾。

怎么会遭灾的呢?就是发生了谣言。

杭州的旗人一向优游于西子湖边,秀气所钟,是聪明的,他们知道没有了粮,只好做生意,于是卖糕的也有,卖小菜的也有。杭州人是客气的,并不歧视,生意也还不坏。然而祖传的谣言起来了,说是旗人所卖的东西,里面都藏着毒药。这一下子就使汉人避之惟恐不远,但倒是怕旗人来毒自己,并不是自己想去害旗人。结果是他们所卖的糕饼小菜,毫无生意,只得在路边出卖那些不能下毒的家具。家具一完,途穷路绝,就一败涂地了。这是杭州驻防旗人的收场。

笑里可以有刀,自称酷爱和平的人民,也会有杀人不见血的武器,那就是造谣言。但一面害人,一面也害己,弄得彼此懵懵懂懂。古时候无须提起了,即在近五十年来,甲午战败,就说是李鸿章害的,因为他儿子是日本的驸马,骂了他小半世;庚子拳变,又说洋鬼子是挖眼睛的,因为造药水,就乱杀了一大通。下毒学说起于辛亥光复之际的杭州,而复活于近来排日的时候。我还记得每有一回谣言,就总有谁被诬为下毒的奸细,给谁平白打死了。

谣言世家的子弟,是以谣言杀人,也以谣言被杀的。

至于用数目来辨别汉满之法,我在杭州倒听说是出于湖北的荆州的,就是要他们数一二三四,数到"六"字,读作上声,便杀却。但杭州离荆州太远了,这还是一种谣言也难说。

我有时也不大能够分清那句是谣言,那句是真话了。

十月十三日。

(本篇最初发表于1933年11月15日《申报月刊》第2卷第11号,选自《南腔北调集》)

火

　　普洛美修斯偷火给人类，总算是犯了天条，贬入地狱。但是，钻木取火的燧人氏却似乎没有犯窃盗罪，没有破坏神圣的私有财产——那时候，树木还是无主的公物。然而燧人氏也被忘却了，到如今只见中国人供火神菩萨，不见供燧人氏的。

　　火神菩萨只管放火，不管点灯。凡是火着就有他的份。因此，大家把他供养起来，希望他少作恶。然而如果他不作恶，他还受得着供养么，你想？

　　点灯太平凡了。从古至今，没有听到过点灯出名的名人，虽然人类从燧人氏那里学会了点火已经有五六千年的时间。放火就不然。秦始皇放了一把火——烧了书没有烧人；项羽入关又放了一把火——烧的是阿房宫不是民房（？——待考）。……罗马的一个什么皇帝却放火烧百姓了；中世纪正教的僧侣就会把异教徒当柴火烧，间或还灌上油。这些都是一世之雄。现代的希特拉就是活证人。如何能不供养起来。何况现今是进化时代，火神菩萨也代代跨灶的。

　　譬如说罢，没有电灯的地方，小百姓不顾什么国货年，人人都要买点洋货的煤油，晚上就点起来：那么幽黯的黄澄澄的光线映在纸窗上，多不大方！不准，不准这么点灯！你们如果要光明的话，非得禁止这样"浪费"煤油不可。煤油应当扛到田地里去,灌进喷筒,呼啦呼啦的喷起来……一场大火,几十里路的延烧过去,稻禾,树木,房舍——尤其是草棚——一会儿都变成飞灰了。还不够,就有燃烧弹,硫磺弹,从飞机上面扔下来,像上海一二八的大火似的,够烧几天几晚。那才是伟大的光明呵。

火神菩萨的威风是这样的。可是说起来,他又不承认:火神菩萨据说原是保佑小民的,至于火灾,却要怪小民自不小心,或是为非作歹,纵火抢掠。

谁知道呢?历代放火的名人总是这样说,却未必总有人信。

我们只看见点灯是平凡的,放火是雄壮的,所以点灯就被禁止,放火就受供养。你不见海京伯马戏团么:宰了耕牛喂老虎,原是这年头的"时代精神"。

十一月二日。

(本篇最初发表于1933年12月25日《申报月刊》第2卷第12号,选自《南腔北调集》)

作文秘诀

现在竟还有人写信来问我作文的秘诀。

我们常常听到：拳师教徒弟是留一手的，怕他学全了就要打死自己，好让他称雄。在实际上，这样的事情也并非全没有，逢蒙杀羿就是一个前例。逢蒙远了，而这种古气是没有消尽的，还加上了后来的"状元瘾"，科举虽然久废，至今总还要争"唯一"，争"最先"。遇到有"状元瘾"的人们，做教师就危险，拳棒教完，往往免不了被打倒，而这位新拳师来教徒弟时，却以他的先生和自己为前车之鉴，就一定留一手，甚而至于三四手，于是拳术也就"一代不如一代"了。

还有，做医生的有秘方，做厨子的有秘法，开点心铺子的有秘传，为了保全自家的衣食，听说这还只授儿妇，不教女儿，以免流传到别人家里去，"秘"是中国非常普遍的东西，连关于国家大事的会议，也总是"内容非常秘密"，大家不知道。但是，作文却好像偏偏并无秘诀，假使有，每个作家一定是传给子孙的了，然而祖传的作家很少见。自然，作家的孩子们，从小看惯书籍纸笔，眼格也许比较的可以大一点罢，不过不见得就会做。目下的刊物上，虽然常见什么"父子作家""夫妇作家"的名称，仿佛真能从遗嘱或情书中，密授一些什么秘诀一样，其实乃是肉麻当有趣，妄将做官的关系,用到作文上去了。

那么,作文真就毫无秘诀么?却也并不。我曾经讲过几句做古文的秘诀,是要通篇都有来历,而非古人的成文;也就是通篇是自己做的,而又全非自己所做,个人其实并没有说什么;也就是"事出有因",而又"查无实据"。到这样,便"庶几乎免于大过也矣"了。简而言之,实不过要做得"今天天气,哈哈哈……"而已。

这是说内容。至于修辞,也有一点秘诀:一要蒙胧,二要难懂。那方法,是:缩短句子,多用难字。譬如罢,作文论秦朝事,写一句"秦始皇乃始烧书",是不算好文章的,必须翻译一下,使它不容易一目了然才好。这时就用得着《尔雅》,《文选》了,其实是只要不给别人知道,查查《康熙字典》也不妨的。动手来改,成为"始皇始焚书",就有些"古"起来,到得改成"政俶燔典",那就简直有了班马①气,虽然跟着也令人不大看得懂。但是这样的做成一篇以至一部,是可以被称为"学者"的,我想了半天,只做得一句,所以只配在杂志上投稿。

我们的古之文学大师,就常常玩着这一手。班固先生的"紫色蛙声,余分闰位",就将四句长句,缩成八字的;扬雄先生的"蠢迪检柙",就将"动由规矩"这四个平常字,翻成难字的。《绿野仙踪》记塾师咏"花",有句云:"媳钗俏矣儿书废,哥罐闻焉嫂棒伤。"自说意思,是儿妇折花为钗,虽然俏丽,但恐儿子因而废读;下联较费解,是他的哥哥折了花来,没有花瓶,就插在瓦罐里,以嗅花香,他嫂嫂为防微杜渐起见,竟用棒子连花和罐一起打坏了。这算是对于冬烘先生的嘲笑。然而他的作法,其实是和扬班并无不合的,错只在他不用古典而用新典。这一个所谓"错",就使《文选》之类

---

① 指班固和司马迁。

177

在遗老遗少们的心眼里保住了威灵。

做得蒙胧,这便是所谓"好"么?答曰:也不尽然,其实是不过掩了丑。但是,"知耻近乎勇",掩了丑,也就仿佛近乎好了。摩登女郎披下头发,中年妇人罩上面纱,就都是蒙胧术。人类学家解释衣服的起源有三说:一说是因为男女知道了性的羞耻心,用这来遮羞;一说却以为倒是用这来刺激;还有一种是说因为老弱男女,身体衰瘦,露着不好看,盖上一些东西,借此掩掩丑的。从修辞学的立场上看起来,我赞成后一说。现在还常有骈四俪六,典丽堂皇的祭文,挽联,宣言,通电,我们倘去查字典,翻类书,剥去它外面的装饰,翻成白话文,试看那剩下的是怎样的东西呵!?

不懂当然也好的。好在那里呢?即好在"不懂"中。但所虑的是好到令人不能说好丑,所以还不如做得它"难懂":有一点懂,而下一番苦功之后,所懂的也比较的多起来。我们是向来很有崇拜"难"的脾气的,每餐吃三碗饭,谁也不以为奇,有人每餐要吃十八碗,就郑重其事的写在笔记上;用手穿针没有人看,用脚穿针就可以搭帐篷卖钱;一幅画片,平淡无奇,装在匣子里,挖一个洞,化为西洋镜,人们就张着嘴热心的要看了。况且同是一事,费了苦功而达到的,也比并不费力而达到的可贵。譬如到什么庙里去烧香罢,到山上的,比到平地上的可贵;三步一拜才到庙里的庙,和坐了轿子一径抬到的庙,即使同是这庙,在到达者的心里的可贵的程度是大有高下的。作文之贵乎难懂,就是要使读者三步一拜,这才能够达到一点目的的妙法。

写到这里,成了所讲的不但只是做古文的秘诀,而且是做骗人的古文的秘诀了。但我想,做白话文也没有什么大两样,因为它也可以夹些僻字,加上蒙胧或难懂,来施展那变戏法的障眼的手巾的。倘要反一调,就是"白描"。

"白描"却并没有秘诀。如果要说有,也不过是和障眼法反一调:有真意,去粉饰,少做作,勿卖弄而已。

十一月十日。

(本篇最初发表于1933年12月15日《申报月刊》第2卷第12号,选自《南腔北调集》)

捣鬼心传

中国人又很有些喜欢奇形怪状，鬼鬼祟祟的脾气，爱看古树发光比大麦开花的多，其实大麦开花他向来也没有看见过。于是怪胎畸形，就成为报章的好资料，替代了生物学的常识的位置了。最近在广告上所见的，有像所谓两头蛇似的两头四手的胎儿，还有从小肚上生出一只脚来的三脚汉子。固然，人有怪胎，也有畸形，然而造化的本领是有限的，他无论怎么怪，怎么畸，总有一个限制：孪儿可以连背，连腹，连臀，连胁，或竟骈头，却不会将头生在屁股上；形可以骈拇，枝指，缺肢，多乳，却不会两脚之外添出一只脚来，好像"买两送一"的买卖。天实在不及人之能捣鬼。

但是，人的捣鬼，虽胜于天，而实际上本领也有限。因为捣鬼精义，在切忌发挥，亦即必须含蓄。盖一加发挥，能使所捣之鬼分明，同时也生限制，故不如含蓄之深远，而影响却又因而模胡了。"有一利必有一弊"，我之所谓"有限"者以此。

清朝人的笔记里，常说罗两峰的《鬼趣图》，真写得鬼气拂拂；后来那图由文明书局印出来了，却不过一个奇瘦，一个矮胖，一个臃肿的模样，并不见得怎样的出奇，还不如只看笔记有趣。小说上的描摹鬼相，虽然竭力，也都不足以惊人，我觉得最可怕的还是晋人所记的脸无五官，浑沦如鸡蛋的山中厉鬼。因为五官不过是五官,纵使苦心经营,要它凶恶,总也逃不出五官的范围,现在使它浑沦得莫名其妙,读者也就怕得莫名其妙了。然而其"弊"也,是印象的模胡。不过较之写些"青面獠牙","口鼻流血"的笨伯,自然聪明得远。

中华民国人的宣布罪状大抵是十条,然而结果大抵是无效。古来尽多坏人,十条不过如此,想引人的注意以至活动是决不会的。骆宾王作《讨武曌檄》,那"入宫见嫉,蛾眉不肯让人,掩袖工谗,狐媚偏能惑主"这几句,恐怕是很费点心机的了,但相传武后看到这里,不过微微一笑。是的,如此而已,又怎么样呢?声罪致讨的明文,那力量往往远不如交头接耳的密语,因为一是分明,一是莫测的。我想假使当时骆宾王站在大众之前,只是攒眉摇头,连称"坏极坏极",却不说出其所谓坏的实例,恐怕那效力会在文章之上的罢。"狂飙文豪"高长虹攻击我时,说道劣迹多端,倘一发表,便即身败名裂,而终于并不发表,是深得捣鬼正脉的;但也竟无大效者,则与广泛俱来的"模胡"之弊为之也。

明白了这两例,便知道治国平天下之法,在告诉大家以有法,而不可明白切实的说出何法来。因为一说出,即有言,一有言,便可与行相对照,所以不如示之以不测。不测的威棱使人萎伤,不测的妙法使人希望——饥荒时生病,打仗时做诗,虽若与治国平天下不相干,但在莫明其妙中,却能令人疑为跟着自有治国平天下的妙法在——然而其"弊"也,却还是照例的也能在模胡中疑心到所谓妙法,其实不过是毫无方法而已。

捣鬼有术,也有效,然而有限,所以以此成大事者,古来无有。

一一月二十二日。

(本篇最初发表于1934年1月15日《申报月刊》
第3卷第1号,选自《南腔北调集》)

家庭为中国之基本

中国的自己能酿酒,比自己来种鸦片早,但我们现在只听说许多人躺着吞云吐雾,却很少见有人像外国水兵似的满街发酒疯。唐宋的踢球,久已失传,一般的娱乐是躲在家里彻夜叉麻雀。从这两点看起来,我们在从露天下渐渐的躲进家里去,是无疑的。古之上海文人,已尝慨乎言之,曾出一联,索人属对,道:"三鸟害人鸦雀鸽","鸽"是彩票,雅号奖券,那时却称为"白鸽票"的。但我不知道后来有人对出了没有。

不过我们也并非满足于现状,是身处斗室之中,神驰宇宙之外,抽鸦片者享乐着幻境,叉麻雀者心仪于好牌。檐下放起爆竹,是在将月亮从天狗嘴里救出;剑仙坐在书斋里,哼的一声,一道白光,千万里外的敌人可被杀掉了,不过飞剑还是回家,钻进原先的鼻孔去,因为下次还要用。这叫做千变万化,不离其宗。所以学校是从家庭里拉出子弟来,教成社会人才的地方,而一闹到不可开交的时候,还是"交家长严加管束"云。

"骨肉归于土,命也;若夫魂气,则无不之也,无不之也!"一个人变了鬼,该可以随便一点了罢,而活人仍要烧一所纸房子,请他住进去,阔气的还有打牌桌,鸦片盘。成仙,这变化是很大的,但是刘太太偏舍不得老家,定要运动到"拔宅飞升",连鸡犬都带了上去而后已,好依然的管家务,饲狗,喂鸡。

我们的古今人,对于现状,实在也愿意有变化,承认其变化的。变鬼无法,成仙更佳,然而对于老家,却总是死也不肯放。我想,火药只做爆竹,指南针只看坟山,恐怕那原因就在此。

现在是火药蜕化为轰炸弹,烧夷弹,装在飞机上面了,我们却只能坐在家里等他落下来。自然,坐飞机的人是颇有了的,但他那里是远征呢,他为的是可以快点回到家里去。

家是我们的生处,也是我们的死所。

十二月十六日。

(本篇最初发表于 1934 年 1 月 15 日《申报月刊》
第 3 卷第 1 号,选自《南腔北调集》)

观　斗

　　我们中国人总喜欢说自己爱和平，但其实，是爱斗争的，爱看别的东西斗争，也爱看自己们斗争。

　　最普通的是斗鸡，斗蟋蟀，南方有斗黄头鸟，斗画眉鸟，北方有斗鹌鹑，一群闲人们围着呆看，还因此赌输赢。古时候有斗鱼，现在变把戏的会使跳蚤打架。看今年的《东方杂志》，才知道金华又有斗牛，不过和西班牙却两样的，西班牙是人和牛斗，我们是使牛和牛斗。

　　任他们斗争着，自己不与斗，只是看。

　　军阀们只管自己斗争着，人民不与闻，只是看。

　　然而军阀们也不是自己亲身在斗争，是使兵士们相斗争，所以频年恶战，而头儿个个终于是好好的，忽而误会消释了，忽而杯酒言欢了，忽而共同御侮了，忽而立誓报国了，忽而……。不消说，忽而自然不免又打起来了。

　　然而人民一任他们玩把戏，只是看。

　　但我们的斗士，只有对于外敌却是两样的：近的，是"不抵抗"，远的，是"负弩前驱"云。

　　"不抵抗"在字面上已经说得明明白白。"负弩前驱"呢，弩机的制度早已失传了，必须待考古学家研究出来，制造起来，然后能够负,然后能够前驱。

还是留着国产的兵士和现买的军火,自己斗争下去罢。中国的人口多得很,暂时总有一些子遗在看着的。但自然,倘要这样,则对于外敌,就一定非"爱和平"①不可。

一月二十四日。

(本篇最初发表于 1933 年 1 月 31 日《申报·自由谈》,选自《伪自由书》)

---

① 1931 年九一八事变后,蒋介石 9 月 22 日在南京市国民党党员大会上说:"此刻必须上下一致,先以公理对强权,以和平对野蛮,忍痛含愤,暂取逆来顺受态度,以待国际公理之判断。"

电 的 利 弊

日本幕府时代,曾大杀基督教徒,刑罚很凶,但不准发表,世无知者。到近几年,乃出版当时的文献不少。曾见《切利支丹殉教记》,其中记有拷问教徒的情形,或牵到温泉旁边,用热汤浇身;或周围生火,慢慢的烤炙,这本是"火刑",但主管者却将火移远,改死刑为虐杀了。

中国还有更残酷的。唐人说部中曾有记载,一县官拷问犯人,四周用火遥焙,口渴,就给他喝酱醋,这是比日本更进一步的办法。现在官厅拷问嫌疑犯,有用辣椒煎汁灌入鼻孔去的,似乎就是唐朝遗下的方法,或则是古今英雄,所见略同。曾见一个因在反省院里的青年的信,说先前身受此刑,苦痛不堪,辣汁流入肺脏及心,已成不治之症,即释放亦不免于死云云。此人是陆军学生,不明内脏构造,其实倒挂灌鼻,可以由气管流入肺中,引起致死之病,却不能进入心中,大约当时因在苦楚中,知觉瞀乱,遂疑为已到心脏了。

但现在之所谓文明人所造的刑具,残酷又超出于此种方法万万。上海有电刑,一上,即遍身痛楚欲裂,遂昏去,少顷又醒,则又受刑。闻曾有连受七八次者,即幸而免死,亦从此牙齿皆摇动,神经亦变钝,不能复原。前年纪念爱迪生,许多人赞颂电报电话之有利于人,却没有想到同是一电,而有人得到这样的大害,福人用电气疗病,美容,而被压迫者却以此受苦,丧命也。

外国用火药制造子弹御敌,中国却用它做爆竹敬神;外国用罗盘针航海,中国却用它看风水;外国用鸦片医病,中国却拿来当饭吃。同是一种东西,而中外用法之不同有如此,盖不但电气而已。

一月三十一日。

(本篇最初发表于1933年2月16日
《申报·自由谈》,选自《伪自由书》)

从幽默到正经

"幽默"一倾于讽刺,失了它的本领且不说,最可怕的是有些人又要来"讽刺",来陷害了,倘若堕于"说笑话",则寿命是可以较为长远,流年也大致顺利的,但愈堕愈近于国货,终将成为洋式徐文长。当提倡国货声中,广告上已有中国的"自造舶来品",便是一个证据。

而况我实在恐怕法律上不久也就要有规定国民必须哭丧着脸的明文了。笑笑,原也不能算"非法"的。但不幸东省沦陷,举国骚然,爱国之士竭力搜索失地的原因,结果发见了其一是在青年的爱玩乐,学跳舞。当北海上正在嘻嘻哈哈的溜冰的时候,一个大炸弹抛下来,虽然没有伤人,冰却已经炸了一个大窟窿,不能溜之大吉了。

又不幸而榆关失守,热河吃紧了,有名的文人学士,也就更加吃紧起来,做挽歌的也有,做战歌的也有,讲文德[①]的也有,骂人固然可恶,俏皮也不文明,要大家做正经文章,装正经脸孔,以补"不抵抗主义"之不足。

[①] 戴季陶在1933年1月发表的《文德与文品》中说:"开口骂人说俏皮话……都非文明人之所应有。"

但人类究竟不能这么沉静,当大敌压境之际,手无寸铁,杀不得敌人,而心里却总是愤怒的,于是他就不免寻求敌人的替代。这时候,笑嘻嘻的可就遭殃了,因为他这时便被叫作:"陈叔宝全无心肝"。所以知机的人,必须也和大家一样哭丧着脸,以免于难。"聪明人不吃眼前亏",亦古贤之遗教也,然而这时也就"幽默"归天,"正经"统一了剩下的全中国。

明白这一节,我们就知道先前为什么无论贞女与淫女,见人时都得不笑不言;现在为什么送葬的女人,无论悲哀与否,在路上定要放声大叫。

这就是"正经"。说出来么,那就是"刻毒"。

三月二日。

(本篇最初发表于1933年3月8日
《申报·自由谈》,选自《伪自由书》)

推 背 图

我这里所用的"推背"的意思,是说:从反面来推测未来的情形。

上月的《自由谈》里,就有一篇《正面文章反看法》,这是令人毛骨悚然的文字。因为得到这一个结论的时候,先前一定经过许多苦楚的经验,见过许多可怜的牺牲。本草家提起笔来,写道:砒霜,大毒。字不过四个,但他却确切知道了这东西曾经毒死过若干性命的了。

里巷间有一个笑话:某甲将银子三十两埋在地里面,怕人知道,就在上面竖一块木板,写道:"此地无银三十两。"隔壁的阿二因此却将这掘去了,也怕人发觉,就在木板的那一面添上一句道,"隔壁阿二勿曾偷。"这就是在教人"正面文章反看法"。

但我们日日所见的文章,却不能这么简单。有明说要做,其实不做的;有明说不做,其实要做的;有明说做这样,其实做那样的;有其实自己要这么做,倒说别人要这么做的;有一声不响,而其实倒做了的。然而也有说这样,竟这样的。难就在这地方。

例如近几天报章上记载着的要闻罢:

一,××军在××血战,杀敌××××人。

二,××谈话:决不与日本直接交涉,仍然不改初衷,抵抗到底。

三,芳泽来华,据云系私人事件。

四,共党联日,该伪中央已派干部××赴日接洽。

五,××××……

倘使都当反面文章看,可就太骇人了。但报上也有"莫干山路草棚船百余只大火","××××廉价只有四天了"等大概无须"推背"的记载,于是乎我们就又胡涂起来。

听说,《推背图》①本是灵验的,某朝某帝怕他淆惑人心,就添了些假造的在里面,因此弄得不能豫知了,必待事实证明之后,人们这才恍然大悟。

我们也只好等着看事实,幸而大概是不很久的,总出不了今年。

四月二日。

(本篇最初发表于1933年4月6日《申报·自由谈》,选自《伪自由书》)

---

① 《推背图》是一本预测后世兴亡变乱的迷信图册,相传为唐代李淳风撰。据说宋太祖怕它惑乱人心,将它的编次弄乱,加入伪作,使人难辨真假。

言论自由的界限

　　看《红楼梦》,觉得贾府上是言论颇不自由的地方。焦大以奴才的身分,仗着酒醉,从主子骂起,直到别的一切奴才,说只有两个石狮子干净。结果怎样呢?结果是主子深恶,奴才痛嫉,给他塞了一嘴马粪。

　　其实是,焦大的骂,并非要打倒贾府,倒是要贾府好,不过说主奴如此,贾府就要弄不下去罢了。然而得到的报酬是马粪。所以这焦大,实在是贾府的屈原,假使他能做文章,我想,恐怕也会有一篇《离骚》之类。

　　三年前的新月社诸君子,不幸和焦大有了相类的境遇。他们引经据典,对于党国有了一点微词,虽然引的大抵是英国经典,但何尝有丝毫不利于党国的恶意,不过说:"老爷,人家的衣服多么干净,您老人家的可有些儿脏,应该洗它一洗"罢了。不料"荃不察余之中情兮",来了一嘴的马粪:国报同声致讨,连《新月》杂志也遭殃。但新月社究竟是文人学士的团体,这时就也来了一大堆引据三民主义,辨明心迹的"离骚经"。现在好了,吐出马粪,换塞甜头,有的顾问,有的教授,有的秘书,有的大学院长,言论自由,《新月》也满是所谓"为文艺的文艺"了。

　　这就是文人学士究竟比不识字的奴才聪明,党国究竟比贾府高明，现在究竟比乾隆时候光明：三明主义。

然而竟还有人在嚷着要求言论自由。世界上没有这许多甜头，我想，该是明白的罢，这误解，大约是在没有悟到现在的言论自由，只以能够表示主人的宽宏大度的说些"老爷，你的衣服……"为限，而还想说开去。

这是断乎不行的。前一种，是和《新月》受难时代不同，现在好像已有的了，这《自由谈》也就是一个证据，虽然有时还有几位拿着马粪，前来探头探脑的英雄。至于想说开去，那就足以破坏言论自由的保障。要知道现在虽比先前光明，但也比先前利害，一说开去，是连性命都要送掉的。即使有了言论自由的明令，也千万大意不得。这我是亲眼见过好几回的，非"卖老"也，不自觉其做奴才之君子，幸想一想而垂鉴焉。

四月十七日。

（本篇最初发表于1933年4月22日《申报·自由谈》，选自《伪自由书》）

文章与题目

　　一个题目，做来做去，文章是要做完的，如果再要出新花样，那就使人会觉得不是人话。然而只要一步一步的做下去，每天又有帮闲的敲边鼓，给人们听惯了，就不但做得出，而且也行得通。

　　譬如近来最主要的题目，是"安内与攘外"①罢，做的也着实不少了。有说安内必先攘外的，有说安内同时攘外的，有说不攘外无以安内的，有说攘外即所以安内的，有说安内即所以攘外的，有说安内急于攘外的。

　　做到这里，文章似乎已经无可翻腾了，看起来，大约总可以算是做到了绝顶。

　　所以再要出新花样，就使人会觉得不是人话，用现在最流行的谥法来说，就是大有"汉奸"的嫌疑。为什么呢？就因为新花样的文章，只剩了"安内而不必攘外"，"不如迎外以安内"，"外就是内，本无可攘"这三种了。

　　这三种意思，做起文章来，虽然实在希奇，但事实却有的，而且不必远征晋宋，只要看看明朝就够。满洲人早在窥伺了，国内却是

---

① 1931年11月30日蒋介石在一个"训词"中提出"攘外必先安内"的反共卖国方针，一些报刊也纷纷发表谈论这个问题的文章。

草菅民命,杀戮清流,做了第一种。李自成进北京了,阔人们不甘给奴子做皇帝,索性请"大清兵"来打掉他,做了第二种。至于第三种,我没有看过《清史》,不得而知,但据老例,则应说是爱新觉罗氏之先,原是轩辕黄帝第几子之苗裔,遯于朔方,厚泽深仁,遂有天下,总而言之,咱们原是一家子云。

后来的史论家,自然是力斥其非的,就是现在的名人,也正痛恨流寇。但这是后来和现在的话,当时可不然,鹰犬塞途,干儿当道,魏忠贤不是活着就配享了孔庙么?他们那种办法,那时都有人来说得头头是道的。

前清末年,满人出死力以镇压革命,有"宁赠友邦,不给家奴"①的口号,汉人一知道,更恨得切齿。其实汉人何尝不如此?吴三桂之请清兵入关,便是一想到自身的利害,即"人同此心"的实例了。……

四月二十九日。

附记:

原题是《安内与攘外》。

五月五日。

(本篇最初发表于1933年5月5日《申报·自由谈》,选自《伪自由书》)

---

① 这是清朝大臣刚毅在维新变法期间说过的话。

新　药

说起来就记得，诚然，自从九一八以后，再没有听到吴稚老的妙语了，相传是生了病。现在刚从南昌专电中，飞出一点声音来，却连改头换面的，也是自从九一八以后，就再没有一丝声息的民族主义文学者们，也来加以冷冷的讪笑。①

为什么呢？为了九一八。

想起来就记得，吴稚老的笔和舌，是尽过很大的任务的，清末的时候，五四的时候，北伐的时候，清党的时候，清党以后的还是闹不清白的时候。然而他现在一开口，却连躲躲闪闪的人物儿也来冷笑了。九一八以来的飞机，真也炸着了这党国的元老吴先生，或者是，炸大了一些躲躲闪闪的人物儿的小胆子。

九一八以后，情形就有这么不同了。

旧书里有过这么一个寓言，某朝某帝的时候，宫女们多数生了病，总是医不好。最后来了一个名医，开出神方道：壮汉若干名。皇帝没有法，只得照他办。若干天之后，自去察看时，宫女们果然个个神采焕发了，却另有许多瘦得不像人样的男人，拜伏在地上。

---

① 吴稚晖曾在南昌对新闻界发表过"拚死抵抗"日军的谈话。由于此时国民党政府正酝酿派亲日分子黄郛北上，与进犯华北的日军妥协，因此《大晚报》载《吴稚晖抗日》一文，嘲笑吴稚晖只不过是"'皓首匹夫'的随便谈谈而已！"

皇帝吃了一惊,问这是什么呢?宫女们就嗫嚅的答道:是药渣。

照前几天报上的情形看起来,吴先生仿佛就如药渣一样,也许连狗子都要加以践踏了。然而他是聪明的,又很恬淡,决不至于不顾自己,给人家熬尽了汁水。不过因为九一八以后,情形已经不同,要有一种新药出卖是真的,对于他的冷笑,其实也就是新药的作用。

这种新药的性味,是要很激烈,而和平。譬之文章,则须先讲烈士的殉国,再叙美人的殉情;一面赞希特勒的组阁,一面颂苏联的成功;军歌唱后,来了恋歌;道德谈完,就讲妓院;因国耻日而悲杨柳,逢五一节而忆蔷薇;攻击主人的敌手,也似乎不满于它自己的主人……总而言之,先前所用的是单方,此后出卖的却是复药了。

复药虽然好像万应,但也常无一效的,医不好病,即毒不死人。不过对于误服这药的病人,却能够使他不再寻求良药,拖重了病症而至于胡里胡涂的死亡。

四月二十九日。

(本篇最初发表于1933年5月7日《申报·自由谈》,选自《伪自由书》)

夜　颂

爱夜的人,也不但是孤独者,有闲者,不能战斗者,怕光明者。

人的言行,在白天和在深夜,在日下和在灯前,常常显得两样。夜是造化所织的幽玄的天衣,普覆一切人,使他们温暖,安心,不知不觉的自己渐渐脱去人造的面具和衣裳,赤条条地裹在这无边际的黑絮似的大块里。

虽然是夜,但也有明暗。有微明,有昏暗,有伸手不见掌,有漆黑一团糟。爱夜的人要有听夜的耳朵和看夜的眼睛,自在暗中,看一切暗。君子们从电灯下走入暗室中,伸开了他的懒腰;爱侣们从月光下走进树阴里,突变了他的眼色。夜的降临,抹杀了一切文人学士们当光天化日之下,写在耀眼的白纸上的超然,混然,恍然,勃然,粲然的文章,只剩下乞怜,讨好,撒谎,骗人,吹牛,捣鬼的夜气,形成一个灿烂的金色的光圈,像见于佛画上面似的,笼罩在学识不凡的头脑上。

爱夜的人于是领受了夜所给与的光明。

高跟鞋的摩登女郎在马路边的电光灯下,阁阁的走得很起劲,但鼻尖也闪烁着一点油汗,在证明她是初学的时髦,假如长在明晃晃的照耀中,将使她碰着"没落"的命运。一大排关着的店铺的昏暗助她一臂之力,使她放缓开足的马力,吐一口气,这时才觉得沁人心脾的夜里的拂拂的凉风。

爱夜的人和摩登女郎,于是同时领受了夜所给与的恩惠。

一夜已尽,人们又小心翼翼的起来,出来了;便是夫妇们,面目和五六点钟之前也何其两样。从此就是热闹,喧嚣。而高墙后面,大厦中间,深闺里,黑狱里,客室里,秘密机关里,却依然弥漫着惊人的真的大黑暗。

现在的光天化日,熙来攘往,就是这黑暗的装饰,是人肉酱缸上的金盖,是鬼脸上的雪花膏。只有夜还算是诚实的。我爱夜,在夜间作《夜颂》。

六月八日。

(本篇最初发表于 1933 年 6 月 10 日《申报·自由谈》,选自《准风月谈》)

推

　　两三月前,报上好像登过一条新闻,说有一个卖报的孩子,踏上电车的踏脚去取报钱,误踹住了一个下来的客人的衣角,那人大怒,用力一推,孩子跌入车下,电车又刚刚走动,一时停不住,把孩子碾死了。

　　推倒孩子的人,却早已不知所往。但衣角会被踹住,可见穿的是长衫,即使不是"高等华人",总该是属于上等的。

　　我们在上海路上走,时常会遇见两种横冲直撞,对于对面或前面的行人,决不稍让的人物。一种是不用两手,却只将直直的长脚,如入无人之境似的踏过来,倘不让开,他就会踏在你的肚子或肩膀上。这是洋大人,都是"高等"的,没有华人那样上下的区别。一种就是弯上他两条臂膊,手掌向外,像蝎子的两个钳一样,一路推过去,不管被推的人是跌在泥塘或火坑里。这就是我们的同胞,然而"上等"的,他坐电车,要坐二等所改的三等车,他看报,要看专登黑幕的小报,他坐着看得咽唾沫,但一走动,又是推。

　　上车,进门,买票,寄信,他推;出门,下车,避祸,逃难,他又推。推得女人孩子都跟跟跄跄,跌倒了,他就从活人上踏过,跌死了,他就从死尸上踏过,走出外面,用舌头舔舔自己的厚嘴唇,什么也不觉得。旧历端午,在一家戏场里,因为一句失火的谣言,就又是推,把十多个力量未足的少年踏死了。死尸摆在空地上,据说去看的又有万余人,人山人海,又是推。

推了的结果,是嘻开嘴巴,说道:"阿唷,好白相来希①呀!"

住在上海,想不遇到推与踏,是不能的,而且这推与踏也还要廓大开去。要推倒一切下等华人中的幼弱者,要踏倒一切下等华人。这时就只剩了高等华人颂祝着——

"阿唷,真好白相来希呀。为保全文化起见,是虽然牺牲任何物质,也不应该顾惜的——这些物质有什么重要性呢!"

六月八日。

(本篇最初发表于1933年6月11日
《申报·自由谈》,选自《准风月谈》)

---

① 上海方言,好玩得很的意思。

二丑艺术

浙东的有一处的戏班中,有一种脚色叫作"二花脸",译得雅一点,那么,"二丑"就是。他和小丑的不同,是不扮横行无忌的花花公子,也不扮一味仗势的宰相家丁,他所扮演的是保护公子的拳师,或是趋奉公子的清客。总之:身分比小丑高,而性格却比小丑坏。

义仆是老生扮的,先以谏诤,终以殉主;恶仆是小丑扮的,只会作恶,到底灭亡。而二丑的本领却不同,他有点上等人模样,也懂些琴棋书画,也来得行令猜谜,但倚靠的是权门,凌蔑的是百姓,有谁被压迫了,他就来冷笑几声,畅快一下,有谁被陷害了,他又去吓唬一下,吆喝几声。不过他的态度又并不常常如此的,大抵一面又回过脸来,向台下的看客指出他公子的缺点,摇着头装起鬼脸道:你看这家伙,这回可要倒楣哩!

这最末的一手,是二丑的特色。因为他没有义仆的愚笨,也没有恶仆的简单,他是智识阶级。他明知道自己所靠的是冰山,一定不能长久,他将来还要到别家帮闲,所以当受着豢养,分着余炎的时候,也得装着和这贵公子并非一伙。

二丑们编出来的戏本上,当然没有这一种脚色的,他那里肯;小丑,即花花公子们编出来的戏本,也不会有,因为他们只看见一面,想不到的。这二花脸,乃是小百姓看透了这一种人,提出精华来,制定了的脚色。

世间只要有权门,一定有恶势力,有恶势力,就一定有二花脸,而且有二花脸艺术。我们只要取一种刊物,看他一个星期,就会发现他忽而怨恨春天,忽而颂扬战争,忽而译萧伯纳演说,忽而讲婚姻问题;但其间一定有时要慷慨激昂的表示对于国事的不满:这就是用出末一手来了。

这最末的一手,一面也在遮掩他并不是帮闲,然而小百姓是明白的,早已使他的类型在戏台上出现了。

六月十五日。

(本篇最初发表于1933年6月18日《申报·自由谈》,选自《准风月谈》)

"抄 靶 子"

中国究竟是文明最古的地方，也是素重人道的国度，对于人，是一向非常重视的。至于偶有凌辱诛戮，那是因为这些东西并不是人的缘故。皇帝所诛者，"逆"也，官军所剿者，"匪"也，刽子手所杀者，"犯"也，满洲人"入主中夏"，不久也就染了这样的淳风，雍正皇帝要除掉他的弟兄，就先行御赐改称为"阿其那"与"塞思黑"①，我不懂满洲话，译不明白，大约是"猪"和"狗"罢。黄巢造反，以人为粮，但若说他吃人，是不对的，他所吃的物事，叫作"两脚羊"。

时候是二十世纪，地方是上海，虽然骨子里永是"素重人道"，但表面上当然会有些不同的。对于中国的有一部分并不是"人"的生物，洋大人如何赐谥，我不得而知，我仅知道洋大人的下属们所给与的名目。

假如你常在租界的路上走，有时总会遇见几个穿制服的同胞和一位异胞（也往往没有这一位），用手枪指住你，搜查全身和所拿的物件。倘是白种，是不会指住的；黄种呢，如果被指的说是日

---

① 这是雍正分别给其弟胤禩（康熙第八子）和胤禟（康熙第九子）赐改的名字。在满语中，阿其那意为狗，塞思黑意为猪。

本人,就放下手枪,请他走过去;独有文明最古的黄帝子孙,可就"则不得免焉"了。这在香港,叫作"搜身",倒也还不算很失了体统,然而上海则竟谓之"抄靶子"。

抄者,搜也,靶子是该用枪打的东西,我从前年九月以来,才知道这名目的的确。四万万靶子,都排在文明最古的地方,私心在侥幸的只是还没有被打着。洋大人的下属,实在给他的同胞们定了绝好的名称了。

然而我们这些"靶子"们,自己互相推举起来的时候却还要客气些。我不是"老上海",不知道上海滩上先前的相骂,彼此是怎样赐谥的了。但看看记载,还不过是"曲辫子","阿木林"①。"寿头码子"虽然已经是"猪"的隐语,然而究竟还是隐语,含有宁"雅"而不"达"的高谊。若夫现在,则只要被他认为对于他不大恭顺,他便圆睁了绽着红筋的两眼,挤尖喉咙,和口角的白沫同时喷出两个字来道:猪猡!

六月十六日。

(本篇最初发表于 1933 年 6 月 20 日
《申报·自由谈》,选自《准风月谈》)

---

① "曲辫子",即乡愚,"阿木林",即傻子,皆为上海话。

查 旧 帐

这几天,听涛社出了一本《肉食者言》,是现在的在朝者,先前还是在野时候的言论,给大家"听其言而观其行",知道先后有怎样的不同。那同社出版的周刊《涛声》里,也常有同一意思的文字。

这是查旧帐,翻开帐簿,打起算盘,给一个结算,问一问前后不符,是怎么的,确也是一种切实分明,最令人腾挪不得的办法。然而这办法之在现在,可未免太"古道"了。

古人是怕查这种旧帐的,蜀的韦庄穷困时,做过一篇慷慨激昂,文字较为通俗的《秦妇吟》,真弄得大家传诵,待到他显达之后,却不但不肯编入集中,连人家的钞本也想设法消灭了。当时不知道成绩如何,但看清朝末年,又从敦煌的山洞中掘出了这诗的钞本,就可见是白用心机了的,然而那苦心却也还可以想见。

不过这是古之名人。常人就不同了,他要抹杀旧帐,必须砍下脑袋,再行投胎。斩犯绑赴法场的时候,大叫道,"过了二十年,又是一条好汉!"为了另起炉灶,从新做人,非经过二十年不可,真是麻烦得很。

不过这是古今之常人。今之名人就又不同了,他要抹杀旧帐,从新做人,比起常人的方法来,迅速真有邮信和电报之别。不怕迁缓一点的,就出一回洋,造一个寺,生一场病,游几天山;要快,则开一次会,念一卷经,演说一通,宣言一下,或者睡一夜觉,做一首诗也可以;要更快,那就自打两个嘴巴,淌几滴眼泪,也照样能够另变一人,和"以前之我"绝无关系。净坛将军摇身一变,化为鲫鱼,在女妖们的大腿间钻来钻去,①作者或自以为写得出神入化,但从现在看起来,是连新奇气息也没有的。

如果这样变法,还觉得麻烦,那就白一白眼,反问道:"这是我的帐?"如果还嫌麻烦,那就眼也不白,问也不问,而现在所流行的却大抵是后一法。

"古道"怎么能再行于今之世呢?竟还有人主张读经,真不知是什么意思?然而过了一夜,说不定会主张大家去当兵的,所以我现在经也没有买,恐怕明天兵也未必当。

七月二十五日。

(本篇最初发表于1933年7月29日
《申报·自由谈》,选自《准风月谈》)

---

① 这是《西游记》第七十二回中的故事。

晨凉漫记

关于张献忠的传说，中国各处都有，可见是大家都很以他为奇特的，我先前也便是很以他为奇特的人们中的一个。

儿时见过一本书，叫作《无双谱》，是清初人之作，取历史上极特别无二的人物，各画一像，一面题些诗，但坏人好像是没有的。因此我后来想到可以择历来极其特别，而其实是代表着中国人性质之一种的人物，作一部中国的"人史"，如英国嘉勒尔的《英雄及英雄崇拜》，美国亚懋生的《伟人论》那样。惟须好坏俱有，有啮雪苦节的苏武，舍身求法的玄奘，有"鞠躬尽瘁，死而后已"的孔明，但也有呆信古法，"死而后已"的王莽，有半当真半取笑的变法的王安石；张献忠当然也在内。但现在是毫没有动笔的意思了。

《蜀碧》一类的书，记张献忠杀人的事颇详细，但也颇散漫，令人看去仿佛他是像"为艺术而艺术"的一样，专在"为杀人而杀人"了。他其实是别有目的的。他开初并不很杀人，他何尝不想做皇帝。后来知道李自成进了北京，接着是清兵入关，自己只剩了没落这一条路，于是就开手杀，杀……他分明的感到，天下已没有自己的东西，现在是在毁坏别人的东西了，这和有些末代的风雅皇帝，在死前烧掉了祖宗或自己所搜集的书籍古董宝贝之类的心情，完全一样。他还有兵，而没有古董之类，所以就杀，杀，杀人，杀……

但他还要维持兵,这实在不过是维持杀。他杀得没有平民了,就派许多较为心腹的人到兵们中间去,设法窃听,偶有怨言,即跃出执之,戮其全家(他的兵像是有家眷的,也许就是掳来的妇女)。以杀治兵,用兵来杀,自己是完了,但要这样的达到一同灭亡的末路。我们对于别人的或公共的东西,不是也不很爱惜的么?

所以张献忠的举动,一看虽然似乎古怪,其实是极平常的。古怪的倒是那些被杀的人们,怎么会总是束手伸颈的等他杀,一定要清朝的肃王来射死他,这才作为奴才而得救,而还说这是前定,就是所谓"吹箫不用竹,一箭贯当胸"。但我想,这豫言诗是后人造出来的,我们不知道那时的人们真是怎么想。

七月二十八日。

(本篇最初发表于 1933 年 8 月 1 日《申报·自由谈》,选自《准风月谈》)

中国的奇想

外国人不知道中国,常说中国人是专重实际的。其实并不,我们中国人是最有奇想的人民。

无论古今,谁都知道,一个男人有许多女人,一味纵欲,后来是不但天天喝三鞭酒也无效,简直非"寿(?)终正寝"不可的。可是我们古人有一个大奇想,是靠了"御女",反可以成仙,例子是彭祖有多少女人而活到几百岁。这方法和炼金术一同流行过,古代书目上还剩着各种的书名。不过实际上大约还是到底不行罢,现在似乎再没有什么人们相信了,这对于喜欢渔色的英雄,真是不幸得很。

然而还有一种小奇想。那就是哼的一声,鼻孔里放出一道白光,无论路的远近,将仇人或敌人杀掉。白光可又回来了,摸不着是谁杀的,既然杀了人,又没有麻烦,多么舒适自在。这种本领,前年还有人想上武当山去寻求,直到去年,这才用大刀队来替代了这奇想的位置。现在是连大刀队的名声也寂寞了。对于爱国的英雄,也是十分不幸的。

然而我们新近又有了一个大奇想。那是一面救国,一面又可以发财,虽然各种彩票,近似赌博,而发财也不过是"希望"。不过这两种已经关联起来了却是真的。固然,世界上也有靠聚赌抽头来维持的摩那科王国,但就常理说,则赌博大概是小则败家,大则亡国;救国呢,却总不免有一些牺牲,至少,和发财之路总是相差很远的。然而发见了一致之点的是我们现在的中国,虽然还在试验的途中。

然而又还有一种小奇想。这回不用一道白光了,要用几回启事,几封匿名的信件,几篇化名的文章,使仇头落地,而血点一些也不会溅着自己的洋房和洋服。并且映带之下,使自己成名获利。这也还在试验的途中,不知道结果怎么样,但翻翻现成的文艺史,看不见半个这样的人物,那恐怕也还是枉用心机的。

狂赌救国,纵欲成仙,袖手杀敌,造谣买田,倘有人要编续《龙文鞭影》的,我以为不妨添上这四句。

八月四日。

(本篇最初发表于1933年8月6日《申报·自由谈》,选自《准风月谈》)

豪语的折扣

豪语的折扣其实也就是文学上的折扣,凡作者的自述,往往须打一个扣头,连自白其可怜和无用也还是并非"不二价"的,更何况豪语。

仙才李太白的善作豪语,可以不必说了;连留长了指甲,骨瘦如柴的鬼才李长吉,也说"见买若耶溪水剑,明朝归去事猿公"起来,简直是毫不自量,想学刺客了。这应该折成零,证据是他到底并没有去。南宋时候,国步艰难,陆放翁自然也是慷慨党中的一个,他有一回说:"老子犹堪绝大漠,诸君何至泣新亭。"他其实是去不得的,也应该折成零。——但我手头无书,引诗或有错误,也先打一个折扣在这里。

其实,这故作豪语的脾气,正不独文人为然,常人或市侩,也非常发达。市上甲乙打架,输的大抵说:"我认得你的!"这是说,他将如伍子胥一般,誓必复仇的意思。不过总是不来的居多,倘是智识分子呢,也许另用一些阴谋,但在粗人,往往这就是斗争的结局,说的是有口无心,听的也不以为意,久成为打架收场的一种仪式了。

旧小说家也早已看穿了这局面,他写暗娼和别人相争,照例攻击过别人的偷汉之后,就自序道:"老娘是指头上站得人,臂膊上跑得马……"底下怎样呢？他任别人去打折扣。他知道别人是决不那么胡涂，会十足相信的，但仍得这么说，恰如卖假药的，包纸上一定印着"存心欺世，雷殛火焚"一样，成为一种仪式了。

但因时势的不同，也有立刻自打折扣的。例如在广告上，我们有时会看见自说"我是坐不改名，行不改姓的人"①，真要蓦地发生一种好像见了《七侠五义》中人物一般的敬意，但接着就是"纵令有时用其他笔名，但所发表文章，均自负责"，却身子一扭，土行孙似的不见了。予岂好"用其他笔名"哉？予不得已也。上海原是中国的一部分，当然受着孔子的教化的。便是商家，柜内的"不二价"的金字招牌也时时和屋外"大廉价"的大旗互相辉映，不过他总有一个缘故：不是提倡国货，就是纪念开张。

所以，自打折扣，也还是没有打足的，凡"老上海"，必须再打它一下。

八月四日。

（本篇最初发表于1933年8月8日《申报·自由谈》，选自《准风月谈》）

---

① 此句及下文引语，均为张资平1933年7月6日在《时事新报》刊载的启事中的话

踢

两月以前,曾经说过"推",这回却又来了"踢"。

本月九日《申报》载六日晚间,有漆匠刘明山,杨阿坤,顾洪生三人在法租界黄浦滩太古码头纳凉,适另有数人在左近聚赌,由巡逻警察上前驱逐,而刘,顾两人,竟被俄捕弄到水里去,刘明山竟淹死了。由俄捕说,自然是"自行失足落水"①的。但据顾洪生供,却道:"我与刘,杨三人,同至太古码头乘凉,刘坐铁凳下地板上,……我立在旁边,……俄捕来先踢刘一脚,刘已立起要避开,又被踢一脚,以致跌入浦中,我要拉救,已经不及,乃转身拉住俄捕,亦被用手一推,我亦跌下浦中,经人救起的。"推事问:"为什么要踢他?"答曰:"不知。"

"推"还要抬一抬手,对付下等人是犯不着如此费事的,于是乎有"踢"。而上海也真有"踢"的专家,有印度巡捕,有安南巡捕,现在还添了白俄巡捕,他们将沙皇时代对犹太人的手段,到我们这里来施展了。我们也真是善于"忍辱负重"的人民,只要不"落浦",就大抵用一句滑稽化的话道:"吃了一只外国火腿",一笑

---

① 1931年12月各地学生到南京请愿,要求抗日,但遭到捕杀,有的被扔进河里,事后当局却宣称,学生"为反动分子所利用",死者是"失足落水"而亡。

了之。

苗民大败之后,都往山里跑,这是我们的先帝轩辕氏赶他的。南宋败残之余,就往海边跑,这据说也是我们的先帝成吉思汗赶他的,赶到临了,就是陆秀夫背着小皇帝,跳进海里去。① 我们中国人,原是古来就要"自行失足落水"的。

有些慷慨家说,世界上只有水和空气给与穷人。此说其实是不确的,穷人在实际上,那里能够得到和大家一样的水和空气。即使在码头上乘乘凉,也会无端被"踢",送掉性命的:落浦。要救朋友,或拉住凶手罢,"也被用手一推":也落浦。如果大家来相帮,那就有"反帝"的嫌疑了,"反帝"原未为中国所禁止的,然而要豫防"反动分子乘机捣乱",所以结果还是免不了"踢"和"推",也就是终于是落浦。

时代在进步,轮船飞机,随处皆是,假使南宋末代皇帝而生在今日,是决不至于落海的了,他可以跑到外国去,而小百姓以"落浦"代之。

这理由虽然简单,却也复杂,故漆匠顾洪生曰:"不知。"

八月十日。

(本篇最初发表于1933年8月13日《申报·自由谈》,选自《准风月谈》)

---

① 南宋最后一个皇帝赵昺(时年八岁)被蒙古兵追逼,于祥兴二年(1279)在广东厓山由左丞相陆秀夫背负投海而死。

"揩　油"

"揩油",是说明着奴才的品行全部的。

这不是"取回扣"或"取佣钱",因为这是一种秘密;但也不是偷窃,因为在原则上,所取的实在是微乎其微。因此也不能说是"分肥";至多,或者可以谓之"舞弊"罢。然而这又是光明正大的"舞弊",因为所取的是豪家,富翁,阔人,洋商的东西,而且所取又不过一点点,恰如从油水汪汪的处所,揩了一下,于人无损,于揩者却有益的,并且也不失为损富济贫的正道。设法向妇女调笑几句,或乘机摸一下,也谓之"揩油",这虽然不及对于金钱的名正言顺,但无大损于被揩者则一也。

表现得最分明的是电车上的卖票人。纯熟之后,他一面留心着可揩的客人,一面留心着突来的查票,眼光都练得像老鼠和老鹰的混合物一样。付钱而不给票,客人本该索取的,然而很难索取,也很少见有人索取,因为他所揩的是洋商的油[①],同是中国人,当然有帮忙的义务,一索取,就变成帮助洋商了。这时候,不但卖票人要报你憎恶的眼光,连同车的客人也往往不免显出以为你不识时务的脸色。

[①] 当时上海租界内的电车分别由英商和法商投资的两个公司经营。

然而彼一时，此一时，如果三等客中有时偶缺一个铜元，你却只好在目的地以前下车，这时他就不肯通融，变成洋商的忠仆了。

在上海，如果同巡捕，门丁，西崽之类闲谈起来，他们大抵是憎恶洋鬼子的，他们多是爱国主义者。然而他们也像洋鬼子一样，看不起中国人，棍棒和拳头和轻蔑的眼光，专注在中国人的身上。

"揩油"的生活有福了。这手段将更加展开，这品格将变成高尚，这行为将认为正当，这将算是国民的本领，和对于帝国主义的复仇。打开天窗说亮话，其实，所谓"高等华人"也者，也何尝逃得出这模子。

但是，也如"吃白相饭"朋友那样，卖票人是还有他的道德的。倘被查票人查出他收钱而不给票来了，他就默然认罚，决不说没有收过钱，将罪案推到客人身上去。

八月十四日。

（本篇最初发表于1933年8月17日《申报·自由谈》，选自《准风月谈》）

爬 和 撞

　　从前梁实秋教授曾经说过：穷人总是要爬，往上爬，爬到富翁的地位。不但穷人，奴隶也是要爬的，有了爬得上的机会，连奴隶也会觉得自己是神仙，天下自然太平了。

　　虽然爬得上的很少，然而个个以为这正是他自己。这样自然都安分的去耕田，种地，拣大粪或是坐冷板凳，克勤克俭，背着苦恼的命运，和自然奋斗着，拚命的爬，爬，爬。可是爬的人那么多，而路只有一条，十分拥挤。老实的照着章程规规矩矩的爬，大都是爬不上去的。聪明人就会推，把别人推开，推倒，踏在脚底下，踹着他们的肩膀和头顶，爬上去了。大多数人却还只是爬，认定自己的冤家并不在上面，而只在旁边——是那些一同在爬的人。他们大都忍耐着一切，两脚两手都着地，一步步的挨上去又挤下来，挤下来又挨上去，没有休止的。

　　然而爬的人太多，爬得上的太少，失望也会渐渐的侵蚀善良的人心，至少，也会发生跪着的革命。于是爬之外，又发明了撞。

　　这是明知道你太辛苦了，想从地上站起来，所以在你的背后猛然的叫一声：撞罢。一个个发麻的腿还在抖着，就撞过去。这比爬要轻松得多，手也不必用力，膝盖也不必移动，只要横着身子，晃一晃,就撞过去。撞得好就是五十万元大洋①,妻,财,子,禄都有了。撞不好,至多不过跌一交,倒在地下。那又算得什么呢,——他原本是伏在地上的,他仍旧可以爬。何况有些人不过撞着玩罢了,根本就不怕跌交的。

爬是自古有之。例如从童生到状元,从小瘪三到康白度②。撞却似乎是近代的发明。要考据起来,恐怕只有古时候"小姐抛彩球"有点像给人撞的办法。小姐的彩球将要抛下来的时候,——一个个想吃天鹅肉的男子汉仰着头,张着嘴,馋涎拖得几尺长……可惜,古人究竟呆笨,没有要这些男子汉拿出几个本钱来,否则,也一定可以收着几万万的。

爬得上的机会越少,愿意撞的人就越多,那些早已爬在上面的人们,就天天替你们制造撞的机会,叫你们化些小本钱,而豫约着你们名利双收的神仙生活。所以撞得好的机会,虽然比爬得上的还要少得多,而大家都愿意来试试的。这样,爬了来撞,撞不着再爬……鞠躬尽瘁,死而后已。

八月十六日。

(本篇最初发表于 1933 年 8 月 23 日《申报·自由谈》,选自《准风月谈》)

---

① 当时国民党政府发行"航空公路建设奖券",头等奖为五十万元。
② 英语 Comprador 的音译,即买办。

帮闲法发隐

吉开迦尔是丹麦的忧郁的人,他的作品,总是带着悲愤。不过其中也有很有趣味的,我看见了这样的几句——

"戏场里失了火。丑角站在戏台前,来通知了看客。大家以为这是丑角的笑话,喝采了。丑角又通知说是火灾。但大家越加哄笑,喝采了。我想,人世是要完结在当作笑话的开心的人们的大家欢迎之中的罢。"

不过我的所以觉得有趣的,并不专在本文,是在由此想到了帮闲们的伎俩。帮闲,在忙的时候就是帮忙,倘若主子忙于行凶作恶,那自然也就是帮凶。但他的帮法,是在血案中而没有血迹,也没有血腥气的。

譬如罢,有一件事,是要紧的,大家原也觉得要紧,他就以丑角身份而出现了,将这件事变为滑稽,或者特别张扬了不关紧要之点,将人们的注意拉开去,这就是所谓"打诨"。如果是杀人,他就来讲当场的情形,侦探的努力;死的是女人呢,那就更好了,名之曰"艳尸",或介绍她的日记。如果是暗杀,他就来讲死者的生前的故事,恋爱呀,遗闻呀……人们的热情原不是永不弛缓的,但加上些冷水,或者美其名曰清茶,自然就冷得更加迅速了,而这位打诨的脚色,却变成了文学者。

假如有一个人,认真的在告警,于凶手当然是有害的,只要大家还没有僵死。但这时他就又以丑角身份而出现了,仍用打诨,从旁装着鬼脸,使告警者在大家的眼里也化为丑角,使他的警告在大家的耳边都化为笑话。耸肩装穷,以表现对方之阔,卑躬叹气,以暗示对方之傲;使大家心里想:这告警者原来都是虚伪的。幸而帮闲们还多是男人,否则它简直会说告警者曾经怎样调戏它,当众罗列淫辞,然后作自杀以明耻之状也说不定。周围捣着鬼,无论如何严肃的说法也要减少力量的,而不利于凶手的事情却就在这疑心和笑声中完结了。它呢?这回它倒是道德家。

当没有这样的事件时,那就七日一报,十日一谈,收罗废料,装进读者的脑子里去,看过一年半载,就满脑都是某阔人如何摸牌,某明星如何打嚏的典故。开心是自然也开心的。但是,人世却也要完结在这些欢迎开心的开心的人们之中的罢。

八月二十八日。

(本篇最初发表于1933年9月5日《申报·自由谈》,选自《准风月谈》)

由聋而哑

医生告诉我们：有许多哑子，是并非喉舌不能说话的，只因为从小就耳朵聋，听不见大人的言语，无可师法，就以为谁也不过张着口呜呜哑哑，他自然也只好呜呜哑哑了。所以勃兰兑斯叹丹麦文学的衰微时，曾经说：文学的创作，几乎完全死灭了。人间的或社会的无论怎样的问题，都不能提起感兴，或则除在新闻和杂志之外，绝不能惹起一点论争。我们看不见强烈的独创的创作。加以对于获得外国的精神生活的事，现在几乎绝对的不加顾及。于是精神上的"聋"，那结果，就也招致了"哑"来。（《十九世纪文学的主潮》第一卷自序）

这几句话，也可以移来批评中国的文艺界，这现象，并不能全归罪于压迫者的压迫，五四运动时代的启蒙运动者和以后的反对者，都应该分负责任的。前者急于事功，竟没有译出什么有价值的书籍来，后者则故意迁怒，至骂翻译者为媒婆，有些青年更推波助澜，有一时期，还至于连人地名下注一原文，以便读者参考时，也就诋之曰"衒学"。

今竟何如？三开间店面的书铺，四马路上还不算少，但那里面满架是薄薄的小本子，倘要寻一部巨册，真如披沙拣金之难。自然，生得又高又胖并不就是伟人，做得多而且繁也决不就是名著，而况还有"剪贴"。但是,小小的一本"什么ABC"里,却也决不能包罗一切学术文艺的。一道浊流,固然不如一杯清水的干净而澄明,但蒸溜了浊流的一部分,却就有许多杯净水在。

因为多年买空卖空的结果,文界就荒凉了,文章的形式虽然比较的整齐起来,但战斗的精神却较前有退无进。文人虽因捐班或互捧,很快的成名,但为了出力的吹,壳子大了,里面反显得更加空洞。于是误认这空虚为寂寞,像煞有介事的说给读者们;其甚者还至于摆出他心的腐烂来,算是一种内面的宝贝。散文,在文苑中算是成功的,但试看今年的选本,便是前三名,也即令人有"貂不足,狗尾续"之感。用秕谷来养青年,是决不会壮大的,将来的成就,且要更渺小,那模样,可看尼采所描写的"末人"。

但绍介国外思潮,翻译世界名作,凡是运输精神的粮食的航路,现在几乎都被聋哑的制造者们堵塞了,连洋人走狗,富户赘郎,也会来哼哼的冷笑一下。他们要掩住青年的耳朵,使之由聋而哑,枯涸渺小,成为"末人",非弄到大家只能看富家儿和小瘪三所卖的春宫,不肯罢手。甘为泥土的作者和译者的奋斗,是已经到了万不可缓的时候了,这就是竭力运输些切实的精神的粮食,放在青年们的周围,一面将那些聋哑的制造者送回黑洞和朱门里面去。

八月二十九日。

(本篇最初发表于1933年9月8日
《申报·自由谈》,选自《准风月谈》)

男人的进化

说禽兽交合是恋爱未免有点亵渎。但是，禽兽也有性生活，那是不能否认的。它们在春情发动期，雌的和雄的碰在一起，难免"卿卿我我"的来一阵。固然，雌的有时候也会装腔做势，逃几步又回头看，还要叫几声，直到实行"同居之爱"为止。禽兽的种类虽然多，它们的"恋爱"方式虽然复杂，可是有一件事是没有疑问的：就是雄的不见得有什么特权。

人为万物之灵，首先就是男人的本领大。最初原是马马虎虎的，可是因为"知有母不知有父"的缘故，娘儿们曾经"统治"过一个时期，那时的祖老太太大概比后来的族长还要威风。后来不知怎的，女人就倒了霉：项颈上，手上，脚上，全都锁上了链条，扣上了圈儿，环儿，——虽则过了几千年这些圈儿环儿大都已经变成了金的银的，镶上了珍珠宝钻，然而这些项圈，镯子，戒指等，到现在还是女奴的象征。既然女人成了奴隶，那就男人不必征求她的同意再去"爱"她了。古代部落之间的战争，结果俘虏会变成奴隶，女俘虏就会被强奸。那时候，大概春情发动期早就"取消"了，随时随地男主人都可以强奸女俘虏，女奴隶。现代强盗恶棍之流的不把女人当人，其实是大有酋长式武士道的遗风的。

但是，强奸的本领虽然已经是人比禽兽"进化"的一步，究竟还只是半开化。你想,女的哭哭啼啼,扭手扭脚,能有多大兴趣?自从金钱这宝贝出现之后,男人的进化就真的了不得了。天下的一切都可以买卖,性欲自然并非例外。男人化几个臭钱,就可以得到他在女人身上所要得到的东西。而且他可以给她说:我并非强奸你,这是你自愿的,你愿意拿几个钱,你就得如此这般,百依百顺,咱们是公平交易!蹂躏了她,还要她说一声"谢谢你,大少"。这是禽兽干得来的么?所以嫖妓是男人进化的颇高的阶段了。

同时,父母之命媒妁之言的旧式婚姻,却要比嫖妓更高明。这制度之下,男人得到永久的终身的活财产。当新妇被人放到新郎的床上的时候,她只有义务,她连讲价钱的自由也没有,何况恋爱。不管你爱不爱,在周公孔圣人的名义之下,你得从一而终,你得守贞操。男人可以随时使用她,而她却要遵守圣贤的礼教,即使"只在心里动了恶念,也要算犯奸淫"的。如果雄狗对雌狗用起这样巧妙而严厉的手段来,雌的一定要急得"跳墙"。然而人却只会跳井,当节妇,贞女,烈女去。礼教婚姻的进化意义,也就可想而知了。

至于男人会用"最科学的"学说,使得女人虽无礼教,也能心甘情愿地从一而终,而且深信性欲是"兽欲",不应当作为恋爱的基本条件;因此发明"科学的贞操",——那当然是文明进化的顶点了。

呜呼,人——男人——之所以异于禽兽者!

自注:这篇文章是卫道的文章。

九月三日。

(本篇最初发表于1933年9月16日《申报·自由谈》,选自《准风月谈》)

电影的教训

当我在家乡的村子里看中国旧戏的时候,是还未被教育成"读书人"的时候,小朋友大抵是农民。爱看的是翻筋斗,跳老虎,一把烟焰,现出一个妖精来;对于剧情,似乎都不大和我们有关系。大面和老生的争城夺地,小生和正旦的离合悲欢,全是他们的事,捏锄头柄人家的孩子,自己知道是决不会登坛拜将,或上京赴考的。但还记得有一出给了感动的戏,好像是叫作《斩木诚》。一个大官蒙了不白之冤,非被杀不可了,他家里有一个老家丁,面貌非常相像,便代他去"伏法"。那悲壮的动作和歌声,真打动了看客的心,使他们发见了自己的好模范。因为我的家乡的农人,农忙一过,有些是给大户去帮忙的。为要做得像,临刑时候,主母照例的必须去"抱头大哭",然而被他踢开了,虽在此时,名分也得严守,这是忠仆,义士,好人。

但到我在上海看电影的时候,却早是成为"下等华人"的了,看楼上坐着白人和阔人,楼下排着中等和下等的"华胄",银幕上现出白色兵们打仗,白色老爷发财,白色小姐结婚,白色英雄探险,令看客佩服,羡慕,恐怖,自己觉得做不到。但当白色英雄探险非洲时,却常有黑色的忠仆来给他开路,服役,拚命,替死,使主子安然的回家;待到他豫备第二次探险时,忠仆不可再得,便又记起了死者,脸色一沉,银幕上就现出一个他记忆上的黑色的面貌。黄脸的看客也大抵在微光中把脸色一沉:他们被感动了。

幸而国产电影也在挣扎起来,耸身一跳,上了高墙,举手一扬,掷出飞剑,不过这也和十九路军①一同退出上海,现在是正在准备开映屠格纳夫的《春潮》和茅盾的《春蚕》了。当然,这是进步的。但这时候,却先来了一部竭力宣传的《瑶山艳史》②。

这部片子,主题是"开化瑶民",机键是"招驸马",令人记起《四郎探母》以及《双阳公主追狄》这些戏本来。中国的精神文明主宰全世界的伟论,近来不大听到了,要想去开化,自然只好退到苗瑶之类的里面去,而要成这种大事业,却首先须"结亲",黄帝子孙,也和黑人一样,不能和欧亚大国的公主结亲,所以精神文明就无法传播。这是大家可以由此明白的。

九月七日。

(本篇最初发表于 1933 年 9 月 11 日
《申报·自由谈》,选自《准风月谈》)

---

① 指国民党第十九路军。1932 年 1 月 28 日日本军队进攻上海,驻在上海的十九路军曾进行抵抗;后国民党政府与日本帝国主义签订上海停战协定,将十九路军调往福建。

② 当时上映的一部侮辱少数民族的影片,上海艺联影业公司出品。片中有在瑶区从事"开化"工作的男主角向瑶王女儿求爱,决心不再"出山"的情节。该片曾获国民党中央党部嘉奖,"开化瑶民"一语,见于嘉奖函中。

礼

看报,是有益的,虽然有时也沉闷。例如罢,中国是世界上国耻纪念最多的国家,到这一天,报上照例得有几块记载,几篇文章。但这事真也闹得太重叠,太长久了,就很容易千篇一律,这一回可用,下一回也可用,去年用过了,明年也许还可用,只要没有新事情。即使有了,成文恐怕也仍然可以用,因为反正总只能说这几句话。所以倘不是健忘的人,就会觉得沉闷,看不出新的启示来。

然而我还是看。今天偶然看见北京追悼抗日英雄邓文的记事,首先是报告,其次是演讲,最末,是"礼成,奏乐散会"。

我于是得了新的启示:凡纪念,"礼"而已矣。

中国原是"礼义之邦",关于礼的书,就有三大部,连在外国也译出了,我真特别佩服《仪礼》的翻译者。事君,现在可以不谈了;事亲,当然要尽孝,但殁后的办法,则已归入祭礼中,各有仪,就是现在的拜忌日,做阴寿之类。新的忌日添出来,旧的忌日就淡一点,"新鬼大,故鬼小"也。我们的纪念日也是对于旧的几个比较的不起劲,而新的几个之归于淡漠,则只好以俟将来,和人家的拜忌辰是一样的。有人说,中国的国家以家族为基础,真是有识见。

中国又原是"礼让为国"的,既有礼,就必能让,而愈能让,礼也就愈繁了。总之,这一节不说也罢。

古时候,或以黄老治天下,或以孝治天下。现在呢,恐怕是入于以礼治天下的时期了,明乎此,就知道责备民众的对于纪念日的淡漠是错的,《礼》曰:"礼不下庶人";舍不得物质上的什么东西也是错的,孔子不云乎:"赐也尔爱其羊,我爱其礼!"

"非礼勿视,非礼勿听,非礼勿言,非礼勿动",静静的等着别人的"多行不义,必自毙",礼也。

九月二十日。

(本篇最初发表于1933年9月22日
《申报·自由谈》,选自《准风月谈》)

打听印象

　　五四运动以后,好像中国人就发生了一种新脾气,是:倘有外国的名人或阔人新到,就喜欢打听他对于中国的印象。

　　罗素到中国讲学,急进的青年们开会欢宴,打听印象。罗素道:"你们待我这么好,就是要说坏话,也不好说了。"急进的青年愤愤然,以为他滑头。

　　萧伯纳周游过中国,上海的记者群集访问,又打听印象。萧道:"我有什么意见,与你们都不相干。假如我是个武人,杀死个十万条人命,你们才会尊重我的意见。"革命家和非革命家都愤愤然,以为他刻薄。

　　这回是瑞典的卡尔亲王到上海了,记者先生也发表了他的印象:"……足迹所经,均蒙当地官民殷勤招待,感激之余,异常愉快。今次游览观感所得,对于贵国政府及国民,有极度良好之印象,而永远不能磨灭者也。"这最稳妥,我想,是不至于招出什么是非来的。

　　其实是,罗萧两位,也还不算滑头和刻薄的,假如有这么一个外国人,遇见有人问他印象时,他先反问道:"你先生对于自己中国的印象怎么样?"那可真是一篇难以下笔的文章。

　　我们是生长在中国的,倘有所感,自然不能算"印象";但意见也好；而意见又怎么说呢？说我们像浑水里的鱼，活得胡里胡涂，莫名其妙罢，不像意见。说中国好得很罢，恐怕也难。这就是爱国者所悲痛的所谓"失掉了国民的自信"，然而实在也好像失掉了，向各人打听印象，就恰如求签问卜，自己心里先自狐疑着了的缘故。

我们里面，发表意见的固然也有的，但常见的是无拳无勇，未曾"杀死十万条人命"，倒是自称"小百姓"的人，所以那意见也无人"尊重"，也就是和大家"不相干"。至于有位有势的大人物，则在野时候，也许是很急进的罢，但现在呢，一声不响，中国"待我这么好，就是要说坏话，也不好说了"。看当时欢宴罗素，而愤愤于他那答话的由新潮社而发迹的诸公的现在，实在令人觉得罗素并非滑头，倒是一个先知的讽刺家，将十年后的心思预先说去了。

这是我的印象，也算一篇拟答案，是从外国人的嘴上抄来的。

九月二十日。

（本篇最初发表于1933年9月24日
《申报·自由谈》，选自《准风月谈》）

吃　教

达一先生在《文统之梦》里,因刘勰自谓梦随孔子,乃始论文,而后来做了和尚,遂讥其"贻羞往圣"。其实是中国自南北朝以来,凡有文人学士,道士和尚,大抵以"无特操"为特色的。晋以来的名流,每一个人总有三种小玩意,一是《论语》和《孝经》,二是《老子》,三是《维摩诘经》,不但采作谈资,并且常常做一点注解。唐有三教辩论,后来变成大家打诨;所谓名儒,做几篇伽蓝碑文也不算什么大事。宋儒道貌岸然,而窃取禅师的语录。清呢,去今不远,我们还可以知道儒者的相信《太上感应篇》和《文昌帝君阴骘文》,并且会请和尚到家里来拜忏。

耶稣教传入中国,教徒自以为信教,而教外的小百姓却都叫他们是"吃教"的。这两个字,真是提出了教徒的"精神",也可以包括大多数的儒释道教之流的信者,也可以移用于许多"吃革命饭"的老英雄。

清朝人称八股文为"敲门砖",因为得到功名,就如打开了门,砖即无用。近年则有杂志上的所谓"主张"。《现代评论》之出盘,不是为了迫压,倒因为这派作者的飞腾;《新月》的冷落,是老社员都"爬"了上去,和月亮距离远起来了。这种东西,我们为要和"敲门砖"区别,称之为"上天梯"罢。

"教"之在中国,何尝不如此。讲革命,彼一时也;讲忠孝,又一时也;跟大拉嘛打圈子,又一时也;造塔藏主义,又一时也。① 有宜于专吃的时代,则指归应定于一尊,有宜合吃的时代,则诸教亦本非异致,不过一碟是全鸭,一碟是杂拌儿而已。刘勰亦然,盖仅由"不撤姜食"一变而为吃斋,于胃脏里的分量原无差别,何况以和尚而注《论语》《孝经》或《老子》,也还是不失为一种"天经地义"呢?

九月二十七日。

（本篇最初发表于1933年9月29日
《申报·自由谈》,选自《准风月谈》）

---

① 国民党政客戴季陶等人在九一八事变后,拉拢当时的班禅喇嘛,以超荐天灾兵祸死去的鬼魂等名义,先后发起"仁王护国法会""普利法会"等,诵经礼佛。戴又于1933年5月在南京中山陵附近筑塔,收藏孙中山的遗著抄本。

未来的光荣

现在几乎每年总有外国的文学家到中国来,一到中国,总惹出一点小乱子。前有萧伯纳,后有德哥派拉;只有伐扬古久列,大家不愿提,或者不能提。

德哥派拉不谈政治,本以为可以跳在是非圈外的了,不料因为恭维了食与色,又挣得"外国文氓"的恶谥,让我们的论客,在这里议论纷纷。他大约就要做小说去了。

鼻子生得平而小,没有欧洲人那么高峻,那是没有法子的,然而倘使我们身边有几角钱,却一样的可以看电影。侦探片子演厌了,爱情片子烂熟了,战争片子看腻了,滑稽片子无聊了,于是乎有《人猿泰山》,有《兽林怪人》,有《斐洲探险》等,要野兽和野蛮登场。然而在蛮地中,也还一定要穿插一点蛮婆子的蛮曲线。如果我们也还爱看,那就可见无论怎样奚落,也还是有些恋恋不舍的了,"性"之于市侩,是很要紧的。

文学在西欧,其碰壁和电影也并不两样;有些所谓文学家也者,也得找寻些奇特的(grotesque),色情的(erotic)东西,去给他们的主顾满足,因此就有探险式的旅行,目的倒并不在地主的打拱或请酒。然而倘遇呆问,则以笑话了之,他其实也知道不了这些,他也不必知道。德哥派拉不过是这些人们中的一人。

但中国人,在这类文学家的作品里,是要和各种所谓"土人"一同登场的,只要看报上所载的德哥派拉先生的路由单就知道——中国,南洋,南美。英,德之类太平常了。我们要觉悟着被描写,还要觉悟着被描写的光荣还要多起来,还要觉悟着将来会有人以有这样的事为有趣。

一月八日。

(本篇最初发表于1934年1月11日上海《中报·自由谈》,选自《花边文学》)

女人未必多说谎

侍桁先生在《谈说谎》里,以为说谎的原因之一是由于弱,那举证的事实,是:"因此为什么女人讲谎话要比男人来得多。"

那并不一定是谎话,可是也不一定是事实。我们确也常常从男人们的嘴里,听说是女人讲谎话要比男人多,不过却也并无实证,也没有统计。叔本华先生痛骂女人,他死后,从他的书籍里发见了医梅毒的药方;还有一位奥国的青年学者①,我忘记了他的姓氏,做了一大本书,说女人和谎话是分不开的,然而他后来自杀了。我恐怕他自己正有神经病。

我想,与其说"女人讲谎话要比男人来得多",不如说"女人被人指为'讲谎话要比男人来得多'的时候来得多",但是,数目字的统计自然也没有。

譬如罢,关于杨妃,禄山之乱以后的文人就都撒着大谎,玄宗逍遥事外,倒说是许多坏事情都由她,敢说"不闻夏殷衰,中自诛褒妲"的有几个。就是妲己,褒姒,也还不是一样的事?女人的替自己和男人伏罪,真是太长远了。

---

① 指华宁该尔(O. Weininger, 1880—1903)。他在 1903 年出版的《性和性格》一书中说女性"能说谎","往往是虚伪的"。

今年是"妇女国货年"①,振兴国货,也从妇女始。不久,是就要挨骂的,因为国货也未必因此有起色,然而一提倡,一责骂,男人们的责任也尽了。

记得某男士有为某女士鸣不平的诗道:"君王城上竖降旗,妾在深宫那得知?二十万人齐解甲,更无一个是男儿!"②快哉快哉!

一月八日。

(本篇最初发表于1934年1月12日
《申报·自由谈》,选自《花边文学》)

---

① 1933年12月上海市商会等团体议定1934年为"妇女国货年",要求妇女增强爱国观念,购买国货。
② 相传这是五代时后蜀主孟昶的妃子花蕊夫人所作《国亡诗》。

"京派"与"海派"

自从北平某先生①在某报上有扬"京派"而抑"海派"之言,颇引起了一番议论。最先是上海某先生②在某杂志上的不平,且引别一某先生的陈言,以为作者的籍贯,与作品并无关系,要给北平某先生一个打击。

其实,这是不足以服北平某先生之心的。所谓"京派"与"海派",本不指作者的本籍而言,所指的乃是一群人所聚的地域,故"京派"非皆北平人,"海派"亦非皆上海人。梅兰芳博士,戏中之真正京派也,而其本贯,则为吴下。但是,籍贯之都鄙,固不能定本人之功罪,居处的文陋,却也影响于作家的神情,孟子曰:"居移气,养移体",此之谓也。北京是明清的帝都,上海乃各国之租界,帝都多官,租界多商,所以文人之在京者近官,没海者近商,近官者在使官得名,近商者在使商获利,而自己也赖以糊口。要而言之,不过"京派"是官的帮闲,"海派"则是商的帮忙而已。但从官得食者其情状隐,对外尚能傲然,从商得食者其情状显,到处难于掩饰,

---

① 指沈从文。他在1933年10月18日天津《大公报》发表《文学者的态度》,分别对在北京和上海的作家进行了评论。
② 指苏汶。他在1933年12月《现代》月刊发表《文人在上海》为上海作家辩解,其中引用了鲁迅关于不应以籍贯构人罪状的见解。

于是忘其所以者,遂据以有清浊之分。而官之鄙商,固亦中国旧习,就更使"海派"在"京派"的眼中跌落了。

而北京学界,前此固亦有其光荣,这就是五四运动的策动。现在虽然还有历史上的光辉,但当时的战士,却"功成,名遂,身退"者有之,"身稳"者有之,"身升"者更有之,好好的一场恶斗,几乎令人有"若要官,杀人放火受招安"之感。"昔人已乘黄鹤去,此地空余黄鹤楼",前年大难临头,北平的学者们所想援以掩护自己的是古文化,而惟一大事,则是古物的南迁,这不是自己彻底的说明了北平所有的是什么了吗?

但北平究竟还有古物,且有古书,且有古都的人民。在北平的学者文人们,又大抵有着讲师或教授的本业,论理,研究或创作的环境,实在是比"海派"来得优越的,我希望着能够看见学术上,或文艺上的大著作。

一月三十日。

(本篇最初发表于1934年2月3日
《申报·自由谈》,选自《花边文学》)

北人与南人

这是看了"京派"与"海派"的议论之后,牵连想到的——

北人的卑视南人,已经是一种传统。这也并非因为风俗习惯的不同,我想,那大原因,是在历来的侵入者多从北方来,先征服中国之北部,又携了北人南征,所以南人在北人的眼中,也是被征服者。

二陆①入晋,北方人士在欢欣之中,分明带着轻薄,举证太烦,姑且不谈罢。容易看的是,羊衒之的《洛阳伽蓝记》中,就常诋南人,并不视为同类。至于元,则人民截然分为四等,一蒙古人,二色目人,三汉人即北人,第四等才是南人,因为他是最后投降的一伙。最后投降,从这边说,是矢尽援绝,这才罢战的南方之强,从那边说,却是不识顺逆,久梗王师的贼。孑遗自然还是投降的,然而为奴隶的资格因此就最浅,因为浅,所以班次就最下,谁都不妨加以卑视了。到清朝,又重理了这一篇账,至今还流衍着余波;如果此后的历史是不再回旋的,那真不独是南人的如天之福。

当然,南人是有缺点的。权贵南迁,就带了腐败颓废的风气

---

① 指陆机、陆云兄弟。他们是三国时吴国名将陆逊之孙。吴亡后入晋都洛阳,受到晋大臣的轻蔑。

来,北方倒反而干净。性情也不同,有缺点,也有特长,正如北人的兼具二者一样。据我所见,北人的优点是厚重,南人的优点是机灵。但厚重之弊也愚,机灵之弊也狡,所以某先生曾经指出缺点道:北方人是"饱食终日,无所用心";南方人是"群居终日,言不及义"。① 就有闲阶级而言,我以为大体是的确的。

缺点可以改正,优点可以相师。相书上有一条说,北人南相,南人北相者贵。我看这并不是妄语。北人南相者,是厚重而又机灵,南人北相者,不消说是机灵而又能厚重。昔人之所谓"贵",不过是当时的成功,在现在,那就是做成有益的事业了。这是中国人的一种小小的自新之路。

不过做文章的是南人多,北方却受了影响。北京的报纸上,油嘴滑舌,吞吞吐吐,顾影自怜的文字不是比六七年前多了吗?这倘和北方固有的"贫嘴"一结婚,产生出来的一定是一种不祥的新劣种!

一月三十日。

(本篇最初发表于1934年2月4日
《申报·自由谈》,选自《花边文学》)

---

① 引语见于明末清初学者顾炎武《日知录》卷十三《南北学者之病》。

朋　友

　　我在小学的时候,看同学们变小戏法,"耳中听字"呀,"纸人出血"呀,很以为有趣。庙会时就有传授这些戏法的人,几枚铜元一件,学得来时,倒从此索然无味了。进中学是在城里,于是兴致勃勃的看大戏法,但后来有人告诉了我戏法的秘密,我就不再高兴走近圈子的旁边。去年到上海来,才又得到消遣无聊的处所,那便是看电影。

　　但不久就在书上看到一点电影片子的制造法,知道了看去好像千丈悬崖者,其实离地不过几尺,奇禽怪兽,无非是纸做的。这使我从此不很觉得电影的神奇,倒往往只留心它的破绽,自己也无聊起来,第三回失掉了消遣无聊的处所。有时候,还自悔去看那一本书,甚至于恨到那作者不该写出制造法来了。

　　暴露者揭发种种隐秘,自以为有益于人们,然而无聊的人,为消遣无聊计,是甘于受欺,并且安于自欺的,否则就更无聊赖。因为这,所以使戏法长存于天地之间,也所以使暴露幽暗不但为欺人者所深恶,亦且为被欺者所深恶。

　　暴露者只在有为的人们中有益,在无聊的人们中便要灭亡。自救之道,只在虽知一切隐秘,却不动声色,帮同欺人,欺那自甘受欺的无聊的人们,任它无聊的戏法一套一套的,终于反反复复的变下去。周围是总有这些人会看的。

变戏法的时时拱手道:"……出家靠朋友!"有几分就是对着明白戏法的底细者而发的,为的是要他不来戳穿西洋镜。

"朋友,以义合者也"①,但我们向来常常不作如此解。

四月二十二日。

（本篇最初发表于1934年5月1日《申报·自由谈》,选自《花边文学》）

---

① 语出《论语》朱熹注。

清 明 时 节

　　清明时节,是扫墓的时节,有的要进关内来祭祖,有的是到陕西去上坟,①或则激论沸天,或则欢声动地,真好像上坟可以亡国,也可以救国似的。

　　坟有这么大关系,那么,掘坟当然是要不得的了。②

　　元朝的国师八合思巴罢,他就深相信掘坟的利害。他掘开宋陵,要把人骨和猪狗骨同埋在一起,以使宋室倒楣。后来幸而给一位义士盗走了,没有达到目的,然而宋朝还是亡。曹操设了"摸金校尉"之类的职员,专门盗墓,他的儿子却做了皇帝,自己竟被谥为"武帝",好不威风。这样看来,死人的安危,和生人的祸福,又仿佛没有关系似的。

　　相传曹操怕死后被人掘坟,造了七十二疑冢,令人无从下手。于是后之诗人曰:"遍掘七十二疑冢,必有一冢葬君尸。"于是后之论者又曰:阿瞒老奸巨猾,安知其尸实不在此七十二冢之内乎。真是没有法子想。

　　阿瞒虽是老奸巨猾,我想,疑冢之流倒未必安排的,不过古来

---

① 指伪满洲国皇帝溥仪要求在清明节入关祭扫清代皇帝陵墓,戴季陶等国民党军政要人祭扫周文王、汉武帝等陵墓。
② 戴季陶曾以"培植民德"为由,反对学术界发掘古墓。

的冢墓,却大约被发掘者居多,冢中人的主名,的确者也很少,洛阳邙山,清末掘墓者极多,虽在名公巨卿的墓中,所得也大抵是一块志石①和凌乱的陶器,大约并非原没有贵重的殉葬品,乃是早经有人掘过,拿走了,什么时候呢,无从知道。总之是葬后以至清末的偷掘那一天之间罢。

至于墓中人究竟是什么人,非掘后往往不知道。即使有相传的主名的,也大抵靠不住。中国人一向喜欢造些和大人物相关的名胜,石门有"子路止宿处",泰山上有"孔子小天下处";一个小山洞,是埋着大禹,几堆大土堆,便葬着文武和周公。

如果扫墓的确可以救国,那么,扫就要扫得真确,要扫文武周公的陵,不要扫着别人的土包子,还得查考自己是否周朝的子孙。于是乎要有考古的工作,就是掘开坟来,看看有无葬着文王武王周公旦的证据,如果有遗骨,还可照《洗冤录》的方法来滴血。但是,这又和扫墓救国说相反,很伤孝子顺孙的心了。不得已,就只好闭了眼睛,硬着头皮,乱拜一阵。

"非其鬼而祭之,谄也!"单是扫墓救国术没有灵验,还不过是一个小笑话而已。

四月二十六日。

(本篇最初发表于1934年5月24日《中华日报·动向》,选自《花边文学》)

---

① 古代放在墓中镌有死者事略的石刻。

偶　感

还记得东三省沦亡,上海打仗的时候,在只闻炮声,不愁炮弹的马路上,处处卖着《推背图》,这可见人们早想归失败之故于前定了。三年以后,华北华南,同濒危急,而上海却出现了"碟仙"①。前者所关心的还是国运,后者却只在问试题,奖券,亡魂。着眼的大小,固已迥不相同,而名目则更加冠冕,因为这"灵乩"是中国的"留德学生白同君所发明",合于"科学"的。

"科学救国"已经叫了近十年,谁都知道这是很对的,并非"跳舞救国""拜佛救国"之比。青年出国去学科学者有之,博士学了科学回国者有之。不料中国究竟自有其文明,与日本是两样的,科学不但并不足以补中国文化之不足,却更加证明了中国文化之高深。风水,是合于地理学的,门阀,是合于优生学的,炼丹,是合于化学的,放风筝,是合于卫生学的。"灵乩"的合于"科学",亦不过其一而已。

五四时代,陈大齐先生曾作论揭发过扶乩的骗人,隔了十六年,白同先生却用碟子证明了扶乩的合理,这真叫人从那里说起。

---

① 当时上海流传"香港科学游艺社"制造发售的所谓"科学灵乩图",图上印有"留德白同经多年研究所发明,纯用科学方法构就"字样,是一种假科学之名的迷信活动。

而且科学不但更加证明了中国文化的高深,还帮助了中国文化的光大。马将桌边,电灯替代了蜡烛,法会坛上,镁光照出了喇嘛,无线电播音所日日传播的,不往往是《狸猫换太子》,《玉堂春》,《谢谢毛毛雨》吗?

老子曰:"为之斗斛以量之,则并与斗斛而窃之。"罗兰夫人曰:"自由自由,多少罪恶,假汝之名以行!"每一新制度,新学术,新名词,传入中国,便如落在黑色染缸,立刻乌黑一团,化为济私助焰之具,科学,亦不过其一而已。

此弊不去,中国是无药可救的。

五月二十日。

(本篇最初发表于1934年5月25日《申报·自由谈》,选自《花边文学》)

论秦理斋夫人事

这几年来,报章上常见有因经济的压迫,礼教的制裁而自杀的记事,但为了这些,便来开口或动笔的人是很少的。只有新近秦理斋夫人及其子女一家四口的自杀①,却起过不少的回声,后来还出了一个怀着这一段新闻记事的自杀者,更可见其影响之大了。我想,这是因为人数多。单独的自杀,盖已不足以招大家的青睐了。

一切回声中,对于这自杀的主谋者——秦夫人,虽然也加以恕辞;但归结却无非是诛伐。因为——评论家说——社会虽然黑暗,但人生的第一责任是生存,倘自杀,便是失职,第二责任是受苦,倘自杀,便是偷安。进步的评论家则说人生是战斗,自杀者就是逃兵,虽死也不足以蔽其罪。这自然也说得下去的,然而未免太笼统。

人间有犯罪学者,一派说,由于环境;一派说,由于个人。现在盛行的是后一说,因为倘信前一派,则消灭罪犯,便得改造环境,事情就麻烦,可怕了。而秦夫人自杀的批判者,则是大抵属于后一派。

---

① 1934 年 2 月 25 日《申报》馆英文译员秦理斋在上海病逝后,住在无锡的秦父要秦妻龚尹霞回乡,她由于子女在沪读书不能回去,在多次受到秦父的严厉催逼后,5 月 5 日她和子女四人一同服毒自杀。

诚然,既然自杀了,这就证明了她是一个弱者。但是,怎么会弱的呢?要紧的是我们须看看她的尊翁的信札,为了要她回去,既耸之以两家的名声,又动之以亡人的乩语。我们还得看看她的令弟的挽联:"妻殉夫,子殉母……"不是大有视为千古美谈之意吗?以生长及陶冶在这样的家庭中的人,又怎么能不成为弱者?我们固然未始不可责以奋斗,但黑暗的吞噬之力,往往胜于孤军,况且自杀的批判者未必就是战斗的应援者,当他人奋斗时,挣扎时,败绩时,也许倒是鸦雀无声了。穷乡僻壤或都会中,孤儿寡妇,贫女劳人之顺命而死,或虽然抗命,而终于不得不死者何限,但曾经上谁的口,动谁的心呢?真是"自经于沟渎而莫之知也"①!

人固然应该生存,但为的是进化;也不妨受苦,但为的是解除将来的一切苦;更应该战斗,但为的是改革。责别人的自杀者,一面责人,一面正也应该向驱人于自杀之途的环境挑战,进攻。倘使对于黑暗的主力,不置一辞,不发一矢,而但向"弱者"唠叨不已,则纵使他如何义形于色,我也不能不说——我真也忍不住了——他其实乃是杀人者的帮凶而已。

五月二十四日。

(本篇最初发表于 1934 年 6 月 1 日
《申报·自由谈》,选自《花边文学》)

---

① 语出《论语·宪问》。自经,即自缢。

算　账

　　说起清代的学术来,有几位学者总是眉飞色舞,说那发达是为前代所未有的。① 证据也真够十足:解经的大作,层出不穷,小学也非常的进步;史论家虽然绝迹了,考史家却不少;尤其是考据之学,给我们明白了宋明人决没有看懂的古书……

　　但说起来可又有些踌躇,怕英雄也许会因此指定我是犹太人,其实,并不是的。我每遇到学者谈起清代的学术时,总不免同时想:"扬州十日","嘉定三屠"这些小事情,不提也好罢,但失去全国的土地,大家十足做了二百五十年奴隶,却换得这几页光荣的学术史,这买卖,究竟是赚了利,还是折了本呢?

　　可惜我又不是数学家,到底没有弄清楚。但我直觉的感到,这恐怕是折了本,比用庚子赔款来养成几位有限的学者,亏累得多了。

　　但恐怕这又不过是俗见。学者的见解,是超然于得失之外的。虽然超然于得失之外,利害大小之辨却又似乎并非全没有。大莫大于尊孔,要莫要于崇儒,所以只要尊孔而崇儒,便不妨向任何新

---

　　① 指梁启超、胡适等人。他们对清代学术都极为推崇。

朝俯首。对新朝的说法,就叫作"反过来征服中国民族的心"①。

而这中国民族的有些心,真也被征服得彻底,到现在,还在用兵燹,疠疫,水旱,风蝗,换取着孔庙重修,雷峰塔再建,男女同行犯忌,四库珍本发行这些大门面。

我也并非不知道灾害不过暂时,如果没有记录,到明年就会大家不提起,然而光荣的事业却是永久的。但是,不知怎地,我虽然并非犹太人,却总有些喜欢讲损益,想大家来算一算向来没有人提起过的这一笔账。——而且,现在也正是这时候了。

七月十七日。

(本篇最初发表于 1934 年 7 月 23 日《申报·自由谈》,选自《花边文学》)

---

① 这是胡适的言论。他在 1933 年 3 月 18 日一次谈话中称,日本"只有一个方法可以征服中国,即彻底停止侵略,反过来征服中国民族的心"。

中秋二愿

前几天真是"悲喜交集"。刚过了国历的九一八,就是"夏历"的"中秋赏月",还有"海宁观潮"。因为海宁,就又有人来讲"乾隆皇帝是海宁陈阁老的儿子"了。这一个满洲"英明之主",原来竟是中国人掉的包,好不阔气,而且福气。不折一兵,不费一矢,单靠生殖机关便革了命,真是绝顶便宜。

中国人是尊家族,尚血统的,但一面又喜欢和不相干的人们去攀亲,我真不知道是什么意思。从小以来,什么"乾隆是从我们汉人的陈家悄悄的抱去的"呀,"我们元朝是征服了欧洲的"呀之类,早听的耳朵里起茧了,不料到得现在,纸烟铺子的选举中国政界伟人投票,还是列成吉思汗为其中之一人;开发民智的报章,还在讲满洲的乾隆皇帝是陈阁老的儿子。

古时候,女人的确去和过番;在演剧里,也有男人招为番邦的驸马,占了便宜,做得津津有味。就是近事,自然也还有拜侠客做干爷,给富翁当赘婿,陡了起来的,不过这不能算是体面的事情。男子汉,大丈夫,还当别有所能,别有所志,自恃着智力和另外的体力。要不然,我真怕将来大家又大说一通日本人是徐福的子孙①。

---

① 徐福是秦代方士。据史书载,秦始皇派他带童男童女数千人入东海求仙,数年不得。后来传说他到了日本,留居不返。

一愿：从此不再胡乱和别人去攀亲。

但竟有人给文学也攀起亲来了，他说女人的才力，会因与男性的肉体关系而影响，并举欧洲的几个女作家，都有文人做情人来作证据。① 于是又有人来驳他，说这是弗洛伊特说，不可靠。其实这并不是弗洛伊特说，他不至于忘记梭格拉第太太全不懂哲学，托尔斯泰太太不会做文章这些反证的。况且世界文学史上，有多少中国所谓"父子作家""夫妇作家"那些"肉麻当有趣"的人物在里面？因为文学和梅毒不同，并无霉菌，决不会由性交传给对手的。至于有"诗人"在钓一个女人，先捧之为"女诗人"，那是一种讨好的手段，并非他真传染给她了诗才。

二愿：从此眼光离开脐下三寸。

九月二十五日。

（本篇最初发表于1934年9月28日
《中华日报·动向》，选自《花边文学》）

---

① 这种说法见于1934年8月29日天津《庸报》所载《评日本女作家——思想转移多与生理有关系》一文。

略论梅兰芳及其他（上）

崇拜名伶原是北京的传统。辛亥革命后，伶人的品格提高了，这崇拜也干净起来。先只有谭叫天在剧坛上称雄，都说他技艺好，但恐怕也还夹着一点势利，因为他是"老佛爷"——慈禧太后赏识过的。虽然没有人给他宣传，替他出主意，得不到世界的名声，却也没有人来为他编剧本。我想，这不来，是带着几分"不敢"的。

后来有名的梅兰芳可就和他不同了。梅兰芳不是生，是旦，不是皇家的供奉，是俗人的宠儿，这就使士大夫敢于下手了。士大夫是常要夺取民间的东西的，将竹枝词改成文言，将"小家碧玉"作为姨太太，但一沾着他们的手，这东西也就跟着他们灭亡。他们将他从俗众中提出，罩上玻璃罩，做起紫檀架子来。教他用多数人听不懂的话，缓缓的《天女散花》，扭扭的《黛玉葬花》，先前是他做戏的，这时却成了戏为他而做，凡有新编的剧本，都只为了梅兰芳，而且是士大夫心目中的梅兰芳。雅是雅了，但多数人看不懂，不要看，还觉得自己不配看了。

士大夫们也在日见其消沉，梅兰芳近来颇有些冷落。

因为他是旦角，年纪一大，势必至于冷落的吗？不是的，老十三旦七十岁了，一登台，满座还是喝采。为什么呢？就因为他没有被士大夫据为己有，罩进玻璃罩。

名声的起灭,也如光的起灭一样,起的时候,从近到远,灭的时候,远处倒还留着余光。梅兰芳的游日,游美,其实已不是光的发扬,而是光在中国的收敛。他竟没有想到从玻璃罩里跳出,所以这样的搬出去,还是这样的搬回来。

他未经士大夫帮忙时候所做的戏,自然是俗的,甚至于猥下,肮脏,但是泼剌,有生气。待到化为"天女",高贵了,然而从此死板板,矜持得可怜。看一位不死不活的天女或林妹妹,我想,大多数人是倒不如看一个漂亮活动的村女的,她和我们相近。

然而梅兰芳对记者说,还要将别的剧本改得雅一些。

十一月一日。

(本篇最初发表于1934年11月5日《中华日报·动向》,选自《花边文学》)

骂杀与捧杀

现在有些不满于文学批评的,总说近几年的所谓批评,不外乎捧与骂。

其实所谓捧与骂者,不过是将称赞与攻击,换了两个不好看的字眼。指英雄为英雄,说娼妇是娼妇,表面上虽像捧与骂,实则说得刚刚合式,不能责备批评家的。批评家的错处,是在乱骂与乱捧,例如说英雄是娼妇,举娼妇为英雄。

批评的失了威力,由于"乱",甚而至于"乱"到和事实相反,这底细一被大家看出,那效果有时也就相反了。所以现在被骂杀的少,被捧杀的却多。

人古而事近的,就是袁中郎。这一班明末的作家,在文学史上,是自有他们的价值和地位的。而不幸被一群学者们捧了出来,颂扬,标点,印刷,"色借,日月借,烛借,青黄借,眼色无常。声借,钟鼓借,枯竹窍借……"[①]借得他一榻胡涂,正如在中郎脸上,画上花脸,却指给大家看,啧啧赞叹道:"看哪,这多么'性灵'呀!"对于中郎的本质,自然是并无关系的,但在未经别人将花脸洗清之前,

---

① 引文为刘大杰标点、林语堂校阅的《袁中郎全集》中的错误断句,正确的应为"色借日月,借烛,借青黄,借眼;色无常。声借钟鼓,借枯竹窍,借……"。

这"中郎"总不免招人好笑,大触其霉头。

人近而事古的,我记起了泰戈尔。他到中国来了,开坛讲演,人给他摆出一张琴,烧上一炉香,左有林长民,右有徐志摩,各各头戴印度帽。徐诗人开始绍介了:"唵!叽哩咕噜,白云清风,银磬……当!"说得他好像活神仙一样,于是我们的地上的青年们失望,离开了。神仙和凡人,怎能不离开呢?但我今年看见他论苏联的文章,自己声明道:"我是一个英国治下的印度人。"他自己知道得明明白白。大约他到中国来的时候,决不至于还胡涂,如果我们的诗人诸公不将他制成一个活神仙,青年们对于他是不至于如此隔膜的。现在可是老大的晦气。

以学者或诗人的招牌,来批评或介绍一个作者,开初是很能够蒙混旁人的,但待到旁人看清了这作者的真相的时候,却只剩了他自己的不诚恳,或学识的不够了。然而如果没有旁人来指明真相呢,这作家就从此被捧杀,不知道要多少年后才翻身。

十一月十九日。

(本篇最初发表于1934年11月23日
《中华日报·动向》,选自《花边文学》)

隔　膜

清朝初年的文字之狱，到清朝末年才被从新提起。最起劲的是"南社"里的有几个人，为被害者辑印遗集；还有些留学生，也争从日本搬回文证来①。待到孟森的《心史丛刊》出，我们这才明白了较详细的状况，大家向来的意见，总以为文字之祸，是起于笑骂了清朝。然而，其实是不尽然的。

这一两年来，故宫博物院的故事似乎不大能够令人敬服②，但它却印给了我们一种好书，曰《清代文字狱档》，去年已经出到八辑。其中的案件，真是五花八门，而最有趣的，则莫如乾隆四十八年二月"冯起炎注解易诗二经欲行投呈案"。

冯起炎是山西临汾县的生员，闻乾隆将谒泰陵，便身怀著作，在路上徘徊，意图呈进，不料先以"形迹可疑"被捕了。那著作，是以《易》解《诗》，实则信口开河，在这里犯不上抄录，惟结尾有"自传"似的文章一大段，却是十分特别的——

"又，臣之来也，不愿如何如何，亦别无愿求之事，惟有一事未决，请对陛下一叙其缘由。臣……名曰冯起炎，字是南

---

① 清末一些留日学生从日本图书馆搜集明末遗民的著作，如《扬州十日记》《嘉定屠城记略》等，印出后输入国内，以鼓吹反清革命。
② 指故宫博物院文物被盗卖事。

州,尝到臣张三姨母家,见一女,可娶,而恨力不足以办此。此女名曰小女,年十七岁,方当待字之年,而正在未字之时,乃原籍东关春牛厂长兴号张守忭之次女也。又到臣杜五姨母家,见一女,可娶,而恨力不足以办此。此女名小凤,年十三岁,虽非必字之年,而已在可字之时,乃本京东城闹市口瑞生号杜月之次女也。若以陛下之力,差干员一人,选快马一匹,克日长驱到临邑,问彼临邑之地方官:'其东关春牛厂长兴号中果有张守忭一人否?'诚如是也,则此事谐矣。再问:'东城闹市口瑞生号中果有杜月一人否?'诚如是也,则此事谐矣。二事谐,则臣之愿毕矣。然臣之来也,方不知陛下纳臣之言耶否耶,而必以此等事相强乎?特进言之际,一叙及之。"

这何尝有丝毫恶意?不过着了当时通行的才子佳人小说的迷,想一举成名,天子做媒,表妹入抱而已。不料事实结局却不大好,署直隶总督袁守侗拟奏罪名是"阅其呈首,胆敢于圣主之前,混讲经书,而呈尾措词,尤属狂妄。核其情罪,较冲突仪仗为更重。冯起炎一犯,应从重发往黑龙江等处,给披甲人为奴。俟部复到日,照例解部刺字发遣。"这位才子,后来大约终于单身出关做西崑去了。

此外的案情,虽然没有这么风雅,但并非反动的还不少。有的是卤莽;有的是发疯;有的是乡曲迂儒,真的不识讳忌;有的则是草野愚民,实在关心皇家。而运命大概很悲惨,不是凌迟,灭族,便是立刻杀头,或者"斩监候",也仍然活不出。

凡这等事,粗略的一看,先使我们觉得清朝的凶虐,其次,是死者的可怜。但再来一想,事情是并不这么简单的。这些惨案的来由,却只为了"隔膜"。

满洲人自己,就严分着主奴,大臣奏事,必称"奴才",而汉人却称"臣"就好。这并非因为是"炎黄之胄",特地优待,锡以嘉名的，其实是所以别于满人的"奴才"，其地位还下于"奴才"数等。奴隶只能奉行，不许言议；评论固然不可，妄自颂扬也不可，这就是"思不出其位"。譬如说：主子，您这袍角有些儿破了，拖下去怕更要破烂，还是补一补好。进言者方自以为在尽忠，而其实却犯了罪，因为另有准其讲这样的话的人在，不是谁都可说的。一乱说，便是"越俎代谋"，当然"罪有应得"。倘自以为是"忠而获咎"，那不过是自己的胡涂。

但是，清朝的开国之君是十分聪明的，他们虽然打定了这样的主意，嘴里却并不照样说，用的是中国的古训："爱民如子"，"一视同仁"。一部分的大臣，士大夫，是明白这奥妙的，并不敢相信。但有一些简单愚蠢的人们却上了当，真以为"陛下"是自己的老子，亲亲热热的撒娇讨好去了。他那里要这被征服者做儿子呢？于是乎杀掉。不久，儿子们吓得不再开口了，计划居然成功；直到光绪时康有为们的上书，才又冲破了"祖宗的成法"。然而这奥妙，好像至今还没有人来说明。

施蛰存先生在《文艺风景》创刊号里，很为"忠而获咎"者不平，①就因为还不免有些"隔膜"的缘故。这是《颜氏家训》或《庄子》《文选》里所没有的。

六月十日。

（本篇最初发表于1934年7月5日《新语林》
半月刊第1期，选自《且介亭杂文》）

---

① 当时国民党政府查禁了一百余种文艺书籍，沈从文曾撰文谈论此事，招致《社会新闻》刊文反驳。施蛰存发表《书籍禁止与思想左倾》的文章，认为沈从文是忠而获咎，"他并非不了解政府的禁止左倾书籍之不得已，然而他还希望政府能有比这更妥当，更有效果的办法"。

买《小学大全》记

线装书真是买不起了。乾隆时候的刻本的价钱,几乎等于那时的宋本。明版小说,是五四运动以后飞涨的;从今年起,洪运怕要轮到小品文身上去了。至于清朝禁书,则民元革命后就是宝贝,即使并无足观的著作,也常要百余元至数十元。我向来也走走旧书坊,但对于这类宝书,却从不敢作非分之想。端午节前,在四马路一带闲逛,竟无意之间买到了一种,曰《小学大全》,共五本,价七角,看这名目,是不大有人会欢迎的,然而,却是清朝的禁书。

这书的编纂者尹嘉铨,博野人;他父亲尹会一,是有名的孝子,乾隆皇帝曾经给过褒扬的诗。他本身也是孝子,又是道学家,官又做到大理寺卿稽察觉罗学①。还请令旗籍子弟也讲读朱子的《小学》,而"荷蒙朱批:所奏是。钦此。"这部书便成于两年之后的,加疏的《小学》六卷,《考证》和《释文》,《或问》各一卷,《后编》二卷,合成一函,是为《大全》。也曾进呈,终于在乾隆四十二年九月十七日奉旨:"好!知道了。钦此。"那明明是得了皇帝的嘉许的。

到乾隆四十六年,他已经致仕回家了,但真所谓"及其老也,戒之在得"罢,虽然欲得的乃是"名",也还是一样的捅了大祸。这

---

① 稽察觉罗学,即清朝皇族旁支子弟学校的主管。

年三月，乾隆行经保定，尹嘉铨便使儿子送了一本奏章，为他的父亲请谥，朱批是"与谥乃国家定典，岂可妄求。此奏本当交部治罪，念汝为父私情，姑免之。若再不安分家居，汝罪不可逭矣！钦此。"不过他豫先料不到会碰这样的大钉子，所以接着还有一本，是请许"我朝"名臣汤斌范文程李光地顾八代张伯行等从祀孔庙，"至于臣父尹会一，既蒙御制诗章褒嘉称孝，已在德行之科，自可从祀，非臣所敢请也。"这回可真出了大岔子，三月十八日的朱批是："竟大肆狂吠，不可恕矣！钦此。"

乾隆时代的一定办法，是凡以文字获罪者，一面拿办，一面就查抄，这并非着重他的家产，乃在查看藏书和另外的文字，如果别有"狂吠"，便可以一并治罪。因为乾隆的意见，是以为既敢"狂吠"，必不止于一两声，非彻底根究不可的。尹嘉铨当然逃不出例外，和自己的被捕同时，他那博野的老家和北京的寓所，都被查抄了。藏书和别项著作，实在不少，但其实也并无什么干碍之作。不过那时是决不能这样就算的，经大学士三宝等再三审讯之后，定为"相应请旨将尹嘉铨照大逆律凌迟处死"，幸而结果很宽大："尹嘉铨著加恩免其凌迟之罪，改为处绞立决，其家属一并加恩免其缘坐"就完结了。

这也还是名儒兼孝子的尹嘉铨所不及料的。

这一回的文字狱，只绞杀了一个人，比起别的案子来，决不能算是大狱，但乾隆皇帝却颇费心机，发表了几篇文字。从这些文字和奏章（均见《清代文字狱档》第六辑）看来，这回的祸机虽然发于他的"不安分"，但大原因，却在既以名儒自居，又请将名臣从祀：这都是大"不可恕"的地方。清朝虽然尊崇朱子，但止于"尊崇"，却不许"学样"，因为一学样，就要讲学，于是而有学说，于是而有门徒，于是而有门户，于是而有门户之争，这就足为"太平盛世"之累。况且以这样的"名儒"而做官，便不免以"名臣"自居，"妄自尊大"。乾隆是不承认清朝会有"名臣"的,他自己是"英主",是"明君",所以在他的统治之下,不能有奸臣,既没有特别坏的奸臣,也就没有特别好的名臣,一律都是不好不坏,无所谓好坏的奴子。①

特别攻击道学先生,所以是那时的一种潮流,也就是"圣意"。我们所常见的,是纪昀总纂的《四库全书总目提要》和自著的《阅微草堂笔记》里的时时的排击。这就是迎合着这种潮流的,倘以为他秉性平易近人,所以憎恨了谄学先生的谿刻,那是一种误解。大学士三宝们也很明白这潮流,当会审尹嘉铨时,曾奏道:"查该犯如此狂悖不法,若即行定罪正法,尚不足以泄公愤而快人心。该犯曾任三品大员,相应遵例奏明,将该犯严加夹讯,多受刑法,问其究属何心,录取供词,具奏,再请旨立正典刑,方足以昭炯戒。"后来究竟用了夹棍没有,未曾查考,但看所录供词,却于用他的"丑行"来打倒他的道学的策略,是做得非常起劲的。现在抄三条在下面——

"问:尹嘉铨!你所书李孝女暮年不字事一篇,说'年逾五十,依然待字,吾妻李恭人闻而贤之,欲求淑女以相助,仲女固辞不就'等语。这处女既立志不嫁,已年过五旬,你为何叫你女人遣媒说合,要他做妾?这样没廉耻的事,难道是讲正经人干的么?据供:我说的李孝女年逾五十,依然待字,原因素日间知道雄县有个姓李的女子,守贞不字。吾女人要聘他为妾,我那时在京候补,并不知道;后来我女人告诉我,才知道的,所以替他做了这篇文字,要表扬他,实在我并没有见过他的面。但他年过五十,我还将要他做妾的话,做在文字内,这就是我廉耻丧尽,还有何辩。

"问:你当时在皇上跟前讨赏翎子,说是没有翎了,就回

---

① 乾隆在《明辟尹嘉铨标榜之罪谕》中称:"本朝纪纲整肃,无名臣亦无奸臣。"

去见不得你妻小。你这假道学怕老婆,到底皇上没有给你翎子,你如何回去的呢?据供:我当初在家时,曾向我妻子说过,要见皇上讨翎子,所以我彼时不辞冒昧,就妄求恩典,原想得了翎子回家,可以夸耀。后来皇上没有赏我,我回到家里,实在觉得害羞,难见妻子。这都是我假道学,怕老婆,是实。

"问:你女人平日妒悍,所以替你娶妾,也要娶这五十岁女人给你,知道这女人断不肯嫁,他又得了不妒之名。总是你这假道学居常做惯这欺世盗名之事,你女人也学了你欺世盗名。你难道不知道么?供:我女人要替我讨妾,这五十岁李氏女子既已立志不嫁,断不肯做我的妾,我女人是明知的,所以借此要得不妒之名。总是我平日所做的事,俱系欺世盗名,所以我女人也学做此欺世盗名之事,难逃皇上洞鉴。"

还有一件要紧事是销毁和他有关的书。他的著述也真太多,计应"销毁"者有书籍八十六种,石刻七种,都是著作;应"撤毁"者有书籍六种,都是古书,而有他的序跋。《小学大全》虽不过"疏辑",然而是在"销毁"之列的。

但我所得的《小学大全》,却是光绪二十二年开雕,二十五年刊竣,而"宣统丁巳"(实是中华民国六年)重校的遗老本,有张锡恭跋云:"世风不古若矣,愿读是书者,有以转移之。……"又有刘安涛跋云:"晚近凌夷,益加甚焉,异言喧豗,显与是书相悖,一唱百和,……驯致家与国均蒙其害,唐虞三代以来先圣先贤蒙以养正之遗意,扫地尽矣。剥极必复,天地之心见焉。……"为了文字狱,使士子不敢治史,尤不敢言近代事,但一面却也使昧于掌故,乾隆朝所竭力"销毁"的书,虽遗老也不复明白,不到一百三十年,又从新奉为宝典了。这莫非也是"剥极必复"么?恐怕是遗老们的乾隆皇帝所不及料的罢。

但是,清的康熙,雍正和乾隆三个,尤其是后两个皇帝,对于

"文艺政策"或说得较大一点的"文化统制",却真尽了很大的努力的。文字狱不过是消极的一方面,积极的一面,则如钦定四库全书,于汉人的著作,无不加以取舍,所取的书,凡有涉及金元之处者,又大抵加以修改,作为定本。此外,对于"七经","二十四史",《通鉴》,文士的诗文,和尚的语录,也都不肯放过,不是鉴定,便是评选,文苑中实在没有不被蹂躏的处所了。而且他们是深通汉文的异族的君主,以胜者的看法,来批评被征服的汉族的文化和人情,也鄙夷,但也恐惧,有苛论,但也有确评,文字狱只是由此而来的辣手的一种,那成果,由满洲这方面言,是的确不能说它没有效的。

现在这影响好像是淡下去了,遗老们的重刻《小学大全》,就是一个证据,但也可见被愚弄了的性灵,又终于并不清醒过来。近来明人小品,清代禁书,市价之高,决非穷读书人所敢窥觑,但《东华录》,《御批通鉴辑览》,《上谕八旗》,《雍正朱批谕旨》……等,却好像无人过问,其低廉为别的一切大部书所不及。倘有有心人加以收集,一一钩稽,将其中的关于驾御汉人,批评文化,利用文艺之处,分别排比,辑成一书,我想,我们不但可以看见那策略的博大和恶辣,并且还能够明白我们怎样受异族主子的驯扰,以及遗留至今的奴性的由来的罢。

自然,这决不及赏玩性灵文字[①]的有趣,然而借此知道一点演成了现在的所谓性灵的历史,却也十分有益的。

七月十日。

(本篇最初发表于1934年8月5日《新语林》
半月刊第3期,选自《且介亭杂文》)

---

① 林语堂1933年4月曾撰文说:"文章者,个人性灵之表现。……文学之生命实寄托于此。"

说"面子"

"面子",是我们在谈话里常常听到的,因为好像一听就懂,所以细想的人大约不很多。

但近来从外国人的嘴里,有时也听到这两个音,他们似乎在研究。他们以为这一件事情,很不容易懂,然而是中国精神的纲领,只要抓住这个,就像二十四年前的拔住了辫子一样,全身都跟着走动了。相传前清时候,洋人到总理衙门去要求利益,一通威吓,吓得大官们满口答应,但临走时,却被从边门送出去。不给他走正门,就是他没有面子;他既然没有了面子,自然就是中国有了面子,也就是占了上风了。这是不是事实,我断不定,但这故事,"中外人士"中是颇有些人知道的。

因此,我颇疑心他们想专将"面子"给我们。

但"面子"究竟是怎么一回事呢?不想还好,一想可就觉得胡涂。它像是很有好几种的,每一种身份,就有一种"面子",也就是所谓"脸"。这"脸"有一条界线,如果落到这线的下面去了,即失了面子,也叫作"丢脸"。不怕"丢脸",便是"不要脸"。但倘使做了超出这线以上的事,就"有面子",或曰"露脸"。而"丢脸"之道,则因人而不同,例如车夫坐在路边赤膊捉虱子,并不算什么,富家姑爷坐在路边赤膊捉虱子,才成为"丢脸"。但车夫也并非没有

"脸",不过这时不算"丢",要给老婆踢了一脚,就躺倒哭起来,这才成为他的"丢脸"。这一条"丢脸"律,是也适用于上等人的。这样看来,"丢脸"的机会,似乎上等人比较的多,但也不一定,例如车夫偷一个钱袋,被人发现,是失了面子的,而上等人大捞一批金珠珍玩,却仿佛也不见得怎样"丢脸",况且还有"出洋考察"①,是改头换面的良方。

谁都要"面子",当然也可以说是好事情,但"面子"这东西,却实在有些怪。九月三十日的《申报》就告诉我们一条新闻:沪西有业木匠大包作头之罗立鸿,为其母出殡,邀开"货器店之王树宝夫妇帮忙,因来宾众多,所备白衣,不敷分配,其时适有名王道才,绰号三喜子,亦到来送殡,争穿白衣不遂,以为有失体面,心中怀恨,……邀集徒党数十人,各执铁棍,据说尚有持手枪者多人,将王树宝家人乱打,一时双方有剧烈之战争,头破血流,多人受有重伤。……"白衣是亲族有服者所穿的,现在必须"争穿"而又"不遂",足见并非亲族,但竟以为"有失体面",演成这样的大战了。这时候,好像只要和普通有些不同便是"有面子",而自己成了什么,却可以完全不管。这类脾气,是"绅商"也不免发露的:袁世凯将要称帝的时候,有人以列名于劝进表中为"有面子";有一国从青岛撤兵②的时候,有人以列名于万民伞上为"有面子"。

所以,要"面子"也可以说并不一定是好事情——但我并非说,人应该"不要脸"。现在说话难,如果主张"非孝",就有人会说你在煽动打父母,主张男女平等,就有人会说你在提倡乱交——这声明是万不可少的。

况且,"要面子"和"不要脸"实在也可以有很难分辨的时候。

---

① 旧时的军阀、政客在失势或失意时,常以"出洋考察"作为暂时退隐、伺机再起的手段。也有并未"出洋",只用来保全面子的。
② 指1922年12月日本撤走侵占青岛的军队。

不是有一个笑话么？一个绅士有钱有势，我假定他叫四大人罢，人们都以能够和他扳谈为荣。有一个专爱夸耀的小瘪三，一天高兴的告诉别人道："四大人和我讲过话了！"人问他"说什么呢？"答道："我站在他门口，四大人出来了，对我说：滚开去！"当然，这是笑话，是形容这人的"不要脸"，但在他本人，是以为"有面子"的，如此的人一多，也就真成为"有面子"了。别的许多人，不是四大人连"滚开去"也不对他说么？

在上海，"吃外国火腿"①虽然还不是"有面子"，却也不算怎么"丢脸"了，然而比起被一个本国的下等人所踢来，又仿佛近于"有面子"。

中国人要"面子"，是好的，可惜的是这"面子"是"圆机活法"，善于变化，于是就和"不要脸"混起来了。长谷川如是闲说"盗泉"云："古之君子，恶其名而不饮，今之君子，改其名而饮之。"也说穿了"今之君子"的"面子"的秘密。

十月四日。

（本篇最初发表于 1934 年 10 月《漫画生活》
月刊第 2 期，选自《且介亭杂文》）

---

① 上海俗语，指被外国人所踢。

运 命

有一天,我坐在内山书店里闲谈——我是常到内山书店去闲谈的,我的可怜的敌对的"文学家",还曾经借此竭力给我一个"汉奸"的称号①,可惜现在他们又不坚持了——才知道日本的丙午年生,今年二十九岁的女性,是一群十分不幸的人。大家相信丙午年生的女人要克夫,即使再嫁,也还要克,而且可以多至五六个,所以想结婚是很困难的。这自然是一种迷信,但日本社会上的迷信也还是真不少。

我问:可有方法解除这夙命呢?回答是:没有。

接着我就想到了中国。

许多外国的中国研究家,都说中国人是定命论者,命中注定,无可奈何;就是中国的论者,现在也有些人这样说。但据我所知道,中国女性就没有这样无法解除的命运。"命凶"或"命硬",是有的,但总有法子想,就是所谓"禳解";或者和不怕相克的命的男子结婚,制住她的"凶"或"硬"。假如有一种命,说是要连克五六个丈夫的罢,那就早有道士之类出场,自称知道妙

---

① 1933年7月,曾今可主办的《文艺座谈》第1卷第1期刊登署名白羽遐的《内山书店小坐记》,影射鲁迅为日本间谍。1934年5月《社会新闻》第7卷第12期刊登署名思的《鲁迅愿作汉奸》一稿,诬蔑鲁迅"与日本书局订定密约……乐于作汉奸矣"。

法,用桃木刻成五六个男人,画上符咒,和这命的女人一同行"结俪之礼"后,烧掉或埋掉,于是真来订婚的丈夫,就算是第七个,毫无危险了。

中国人的确相信运命,但这运命是有方法转移的。所谓"没有法子",有时也就是一种另想道路——转移运命的方法。等到确信这是"运命",真真"没有法子"的时候,那是在事实上已经十足碰壁,或者恰要灭亡之际了。运命并不是中国人的事前的指导,乃是事后的一种不费心思的解释。

中国人自然有迷信,也有"信",但好像很少"坚信"。我们先前最尊皇帝,但一面想玩弄他,也尊后妃,但一面又有些想吊她的膀子;畏神明,而又烧纸钱作贿赂,佩服豪杰,却不肯为他作牺牲。崇孔的名儒,一面拜佛,信甲的战士,明天信丁。宗教战争是向来没有的,从北魏到唐末的佛道二教的此仆彼起,是只靠几个人在皇帝耳朵边的甘言蜜语。风水,符咒,拜祷……偌大的"运命",只要化一批钱或磕几个头,就改换得和注定的一笔大不相同了——就是并不注定。

我们的先哲,也有知道"定命"有这么的不定,是不足以定人心的,于是他说,这用种种方法之后所得的结果,就是真的"定命",而且连必须用种种方法,也是命中注定的。但看起一般的人们来,却似乎并不这样想。

人而没有"坚信",狐狐疑疑,也许并不是好事情,因为这也就是所谓"无特操"。但我以为信运命的中国人而又相信运命可以转移,却是值得乐观的。不过现在为止,是在用迷信来转移别的迷信,所以归根结蒂,并无不同,以后倘能用正当的道理和实行——科学来替换了这迷信,那么,定命论的思想,也就和中国人离开了。

假如真有这一日,则和尚,道士,巫师,星相家,风水先生……的宝座,就都让给了科学家,我们也不必整年的见神见鬼了。

十月二十三日。

(本篇最初发表于 1934 年 11 月 20 日《太白》半月刊第 1 卷第 5 期,选自《且介亭杂文》)

病后杂谈

一

　　生一点病,的确也是一种福气。不过这里有两个必要条件:一要病是小病,并非什么霍乱吐泻,黑死病,或脑膜炎之类;二要至少手头有一点现款,不至于躺一天,就饿一天。这二者缺一,便是俗人,不足与言生病之雅趣的。

　　我曾经爱管闲事,知道过许多人,这些人物,都怀着一个大愿。大愿,原是每个人都有的,不过有些人却模模胡胡,自己抓不住,说不出。他们中最特别的有两位:一位是愿天下的人都死掉,只剩下他自己和一个好看的姑娘,还有一个卖大饼的;另一位是愿秋天薄暮,吐半口血,两个侍儿扶着,恹恹的到阶前去看秋海棠。这种志向,一看好像离奇,其实却照顾得很周到。第一位姑且不谈他罢,第二位的"吐半口血",就有很大的道理。才子本来多病,但要"多",就不能重,假使一吐就是一碗或几升,一个人的血,能有几回好吐呢?过不几天,就雅不下去了。

　　我一向很少生病,上月却生了一点点。开初是每晚发热,没有力,不想吃东西,一礼拜不肯好,只得看医生。医生说是流行性感冒。好罢，就是流行性感冒。但过了流行性感冒一定退热的时期，我的热却还不退。医生从他那大皮包里取出玻璃管来，要取我的血液，我知道他在疑心我生伤寒病了，自己也有些发愁。然而他第二天对我说，血里没有一粒伤寒菌；于是注意的听肺，平常；听心，上等。这似乎很使他为难。我说，也许是疲劳罢；他也不甚反对，只是沉吟着说，但是疲劳的发热，还应该低一点。……

好几回检查了全体，没有死症，不至于呜呼哀哉是明明白白的，不过是每晚发热，没有力，不想吃东西而已，这真无异于"吐半口血"，大可享生病之福了。因为既不必写遗嘱，又没有大痛苦，然而可以不看正经书，不管柴米账，玩他几天，名称又好听，叫作"养病"。从这一天起，我就自己觉得好像有点儿"雅"了；那一位愿吐半口血的才子，也就是那时躺着无事，忽然记了起来的。

光是胡思乱想也不是事，不如看点不劳精神的书，要不然，也不成其为"养病"。像这样的时候，我赞成中国纸的线装书，这也就是有点儿"雅"起来了的证据。洋装书便于插架，便于保存，现在不但有洋装二十五六史，连《四部备要》也硬领而皮靴了，——原是不为无见的。但看洋装书要年富力强，正襟危坐，有严肃的态度。假使你躺着看，那就好像两只手捧着一块大砖头，不多工夫，就两臂酸麻，只好叹一口气，将它放下。所以，我在叹气之后，就去寻线装书。

一寻，寻到了久不见面的《世说新语》之类一大堆，躺着来看，轻飘飘的毫不费力了，魏晋人的豪放潇洒的风姿，也仿佛在眼前浮动。由此想到阮嗣宗的听到步兵厨善于酿酒，就求为步兵校尉；陶渊明的做了彭泽令，就教官田都种秫，以便做酒，因了太太的抗议，这才种了一点粳。这真是天趣盎然，决非现在的"站在云端里呐喊"①者们所能望其项背。但是,"雅"要想到适可而止,再想便不行。例如阮嗣宗可以求做步兵校尉,陶渊明补了彭泽令,他们的地位,就不是一个平常人,要"雅",也还是要地位。"采菊东篱下,悠然见南山"是渊明的好句,但我们在上海学起来可就难了。没有南山,我们还可以改作"悠然见洋房"或"悠然见烟囱"的,然而要租一所院子里有点竹篱,可以种菊的房子,租钱就每月总得一百两,水电在外;巡捕捐按房租百分之十四,每月十四两。单是这两项,每月就是一百十四两,每两作一元四角算,等于一百五十九元六。近来的文稿又不值钱,每千字最低的只有四五角,因为是学陶渊明的雅人的稿子,现在算他每千字三大元罢,但标点,洋文,空白除外。那么,单单为了采菊,他就得每月译作净五万三千二百字。吃饭呢?要另外想法子生发,否则,他只好"饥来驱我去,不知竟何之"了。

"雅"要地位,也要钱,古今并不两样的,但古代的买雅,自然比现在便宜;办法也并不两样,书要摆在书架上,或者抛几本在地板上,酒杯要摆在桌子上,但算盘却要收在抽屉里,或者最好是在肚子里。

此之谓"空灵"。

二

为了"雅",本来不想说这些话的。后来一想,这于"雅"并无伤,不过是在证明我自己的"俗"。王夷甫口不言钱,还是一个不干不净人物,雅人打算盘,当然也无损其为雅人。不过他应该有时

---

① 这是林语堂的话。他在《人间世》第 13 期发表的《怎样洗炼白话入文》中说,提倡大众语的人说不清"大众语是何物","只管在云端呐喊"。

收起算盘,或者最妙是暂时忘却算盘,那么,那时的一言一笑,就都是灵机天成的一言一笑,如果念念不忘世间的利害,那可就成为"杭育杭育派"①了。这关键,只在一者能够忽而放开,一者却是永远执着,因此也就大有了雅俗和高下之分。我想,这和时而"敦伦"②者不失为圣贤,连白天也在想女人的就要被称为"登徒子"的道理,大概是一样的。

所以我恐怕只好自己承认"俗",因为随手翻了一通《世说新语》,看过"娵隅跃清池"的时候,千不该万不该的竟从"养病"想到"养病费"上去了,于是一骨碌爬起来,写信讨版税,催稿费。写完之后,觉得和魏晋人有点隔膜,自己想,假使此刻有阮嗣宗或陶渊明在面前出现,我们也一定谈不来的。于是另换了几本书,大抵是明末清初的野史,时代较近,看起来也许较有趣味。第一本拿在手里的是《蜀碧》。

这是蜀宾从成都带来送我的,还有一部《蜀龟鉴》,都是讲张献忠祸蜀的书,其实是不但四川人,而是凡有中国人都该翻一下的著作,可惜刻的太坏,错字颇不少。翻了一遍,在卷三里看见了这样的一条——

"又,剥皮者,从头至尻,一缕裂之,张于前,如鸟展翅,率逾日始绝。有即毙者,行刑之人坐死。"

也还是为了自己生病的缘故罢,这时就想到了人体解剖。医术和虐刑,是都要生理学和解剖学知识的。中国却怪得很,固有的医书上的人身五脏图,真是草率错误到见不得人,但虐刑的方法,则往往好像古人早懂得了现代的科学。例如罢,谁都知道从周到

---

① 林语堂曾以骂人文章为"杭育杭育派",见于他在1934年4月28日、30日及5月3日《申报·自由谈》发表的《方巾气研究》一文。
② 意即性交。清代袁枚在《答杨笠湖书》中说:"李刚主自负不欺之学,日记云:昨夜与老妻'敦伦'一次。至今传为笑谈。"

汉,有一种施于男子的"宫刑",也叫"腐刑",次于"大辟"一等。对于女性就叫"幽闭",向来不大有人提起那方法,但总之,是决非将她关起来,或者将它缝起来。近时好像被我查出一点大概来了,那办法的凶恶,妥当,而又合乎解剖学,真使我不得不吃惊。但妇科的医书呢?几乎都不明白女性下半身的解剖学的构造,他们只将肚子看作一个大口袋,里面装着莫名其妙的东西。

单说剥皮法,中国就有种种。上面所抄的是张献忠式;还有孙可望式,见于屈大均的《安龙逸史》,也是这回在病中翻到的。其时是永历六年,即清顺治九年,永历帝已经躲在安隆(那时改为安龙),秦王孙可望杀了陈邦传父子,御史李如月就弹劾他"擅杀勋将,无人臣礼",皇帝反打了如月四十板。可是事情还不能完,又给孙党张应科知道了,就去报告了孙可望。

"可望得应科报,即令应科杀如月,剥皮示众。俄缚如月至朝门,有负石灰一筐,稻草一捆,置于其前。如月问,'如何用此?'其人曰,'是揎你的草!'如月叱曰,'瞎奴!此株株是文章,节节是忠肠也!'既而应科立右门阶,捧可望令旨,喝如月跪。如月叱曰,'我是朝廷命官,岂跪贼令!?'乃步至中门,向阙再拜。……应科促令仆地,剖脊,及臀,如月大呼曰:'死得快活,浑身清凉!'又呼可望名,大骂不绝。及断至手足,转前胸,犹微声恨骂;至颈绝而死。随以灰渍之,纫以线,后乃入草,移北城门通衢阁上,悬之。……"

张献忠的自然是"流贼"式;孙可望虽然也是流贼出身,但这时已是保明拒清的柱石,封为秦王,后来降了满洲,还是封为义王,所以他所用的其实是官式。明初,永乐皇帝剥那忠于建文帝的景清的皮,也就是用这方法的。大明一朝,以剥皮始,以剥皮终,可谓始终不变;至今在绍兴戏文里和乡下人的嘴上,还偶然可以听到

"剥皮揎草"的话,那皇泽之长也就可想而知了。

真也无怪有些慈悲心肠人不愿意看野史,听故事;有些事情,真也不像人世,要令人毛骨悚然,心里受伤,永不痊愈的。残酷的事实尽有,最好莫如不闻,这才可以保全性灵,也是"是以君子远庖厨也"的意思。比灭亡略早的晚明名家的潇洒小品在现在的盛行,实在也不能说是无缘无故。不过这一种心地晶莹的雅致,又必须有一种好境遇,李如月仆地"剖脊",脸孔向下,原是一个看书的好姿势①,但如果这时给他看袁中郎的《广庄》,我想他是一定不要看的。这时他的性灵有些儿不对,不懂得真义艺了。

然而,中国的士大夫是到底有点雅气的,例如李如月说的"株株是文章,节节是忠肠",就很富于诗趣。临死做诗的,古今来也不知道有多少。直到近代,谭嗣同在临刑之前就做一绝"闭门投辖思张俭",秋瑾女士也有一句"秋雨秋风愁杀人",然而还雅得不够格,所以各种诗选里都不载,也不能卖钱。

三

清朝有灭族,有凌迟,却没有剥皮之刑,这是汉人应该惭愧的,但后来脍炙人口的虐政是文字狱。虽说文字狱,其实还含着许多复杂的原因,在这里不能细说;我们现在还直接受到流毒的,是他删改了许多古人的著作的字句,禁了许多明清人的书。

《安龙逸史》大约也是一种禁书,我所得的是吴兴刘氏嘉业堂的新刻本。他刻的前清禁书还不止这一种,屈大均的又有《翁山文外》;还有蔡显的《闲渔闲闲录》,是作者因此"斩立决",还累及

---

① 1933年11月《论语》第28期刊载题为《介绍几个读论语的好姿势》的一组画,其中有"游蛟伏地式",即伏在地上看书。

门生的,但我细看了一遍,却又寻不出什么忌讳。对于这种刻书家,我是很感激的,因为他传授给我许多知识——虽然从雅人看来,只是些庸俗不堪的知识。但是到嘉业堂去买书,可真难。我还记得,今年春天的一个下午,好容易在爱文义路找着了,两扇大铁门,叩了几下,门上开了一个小方洞,里面有中国门房,中国巡捕,白俄镖师各一位。巡捕问我来干什么的。我说买书。他说账房出去了,没有人管,明天再来罢。我告诉他我住得远,可能给我等一会呢?他说,不成!同时也堵住了那个小方洞。过了两天,我又去了,改作上午,以为此时账房也许不至于出去。但这回所得回答却更其绝望,巡捕曰:"书都没有了!卖完了!不卖了!"

我就没有第三次再去买,因为实在回复的斩钉截铁。现在所有的几种,是托朋友去辗转买来的,好像必须是熟人或走熟的书店,这才买得到。

每种书的末尾,都有嘉业堂主人刘承干先生的跋文,他对于明季的遗老很有同情,对于清初的文祸也颇不满。但奇怪的是他自己的文章却满是前清遗老的口风;书是民国刻的,"仪"字还缺着末笔①。我想,试看明朝遗老的著作,反抗清朝的主旨,是在异族的入主中夏的,改换朝代,倒还在其次。所以要顶礼明末的遗民,必须接受他的民族思想,这才可以心心相印。现在以明遗老之仇的满清的遗老自居,却又引明遗老为同调,只着重在"遗老"两个字,而毫不问遗于何族,遗在何时,这真可以说是"为遗老而遗老",和现在文坛上的"为艺术而艺术",成为一副绝好的对子了。

倘以为这是因为"食古不化"的缘故,那可也并不然。中国的士大夫,该化的时候,就未必决不化。就如上面说过的《蜀龟鉴》,

---

① 始于唐代的一种避讳方法。刘承干对"仪"字缺末笔,是避清废帝溥仪的讳。

原是一部笔法都仿《春秋》的书,但写到"圣祖仁皇帝康熙元年春正月",就有"赞"道:"……明季之乱甚矣!风终豳,雅终《召旻》,托乱极思治之隐忧而无其实事,孰若臣祖亲见之,臣身亲被之乎?是编以元年正月终者,非徒谓体元表正,蔑以加兹;生逢 盛世,荡荡难名,一以寄没世不忘之恩,一以见太平之业所由始耳!"

《春秋》上是没有这种笔法的。满洲的肃王的一箭,不但射死了张献忠,也感化了许多读书人,而且改变了"春秋笔法"了。

四

病中来看这些书,归根结蒂,也还是令人气闷。但又开始知道了有些聪明的士大夫,依然会从血泊里寻出闲适来。例如《蜀碧》,总可以说是够惨的书了,然而序文后面却刻着一位乐斋先生的批语道:"古穆有魏晋间人笔意。"

这真是天大的本领!那死似的镇静,又将我的气闷打破了。

我放下书,合了眼睛,躺着想想学这本领的方法,以为这和"君子远庖厨也"的法子是大两样的,因为这时是君子自己也亲到了庖厨里。瞑想的结果,拟定了两手太极拳。一,是对于世事要"浮光掠影",随时忘却,不甚了然,仿佛有些关心,却又并不恳切;二,是对于现实要"蔽聪塞明",麻木冷静,不受感触,先由努力,后成自然。第一种的名称不大好听,第二种却也是却病延年的要诀,连古之儒者也并不讳言的。这都是大道。还有一种轻捷的小道,是:彼此说谎,自欺欺人。

有些事情,换一句话说就不大合式,所以君子憎恶俗人的"道破"。其实,"君子远庖厨也"就是自欺欺人的办法:君子非吃牛肉不可,然而他慈悲,不忍见牛的临死的觳觫,于是走开,等到烧成牛排,然后慢慢的来咀嚼。牛排是决不会"觳觫"的了,也就和慈悲不再有冲突,于是他心安理得,天趣盎然,剔剔牙齿,摸摸肚子,"万物皆备于我矣"了。彼此说谎也决不是伤雅的事情,东坡先生在黄州,有客来,就要客谈鬼,客说没有,东坡道:"姑妄言之!"至今还算是一件韵事。

撒一点小谎,可以解无聊,也可以消闷气;到后来,忘却了真,相信了谎。也就心安理得,天趣盎然了起来。永乐的硬做皇帝,一部分士大夫是颇以为不大好的。尤其是对于他的惨杀建文的忠臣。和景清一同被杀的还有铁铉,景清剥皮,铁铉油炸,他的两个女儿则发付了教坊,叫她们做婊子。这更使士大夫不舒服,但有人说,后来二女献诗于原问官,被永乐所知,赦出,嫁给士人了。

这真是"曲终奏雅",令人如释重负,觉得天皇毕竟圣明,好人也终于得救。她虽然做过官妓,然而究竟是一位能诗的才女,她父亲又是大忠臣,为夫的士人,当然也不算辱没。但是,必须"浮光掠影"到这里为止,想不得下去。一想,就要想到永乐的上谕,有些是凶残猥亵,将张献忠祭梓潼神的"咱老子姓张,你也姓张,咱老子和你联了宗罢。尚飨!"的名文,和他的比起来,真是高华典雅,配登西洋的上等杂志,那就会觉得永乐皇帝决不像一位爱才怜弱的明君。况且那时的教坊是怎样的处所?罪人的妻女在那里是并非静候嫖客的,据永乐定法,还要她们"转营",这就是每座兵营里都去几天,目的是在使她们为多数男性所凌辱,生出"小龟子"和"淫贱材儿"来!所以,现在成了问题的"守节",在那时,其实是只准"良民"专利的特典。在这样的治下,这样的地狱里,做一首诗就能超生的么?

我这回从杭世骏的《订讹类编》(续补卷上)里,这才确切的知道了这佳话的欺骗。他说:

"……考铁长女诗,乃吴人范昌期《题老妓卷》作也。诗云:'教坊落籍洗铅华,一片春心对落花。旧曲听来空有恨,故园归去却无家。云鬟半军[军旁]临青镜，雨泪频弹湿绛纱。安得江州司马在，尊前重为赋琵琶。'昌期，字鸣凤；诗见张士瀹《国朝文纂》。同时杜琼用嘉亦有次韵诗，题曰《无题》，则其非铁氏作明矣。次女诗所谓'春来雨露深如海，嫁得刘郎胜阮郎'，其论尤为不伦。宗正睦㮮论革除事，谓建文流落西南诸诗，皆好事伪作，则铁女之诗可知。……"

《国朝文纂》我没有见过，铁氏次女的诗，杭世骏也并未寻出根底，但我以为他的话是可信的，——虽然他败坏了口口相传的韵事。况且一则他也是一个认真的考证学者，二则我觉得凡是得到大杀风景的结果的考证，往往比表面说得好听，玩得有趣的东西近真。

首先将范昌期的诗嫁给铁氏长女，聊以自欺欺人的是谁呢？我也不知道。但"浮光掠影"的一看，倒也罢了，一经杭世骏道破，再去看时，就很明白的知道了确是咏老妓之作，那第一句就不像现任官妓的口吻。不过中国的有一些士大夫，总爱无中生有，移花接木的造出故事来，他们不但歌颂升平，还粉饰黑暗。关于铁氏二女的撒谎，尚其小焉者耳，大至胡元杀掠，满清焚屠之际，也还会有人单单捧出什么烈女绝命，难妇题壁的诗词来，这个艳传，那个步韵，比对于华屋丘墟，生民涂炭之惨的大事情还起劲。到底是刻了一本集，连自己们都附进去，而韵事也就完结了。

我在写着这些的时候，病是要算已经好了的了，用不着写遗书。但我想在这里趁便拜托我的相识的朋友，将来我死掉之后，即使在中国还有追悼的可能，也千万不要给我开追悼会或者出什么记念册。因为这不过是活人的讲演或挽联的斗法场，为了造语惊人，对仗工稳起见，有些文豪们是简直不恤于胡说八道的。结果至多也不过印成一本书，即使有谁看了，于我死人，于读者活人，都无益处，就是对于作者，其实也并无益处，挽联做得好，也不过挽联做得好而已。

　　现在的意见，我以为倘有购买那些纸墨白布的闲钱，还不如选几部明人，清人或今人的野史或笔记来印印，倒是于大家很有益处的。但是要认真，用点工夫，标点不要错。

十二月十一日。

（本篇第一节最初发表于 1935 年 2 月《文学》
月刊第 4 卷第 2 号，其余三节皆被国民党
检查官删去，全文选自《且介亭杂文》）

隐　士

隐士,历来算是一个美名,但有时也当作一个笑柄。最显著的,则有刺陈眉公的"翩然一只云中鹤,飞去飞来宰相衙"的诗,至今也还有人提及。我以为这是一种误解。因为一方面,是"自视太高",于是别方面也就"求之太高",彼此"忘其所以",不能"心照",而又不能"不宣",从此口舌也多起来了。

非隐士的心目中的隐士,是声闻不彰,息影山林的人物。但这种人物,世间是不会知道的。一到挂上隐士的招牌,则即使他并不"飞去飞来",也一定难免有些表白,张扬;或是他的帮闲们的开锣喝道——隐士家里也会有帮闲,说起来似乎不近情理,但一到招牌可以换饭的时候,那是立刻就有帮闲的,这叫作"啃招牌边"。这一点,也颇为非隐士的人们所诟病,以为隐士身上而有油可揩,则隐士之阔绰可想了。其实这也是一种"求之太高"的误解,和硬要有名的隐士,老死山林中者相同。凡是有名的隐士,他总是已经有了"悠哉游哉,聊以卒岁"的幸福的。倘不然,朝砍柴,昼耕田,晚浇菜,夜织屦,又那有吸烟品茗,吟诗作文的闲暇?陶渊明先生是我们中国赫赫有名的大隐,一名"田园诗人",自然,他并不办期刊,也赶不上吃"庚款",然而他有奴子。汉晋时候的奴子,是不但侍候主人,并且给主人种地,营商的,正是生财器具。所以虽是渊明先生,也还略略有些生财之道在,要不然,他老人家不但没有酒喝,而且没有饭吃,早已在东篱旁边饿死了。

所以我们倘要看看隐君子风,实际上也只能看看这样的隐君子,真的"隐君子"是没法看到的。古今著作,足以汗牛而充栋,但我们可能找出樵夫渔父的著作来?他们的著作是砍柴和打鱼。至于那些文士诗翁,自称什么钓徒樵子的,倒大抵是悠游自得的封翁或公子,何尝捏过钓竿或斧头柄。要在他们身上赏鉴隐逸气,我敢说,这只能怪自己胡涂。

登仕,是啖饭之道,归隐,也是啖饭之道。假使无法啖饭,那就连"隐"也隐不成了。"飞去飞来",正是因为要"隐",也就是因为要啖饭;肩出"隐士"的招牌来,挂在"城市山林"里,这就正是所谓"隐",也就是啖饭之道。帮闲们或开锣,或喝道,那是因为自己还不配"隐",所以只好揩一点"隐"油,其实也还不外乎啖饭之道。汉唐以来,实际上是入仕并不算鄙,隐居也不算高,而且也不算穷,必须欲"隐"而不得,这才看作士人的末路。唐末有一位诗人左偃,自述他悲惨的境遇道:"谋隐谋官两无成",是用七个字道破了所谓"隐"的秘密的。

"谋隐"无成,才是沦落,可见"隐"总和享福有些相关,至少是不必十分挣扎谋生,颇有悠闲的余裕。但赞颂悠闲,鼓吹烟茗,却又是挣扎之一种,不过挣扎得隐藏一些。虽"隐",也仍然要啖饭,所以招牌还是要油漆,要保护的。泰山崩,黄河溢,隐士们目无见,耳无闻,但苟有议及自己们或他的一伙的,则虽千里之外,半句之微,他便耳聪目明,奋袂而起,好像事件之大,远胜于宇宙之灭亡者,也就为了这缘故。其实连和苍蝇也何尝有什么相关。[①]

[①] 林语堂所办的《人间世》《论语》等刊物提倡"以闲适为格调"的小品文,《人间世》的《发刊词》称,该刊内容"包括一切,宇宙之大,苍蝇之微,皆可取材"。

明白这一点，对于所谓"隐士"也就毫不诧异了，心照不宣，彼此都省事。

一月二十五日。

（本篇最初发表于 1935 年 2 月 20 日《太白》半月刊第 1 卷第 11 期，选自《且介亭杂文二集》）

"寻开心"

　　我有时候想到,忠厚老实的读者或研究者,遇见有两种人的文章,他是会吃冤枉苦头的。一种,是古里古怪的诗和尼采式的短句,以及几年前的所谓未来派的作品。这些大概是用怪字面,生句子,没意思的硬连起来的,还加上好几行很长的点线。作者本来就是乱写,自己也不知道什么意思。但认真的读者却以为里面有着深意,用心的来研究它,结果是到底莫名其妙,只好怪自己浅薄。假如你去请教作者本人罢,他一定不加解释,只是鄙夷的对你笑一笑。这笑,也就愈见其深。

　　还有一种,是作者原不过"寻开心",说的时候本来不当真,说过也就忘记了。当然和先前的主张会冲突,当然在同一篇文章里自己也会冲突。但是你应该知道作者原以为作文和吃饭不同,不必认真的。你若认真的看,只能怪自己傻。最近的例子就是悍膂先生的研究语堂先生为什么会称赞《野叟曝言》①。不错,这一部书是道学先生的悖慢淫毒心理的结晶,和"性灵"缘分浅得很,引

---

① 林语堂多次在文章中称赏《野叟曝言》,说它是"白话上等文字","可作修辞学上之妙语举例",是"我所爱读的书"。悍膂(聂绀弩)在1935年3月《太白》杂志发表《谈野叟曝言》,说此书"最方巾气""不是性灵","处处和林语堂先生底主张相反,为甚么林先生还要再三推荐呢?"

了例子比较起来,当然会显出这称赞的出人意外。但其实,恐怕语堂先生之憎"方巾气",谈"性灵",讲"潇洒",也不过对老实人"寻开心"而已,何尝真知道"方巾气"之类是怎么一回事;也许简直连他所称赞的《野叟曝言》也并没有怎么看。所以用本书和他那别的主张来比较研究,是永久不会懂的。自然,两面非常不同,这很清楚,但怎么竟至于称赞起来了呢,也还是一个"不可解"。我的意思是以为有些事情万不要想得太深,想得太忠厚,太老实,我们只要知道语堂先生那时正在崇拜袁中郎,而袁中郎也曾有过称赞《金瓶梅》的事实,就什么骇异之意也没有了。

还有一个例子。如读经,在广东,听说是从燕塘军官学校提倡起来的;去年,就有官定的小学校用的《经训读本》出版,给五年级用的第一课,却就是"孔子谓曾子曰:身体发肤,受之父母,不敢毁伤,孝之始也。……"那么,"为国捐躯"是"孝之终"么?并不然,第三课还有"模范",是乐正子春述曾子闻诸夫子之说云:"天之所生,地之所养,无人为大。父母全而生之,子全而归之,可谓孝矣。不亏其体,不辱其身,可谓全矣。故君子顷步而弗敢忘孝也。……"

还有一个最近的例子,就在三月七日的《中华日报》上。那地方记的有"北平大学教授兼女子文理学院文史系主任李季谷氏"赞成《一十宣言》①原则的谈话,末尾道:"为复兴民族之立场言,教育部应统令设法标榜岳武穆,文天祥,方孝孺等有气节之名臣勇将,俾一般高官戎将有所法式云"。

凡这些,都是以不大十分研究为是的。如果想到"全而归之"和将来的临阵冲突,或者查查岳武穆们的事实,看究竟是怎样的结果,"复兴民族"了没有,那你一定会被捉弄得发昏,其实也就是自

---

① 指1935年1月10日王新命等十教授发表的"中国本位的文化建设"宣言。

寻烦恼。语堂先生在暨南大学讲演道:"……做人要正正经经,不好走入邪道,……一走入邪道,……一定失业,……然而,作文,要幽默,和做人不同,要玩玩笑笑,寻开心,……"(据《芒种》本)这虽然听去似乎有些奇特,但其实是很可以启发人的神智的:这"玩玩笑笑,寻开心",就是开开中国许多古怪现象的锁的钥匙。

三月七日。

(本篇最初发表于 1935 年 4 月 5 日《太白》半月刊第 2 卷第 2 期,选自《且介亭杂文二集》)

论 讽 刺

我们常不免有一种先入之见,看见讽刺作品,就觉得这不是文学上的正路,因为我们先就以为讽刺并不是美德。但我们走到交际场中去,就往往可以看见这样的事实,是两位胖胖的先生,彼此弯腰拱手,满面油晃晃的正在开始他们的扳谈——

"贵姓?……"

"敝姓钱。"

"哦,久仰久仰!还没有请教台甫……"

"草字阔亭。"

"高雅高雅。贵处是……?"

"就是上海……"

"哦哦,那好极了,这真是……"

谁觉得奇怪呢?但若写在小说里,人们可就会另眼相看了,恐怕大概要被算作讽刺。有好些直写事实的作者,就这样的被蒙上了"讽刺家"——很难说是好是坏——的头衔。例如在中国,则《金瓶梅》写蔡御史的自谦和恭维西门庆道:"恐我不如安石之才,而君有王右军之高致矣!"还有《儒林外史》写范举人因为守孝,连象牙筷也不肯用,但吃饭时,他却"在燕窝碗里拣了一个大虾圆子送在嘴里",和这相似的情形是现在还可以遇见的;在外国,则如近来已被中国读者所注意了的果戈理的作品,他那《外套》(韦素园译,在《未名丛刊》中)里的大小官吏,《鼻子》(许遐译,在《译文》中)里的绅士,医生,闲人们之类的典型,是虽在中国的现在,也还可以遇见的。这分明是事实,而且是很广泛的事实,但我们皆谓之讽刺。

人大抵愿意有名,活的时候做自传,死了想有人分讣文,做行实,甚而至于还"宣付国史馆立传"。人也并不全不自知其丑,然而他不愿意改正,只希望随时消掉,不留痕迹,剩下的单是美点,如曾经施粥赈饥之类,却不是全般。"高雅高雅",他其实何尝不知道有些肉麻,不过他又知道说过就完,"本传"里决不会有,于是也就放心的"高雅"下去。如果有人记了下来,不给它消灭,他可要不高兴了。于是乎挖空心思的来一个反攻,说这些乃是"讽刺",向作者抹一脸泥,来掩藏自己的真相。但我们也每不免来不及思索,跟着说,"这些乃是讽刺呀!"上当真可是不浅得很。

同一例子的还有所谓"骂人"。假如你到四马路去,看见雉妓在拖住人,倘大声说:"野鸡在拉客",那就会被她骂你是"骂人"。骂人是恶德,于是你先就被判定在坏的一方面了;你坏,对方可就好。但事实呢,却的确是"野鸡在拉客",不过只可心里知道,说不得,在万不得已时,也只能说"姑娘勒浪①做生意",恰如对于那些弯腰拱手之辈,做起文章来,是要改作"谦以待人,虚以接物"的。——这才不是骂人,这才不是讽刺。

其实,现在的所谓讽刺作品,大抵倒是写实。非写实决不能成

---

① 勒浪,上海方言,"在"的意思。

为所谓"讽刺";非写实的讽刺,即使能有这样的东西,也不过是造谣和诬蔑而已。

三月十六日。

（本篇最初发表于1935年4月《文学》月刊第4卷第4号"文学论坛"栏,选自《且介亭杂文二集》）

在现代中国的孔夫子

新近的上海的报纸,报告着因为日本的汤岛,孔子的圣庙落成了,湖南省主席何键将军就寄赠了一幅向来珍藏的孔子的画像。老实说,中国的一般的人民,关于孔子是怎样的相貌,倒几乎是毫无所知的。自古以来,虽然每一县一定有圣庙,即文庙,但那里面大抵并没有圣像。凡是绘画,或者雕塑应该崇敬的人物时,一般是以大于常人为原则的,但一到最应崇敬的人物,例如孔夫子那样的圣人,却好像连形象也成为亵渎,反不如没有的好。这也不是没有道理的。孔夫子没有留下照相来,自然不能明白真正的相貌,文献中虽然偶有记载,但是胡说白道也说不定。若是从新雕塑的话,则除了任凭雕塑者的空想而外,毫无办法,更加放心不下。于是儒者们也终于只好采取"全部,或全无"①的勃兰特式的态度了。

然而倘是画像,却也会间或遇见的。我曾经见过三次:一次是《孔子家语》里的插画;一次是梁启超氏亡命日本时,作为横滨出版的《清议报》上的卷头画,从日本倒输入中国来的;还有一次是刻在汉朝墓石上的孔子见老子的画像。说起从这些图画上所得的孔夫子的模样的印象来,则这位先生是一位很瘦的老头子,身穿大

---

① 这是易卜生戏剧《勃兰特》主角信奉的一句格言。

袖口的长袍子,腰带上插着一把剑,或者腋下挟着一枝杖,然而从来不笑,非常威风凛凛的。假使在他的旁边侍坐,那就一定得把腰骨挺的笔直,经过两三点钟,就骨节酸痛,倘是平常人,大约总不免急于逃走的了。

后来我曾到山东旅行。在为道路的不平所苦的时候,忽然想到了我们的孔夫子。一想起那具有俨然道貌的圣人,先前便是坐着简陋的车子,颠颠簸簸,在这些地方奔忙的事来,颇有滑稽之感。这种感想,自然是不好的,要而言之,颇近于不敬,倘是孔子之徒,恐怕是决不应该发生的。但在那时候,怀着我似的不规矩的心情的青年,可是多得很。

我出世的时候是清朝的末年,孔夫子已经有了"大成至圣文宣王"这一个阔得可怕的头衔,不消说,正是圣道支配了全国的时代。政府对于读书的人们,使读一定的书,即四书和五经;使遵守一定的注释;使写一定的文章,即所谓"八股文";并且使发一定的议论。然而这些千篇一律的儒者们,倘是四方的大地,那是很知道的,但一到圆形的地球,却什么也不知道,于是和四书上并无记载的法兰西和英吉利打仗而失败了。不知道为了觉得与其拜着孔夫子而死,倒不如保存自己们之为得计呢,还是为了什么,总而言之,这回是拼命尊孔的政府和官僚先就动摇起来,用官帑大翻起洋鬼子的书籍来了。属于科学上的古典之作的,则有侯失勒的《谈天》,雷侠儿的《地学浅释》,代那的《金石识别》,到现在也还作为那时的遗物,间或躺在旧书铺子里。

然而一定有反动。清末之所谓儒者的结晶,也是代表的大学士徐桐氏出现了。他不但连算学也斥为洋鬼子的学问;他虽然承认世界上有法兰西和英吉利这些国度,但西班牙和葡萄牙的存在,是决不相信的,他主张这是法国和英国常常来讨利益,连自己也不好意思了,所以随便胡诌出来的国名。他又是一九〇〇年的有名的义和团的幕后的发动者，也是指挥者。但是义和团完全失败，徐桐氏也自杀了。政府就又以为外国的政治法律和学问技术颇有可取之处了。我的渴望到日本去留学，也就在那时候。达了目的，入学的地方，是嘉纳先生所设立的东京的弘文学院；在这里，三泽力太郎先生教我水是养气和轻气所合成，山内繁雄先生教我贝壳里的什么地方其名为"外套"。这是有一天的事情。学监大久保先生集合起大家来，说：因为你们都是孔子之徒，今天到御茶之水的孔庙里去行礼罢！我大吃了一惊。现在还记得那时心里想，正因为绝望于孔夫子和他的之徒，所以到日本来的，然而又是拜么？一时觉得很奇怪。而且发生这样感觉的，我想决不止我一个人。

但是，孔夫子在本国的不遇，也并不是始于二十世纪的。孟子批评他为"圣之时者也"，倘翻成现代语，除了"摩登圣人"实在也没有别的法。为他自己计，这固然是没有危险的尊号，但也不是十分值得欢迎的头衔。不过在实际上，却也许并不这样子。孔夫子的做定了"摩登圣人"是死了以后的事，活着的时候却是颇吃苦头的。跑来跑去，虽然曾经贵为鲁国的警视总监，而又立刻下野，失业了；并且为权臣所轻蔑，为野人所嘲弄，甚至于为暴民所包围，饿扁了肚子。弟子虽然收了三千名，中用的却只有七十二，然而真可以相信的又只有一个人。有一天，孔夫子愤慨道："道不行，乘桴浮于海，从我者，其由与？"从这消极的打算上，就可以窥见那消息。然而连这一位由，后来也因为和敌人战斗，被击断了冠缨，但真不愧为由呀，到这时候也还不忘记从夫子听来的教训，说道"君子死，冠不免"，一面系着冠缨，一面被人砍成肉酱了。连唯一可信的弟子也已经失掉，孔子自然是非常悲痛的，据说他一听到这信息，就吩咐去倒掉厨房里的肉酱云。

孔夫子到死了以后，我以为可以说是运气比较的好一点。因为他不会噜苏了，种种的权势者便用种种的白粉给他来化妆，一直抬到吓人的高度。但比起后来输入的释迦牟尼来,却实在可怜得很。诚然,每一县固然都有圣庙即文庙,可是一副寂寞的冷落的样子,一般的庶民,是决不去参拜的,要去,则是佛寺,或者是神庙。若向老百姓们问孔夫子是什么人,他们自然回答是圣人,然而这不过是权势者的留声机。他们也敬惜字纸,然而这是因为倘不敬惜字纸,会遭雷殛的迷信的缘故;南京的夫子庙固然是热闹的地方,然而这是因为另有各种玩耍和茶店的缘故。虽说孔子作《春秋》而乱臣贼子惧,然而现在的人们,却几乎谁也不知道一个笔伐了的乱臣贼子的名字。说到乱臣贼子,大概以为是曹操,但那并非圣人所教,却是写了小说和剧本的无名作家所教的。

总而言之,孔夫子之在中国,是权势者们捧起来的,是那些权势者或想做权势者们的圣人,和一般的民众并无什么关系。然而对于圣庙,那些权势者也不过一时的热心。因为尊孔的时候已经怀着别样的目的,所以目的一达,这器具就无用,如果不达呢,那可更加无用了。在三四十年以前,凡有企图获得权势的人,就是希望做官的人,都是读"四书"和"五经",做"八股",别一些人就将这些书籍和文章,统名之为"敲门砖"。这就是说,文官考试一及第,这些东西也就同时被忘却,恰如敲门时所用的砖头一样,门一开,这砖头也就被抛掉了。孔子这人,其实是自从死了以后,也总是当着"敲门砖"的差使的。

一看最近的例子,就更加明白。从二十世纪的开始以来,孔夫子的运气是很坏的,但到袁世凯时代,却又被从新记得,不但恢复了祭典,还新做了古怪的祭服,使奉祀的人们穿起来。跟着这事而出现的便是帝制。然而那一道门终于没有敲开,袁氏在门外死掉了。余剩的是北洋军阀,当觉得渐近末路时,也用它来敲过另外的幸福之门。盘据着江苏和浙江,在路上随便砍杀百姓的孙传芳将军,一面复兴了投壶之礼;钻进山东,连自己也数不清金钱和兵丁和姨太太的数目了的张宗昌将军,则重刻了《十三经》,而且把圣道看作可以由肉体关系来传染的花柳病一样的东西,拿一个孔子后裔的谁来做了自己的女婿。然而幸福之门,却仍然对谁也没有开。

这三个人,都把孔夫子当作砖头用,但是时代不同了,所以都明明白白的失败了。岂但自己失败而已呢,还带累孔子也更加陷入了悲境。他们都是连字也不大认识的人物,然而偏要大谈什么《十三经》之类,所以使人们觉得滑稽;言行也太不一致了,就更加令人讨厌。既已厌恶和尚,恨及袈裟,而孔夫子之被利用为或一目的的器具,也从新看得格外清楚起来,于是要打倒他的欲望,也就越加旺盛。所以把孔子装饰得十分尊严时,就一定有找他缺点的论文和作品出现。即使是孔夫子,缺点总也有的,在平时谁也不理会,因为圣人也是人,本是可以原谅的。然而如果圣人之徒出来胡说一通,以为圣人是这样,是那样,所以你也非这样不可的话,人们可就禁不住要笑起来了。五六年前,曾经因为公演了《子见南子》这剧本,引起过问题,①在那个剧本里,有孔夫子登场,以圣人而论,固然不免略有欠稳重和呆头呆脑的地方,然而作为一个人,倒是可爱的好人物。但是圣裔们非常愤慨,把问题一直闹到官厅里去了。因为公演的地点,恰巧是孔夫子的故乡,在那地方,圣裔们繁殖得非常多,成着使释迦牟尼和苏格拉第都自愧弗如的特权阶级。然而,那也许又正是使那里的非圣裔的青年们,不禁特地要演《子见南子》的原因罢。

中国的一般的民众,尤其是所谓愚民,虽称孔子为圣人,却不觉得他是圣人;对于他,是恭谨的,却不亲密。但我想,能像中国的

---

① 1929年山东曲阜第二师范学校学生排演林语堂所作独幕剧《子见南子》,当地孔氏族人以"侮辱宗祖孔子"为由,联名向国民党政府教育部提出控告,结果该校校长被调职。

愚民那样，懂得孔夫子的，恐怕世界上是再也没有的了。不错，孔夫子曾经计划过出色的治国的方法，但那都是为了治民众者，即权势者设想的方法，为民众本身的，却一点也没有。这就是"礼不下庶人"。成为权势者们的圣人，终于变了"敲门砖"，实在也叫不得冤枉。和民众并无关系，是不能说的，但倘说毫无亲密之处，我以为怕要算是非常客气的说法了。不去亲近那毫不亲密的圣人，正是当然的事，什么时候都可以，试去穿了破衣，赤着脚，走上大成殿去看看罢，恐怕会像误进上海的上等影戏院或者头等电车一样，立刻要受斥逐的。谁都知道这是大人老爷们的物事，虽是"愚民"，却还没有愚到这步田地的。

四月二十九日。

（本篇是作者用日文写的，最初发表于1935年6月号日本《改造》月刊，中译文原载1935年7月在日本东京出版的《杂文》月刊第2号，题为《孔夫子在现代中国》，选自《且介亭杂文二集》）

论"人言可畏"

"人言可畏"是电影明星阮玲玉①自杀之后,发见于她的遗书中的话。这哄动一时的事件,经过了一通空论,已经渐渐冷落了,只要《玲玉香消记》一停演,就如去年的艾霞自杀事件一样,完全烟消火灭。她们的死,不过像在无边的人海里添了几粒盐,虽然使扯淡的嘴巴们觉得有些味道,但不久也还是淡,淡,淡。

这句话,开初是也曾惹起一点小风波的。有评论者,说是使她自杀之咎,可见也在日报记事对于她的诉讼事件的张扬;不久就有一位记者公开的反驳,以为现在的报纸的地位,舆论的威信,可怜极了,那里还有丝毫主宰谁的运命的力量,况且那些记载,大抵采自经官的事实,绝非捏造的谣言,旧报具在,可以复按。所以阮玲玉的死,和新闻记者是毫无关系的。

这都可以算是真实话。然而——也不尽然。

现在的报章之不能像个报章,是真的;评论的不能逞心而谈,失了威力,也是真的,明眼人决不会过分的责备新闻记者。但是,新闻的威力其实是并未全盘坠地的,它对甲无损,对乙却会有伤;对强者它是弱者,但对更弱者它却还是强者,所以有时虽然吞声忍

---

① 1935 年 3 月,阮玲玉因婚姻问题受到一些报纸的毁谤,自杀身亡。

气,有时仍可以耀武扬威。于是阮玲玉之流,就成了发扬余威的好材料了,因为她颇有名,却无力。小市民总爱听人们的丑闻,尤其是有些熟识的人的丑闻。上海的街头巷尾的老虔婆,一知道近邻的阿二嫂家有野男人出入,津津乐道,但如果对她讲甘肃的谁在偷汉,新疆的谁在再嫁,她就不要听了。阮玲玉正在现身银幕,是一个大家认识的人,因此她更是给报章凑热闹的好材料,至少也可以增加一点销场。读者看了这些,有的想:"我虽然没有阮玲玉那么漂亮,却比她正经";有的想:"我虽然不及阮玲玉的有本领,却比她出身高";连自杀了之后,也还可以给人想:"我虽然没有阮玲玉的技艺,却比她有勇气,因为我没有自杀"。化几个铜元就发见了自己的优胜,那当然是很上算的。但靠演艺为生的人,一遇到公众发生了上述的前两种感想,她就够走到末路了。所以我们且不要高谈什么连自己也并不了然的社会组织或意志强弱的滥调,先来设身处地的想一想罢,那么,大概就会知道阮玲玉的以为"人言可畏",是真的,或人的以为她的自杀,和新闻记事有关,也是真的。

但新闻记者的辩解,以为记载大抵采自经官的事实,却也是真的。上海的有些介乎大报和小报之间的报章,那社会新闻,几乎大半是官司已经吃到公安局或工部局去了的案件。但有一点坏习气,是偏要加上些描写,对于女性,尤喜欢加上些描写;这种案件,是不会有名公巨卿在内的,因此也更不妨加上些描写。案中的男人的年纪和相貌,是大抵写得老实的,一遇到女人,可就要发挥才藻了,不是"徐娘半老,风韵犹存",就是"豆蔻年华,玲珑可爱"。一个女孩儿跑掉了,自奔或被诱还不可知,才子就断定道,"小姑独宿,不惯无郎",你怎么知道?一个村妇再醮了两回,原是穷乡僻壤的常事,一到才子的笔下,就又赐以大字的题目道,"奇淫不减武则天",这程度你又怎么知道?这些轻薄句子,加之村姑,大约是并无什么影响的,她不识字,她的关系人也未必看报。但对于一个智识者,尤其是对于一个出到社会上了的女性,却足够使她受伤,更不必说故意张扬,特别渲染的文字了。然而中国的习惯,这些句子是摇笔即来,不假思索的,这时不但不会想到这也是玩弄着女性,并且也不会想到自己乃是人民的喉舌。但是,无论你怎么描写,在强者是毫不要紧的,只消一封信,就会有正误或道歉接着登出来,不过无拳无勇如阮玲玉,可就正做了吃苦的材料了,她被额外的画上一脸花,没法洗刷。叫她奋斗吗?她没有机关报,怎么奋斗;有冤无头,有怨无主,和谁奋斗呢?我们又可以设身处地的想一想,那么,大概就又知她的以为"人言可畏",是真的,或人的以为她的自杀,和新闻记事有关,也是真的。

然而,先前已经说过,现在的报章的失了力量,却也是真的,不过我以为还没有到达如记者先生所自谦,竟至一钱不值,毫无责任的时候。因为它对于更弱者如阮玲玉一流人,也还有左右她命运的若干力量的,这也就是说,它还能为恶,自然也还能为善。"有闻必录"或"并无能力"的话,都不是向上的负责的记者所该采用的口头禅,因为在实际上,并不如此,——它是有选择的,有作用的。

至于阮玲玉的自杀,我并不想为她辩护。我是不赞成自杀,自己也不预备自杀的。但我的不预备自杀,不是不屑,却因为不能。凡有谁自杀了,现在是总要受一通强毅的评论家的呵斥,阮玲玉当然也不在例外。然而我想,自杀其实是不很容易,决没有我们不预备自杀的人们所渺视的那么轻而易举的。倘有谁以为容易么,那么,你倒试试看!

自然,能试的勇者恐怕也多得很,不过他不屑,因为他有对于社会的伟大的任务。那不消说,更加是好极了,但我希望大家都有一本笔记簿,写下所尽的伟大的任务来,到得有了曾孙的时候,拿出来算一算,看看怎么样。

五月五日。

(本篇最初发表于 1935 年 5 月 20 日《太白》半月刊第 2 卷第 5 期,选自《且介亭杂文二集》)

再论"文人相轻"

今年的所谓"文人相轻",不但是混淆黑白的口号,掩护着文坛的昏暗,也在给有一些人"挂着羊头卖狗肉"的。

真的"各以所长,相轻所短"的能有多少呢!我们在近几年所遇见的,有的是"以其所短,轻人所短"。例如白话文中,有些是诘屈难读的,确是一种"短",于是有人提了小品或语录,向这一点昂然进攻了,但不久就露出尾巴来,暴露了他连对于自己所提倡的文章,也常常点着破句,"短"得很。有的却简直是"以其所短,轻人所长"了。例如轻蔑"杂文"的人,不但他所用的也是"杂文",而他的"杂文",比起他所轻蔑的别的"杂文"来,还拙劣到不能相提并论。那些高谈阔论,不过是契诃夫(A. Chekhov)所指出的登了不识羞的顶颠,傲视着一切,被轻者是无福和他们比较的,更从什么地方"相"起?现在谓之"相",其实是给他们一扬,靠了这"相",也是"文人"了。然而,"所长"呢?

况且现在文坛上的纠纷,其实也并不是为了文笔的短长。文学的修养,决不能使人变成木石,所以文人还是人,既然还是人,他心里就仍然有是非,有爱憎;但又因为是文人,他的是非就愈分明,爱憎也愈热烈。从圣贤一直敬到骗子屠夫,从美人香草一直爱到麻疯病菌的文人,在这世界上是找不到的,遇见所是和所爱的,他就拥抱,遇见所非和所憎的,他就反拨。如果第三者不以为然了,可以指出他所非的其实是"是",他所憎的其实该爱来,单用了笼统的"文人相轻"这一句空话,是不能抹杀的,世间还没有这种便宜事。一有文人,就有纠纷,但到后来,谁是谁非,孰存孰亡,都无不明明白白。因为还有一些读者,他的是非爱憎,是比和事老的评论家还要清楚的。

然而,又有人来恐吓了。他说,你不怕么?古之嵇康,在柳树下打铁,钟会来看他,他不客气,问道:"何所闻而来,何所见而去?"于是得罪了钟文人,后来被他在司马懿面前搬是非,送命了。所以你无论遇见谁,应该赶紧打拱作揖,让坐献茶,连称"久仰久仰"才是。这自然也许未必全无好处,但做文人做到这地步,不是很有些近乎婊子了么?况且这位恐吓家的举例,其实也是不对的,嵇康的送命,并非为了他是傲慢的文人,大半倒因为他是曹家的女婿,即使钟会不去搬是非,也总有人去搬是非的,所谓"重赏之下,必有勇夫"者是也。

不过我在这里,并非主张文人应该傲慢,或不妨傲慢,只是说,文人不应该随和;而且文人也不会随和,会随和的,只有和事佬。但这不随和,却又并非回避,只是唱着所是,颂着所爱,而不管所非和所憎;他得像热烈地主张着所是一样,热烈地攻击着所非,像热烈地拥抱着所爱一样,更热烈地拥抱着所憎——恰如赫尔库来斯(Hercules)的紧抱了巨人安太乌斯(Antaeus)一样,因为要折断他的肋骨。

五月五日。

(本篇最初发表于1935年6月《文学》月刊第4卷第6号,选自《且介亭杂文二集》)

文坛三户

二十年来，中国已经有了一些作家，多少作品，而且至今还没有完结，所以有个"文坛"，是毫无可疑的。不过搬出去开博览会，却还得顾虑一下。

因为文字的难，学校的少，我们的作家里面，恐怕未必有村姑变成的才女，牧童化出的文豪。古时候听说有过一面看牛牧羊，一面读经，终于成了学者的人的，但现在恐怕未必有。——我说了两回"恐怕未必"，倘真有例外的天才，尚希鉴原为幸。要之，凡有弄弄笔墨的人们，他先前总有一点凭借：不是祖遗的正在少下去的钱，就是父积的还在多起来的钱。要不然，他就无缘读书识字。现在虽然有了识字运动，我也不相信能够由此运出作家来。所以这文坛，从阴暗这方面看起来，暂时大约还要被两大类子弟，就是"破落户"和"暴发户"所占据。

已非暴发，又未破落的，自然也颇有出些著作的人，但这并非第三种，不近于甲，即近于乙的，至于掏腰包印书，仗奁资出版者，那是文坛上的捐班，更不在本论范围之内。所以要说专仗笔墨的作者，首先还得求之于破落户中。他先世也许暴发过，但现在是文雅胜于算盘，家景大不如意了，然而又因此看见世态的炎凉，人生的苦乐，于是真的有些抚今追昔，"缠绵悱恻"起来。一叹天时不良,二叹地理可恶,三叹自己无能。但这无能又并非真无能,乃是自己不屑有能,所以这无能的高尚,倒远在有能之上。你们剑拔弩张,汗流浃背,到底做成了些什么呢?惟我的颓唐相,是"十年一觉扬州梦",惟我的破衣上,是"襟上杭州旧酒痕",①连懒态和污渍,也都有历史的甚深意义的。可惜俗人不懂得,于是他们的杰作上,就大抵放射着一种特别的神彩,是:"顾影自怜"。

暴发户作家的作品,表面上和破落户的并无不同。因为他意在用墨水洗去铜臭,这才爬上一向为破落户所主宰的文坛来,以自附于"风雅之林",又并不想另树一帜,因此也决不标新立异。但仔细一看,却是属于别一本户口册上的;他究竟显得浅薄,而且装腔,学样。房里会有断句的诸子,看不懂;案头也会有石印的骈文,读不断。也会嚷"襟上杭州旧酒痕"呀,但一面又怕别人疑心他穿破衣,总得设法表示他所穿的乃是笔挺的洋服或簇新的绸衫;也会说"十年一觉扬州梦"的,但其实倒是并不挥霍的好品行,因为暴发户之于金钱,觉得比懒态和污渍更有历史的甚深的意义。破落户的颓唐,是掉下来的悲声,暴发户的做作的颓唐,却是"爬上去"的手段。所以那些作品,即使摹拟到和破落户的杰作几乎相同,但一定还差一尘:他其实并不"顾影自怜",倒在"沾沾自喜"。

这"沾沾自喜"的神情,从破落户的眼睛看来,就是所谓"小家子相",也就是所谓"俗"。风雅的定律,一个人离开"本色",是就要"俗"的。不识字人不算俗,他要掉文,又掉不对,就俗;富家儿郎也不算俗,他要做诗,又做不好,就俗了。这在文坛上,向来为破落户所鄙弃。

然而破落户到了破落不堪的时候,这两户却有时可以交融起来的。如果谁有在找"词汇"的《文选》,人可以查一查,我记得里

---

① 这两句引诗,前一句见于杜牧的《遣怀》,后一句见于白居易的《故衫》。

面就有一篇弹文,所弹的乃是一个败落的世家,把女儿嫁给了暴发而冒充世家的满家子:这就足见两户的怎样反拨,也怎样的联合了。文坛上自然也有这现象;但在作品上的影响,却不过使暴发户增添一些得意之色,破落户则对于"俗"变为谦和,向别方面大谈其风雅而已:并不怎么大。

暴发户爬上文坛,固然未能免俗,历时既久,一面持筹握算,一面诵诗读书,数代以后,就雅起来,待到藏书日多,藏钱日少的时候,便有做真的破落户文学的资格了。然而时势的飞速的变化,有时能不给他这许多修养的工夫,于是暴发不久,破落随之,既"沾沾自喜",也"顾影自怜",但却又失去了"沾沾自喜"的确信,可又还没有配得"顾影自怜"的风姿,仅存无聊,连古之所谓雅俗也说不上了。向来无定名,我姑且名之为"破落暴发户"罢。这一户,此后是恐怕要多起来的。但还要有变化:向积极方面走,是恶少;向消极方面走,是瘪三。

使中国的文学有起色的人,在这三户之外。

六月六日。

(本篇最初发表于 1935 年 7 月《文学》月刊第 5 卷第 1 号,选自《且介亭杂文二集》)

从帮忙到扯淡

"帮闲文学"曾经算是一个恶毒的贬辞,——但其实是误解的。

《诗经》是后来的一部经,但春秋时代,其中的有几篇就用之于侑酒;屈原是"楚辞"的开山老祖,而他的《离骚》,却只是不得帮忙的不平。到得宋玉,就现有的作品看起来,他已经毫无不平,是一位纯粹的清客了。然而《诗经》是经,也是伟大的文学作品;屈原宋玉,在文学史上还是重要的作家。为什么呢?——就因为他究竟有文采。

中国的开国的雄主,是把"帮忙"和"帮闲"分开来的,前者参与国家大事,作为重臣,后者却不过叫他献诗作赋,"俳优蓄之",只在弄臣之例。不满于后者的待遇的是司马相如,他常常称病,不到武帝面前去献殷勤,却暗暗的作了关于封禅的文章,藏在家里,以见他也有计画大典——帮忙的本领,可惜等到大家知道的时候,他已经"寿终正寝"了。然而虽然并未实际上参与封禅的大典,司马相如在文学史上也还是很重要的作家。为什么呢?就因为他究竟有文采。

但到文雅的庸主时,"帮忙"和"帮闲"的可就混起来了,所谓国家的柱石,也常是柔媚的词臣,我们在南朝的几个末代时,可以找出这实例。然而主虽然"庸",却不"陋",所以那些帮闲者,文采却究竟还有的,他们的作品,有些也至今不灭。

谁说"帮闲文学"是一个恶毒的贬辞呢?

就是权门的清客,他也得会下几盘棋,写一笔字,画画儿,识古董,懂得些猜拳行令,打趣插科,这才能不失其为清客。也就是说,清客,还要有清客的本领的,虽然是有骨气者所不屑为,却又非搭空架者所能企及。例如李渔的《一家言》,袁枚的《随园诗话》,就不是每个帮闲都做得出来的。必须有帮闲之志,又有帮闲之才,这才是真正的帮闲。如果有其志而无其才,乱点古书,重抄笑话,吹拍名士,拉扯趣闻,而居然不顾脸皮,大摆架子,反自以为得意,——自然也还有人以为有趣,——但按其实,却不过"扯淡"而已。

帮闲的盛世是帮忙,到末代就只剩了这扯淡。

六月六日。

(本篇最初发表于1935年9月《杂文》月刊第3号,选自《且介亭杂文二集》)

逃　名

就在这几天的上海报纸上,有一条广告,题目是四个一寸见方的大字——

"看救命去!"

如果只看题目,恐怕会猜想到这是展览着外科医生对重病人施行大手术,或对淹死的人用人工呼吸,救助触礁船上的人员,挖掘崩坏的矿穴里面的工人的。但其实并不是。还是照例的"筹赈水灾游艺大会",看陈皮梅沈一呆的独脚戏,月光歌舞团的歌舞之类。诚如广告所说,"化洋五角,救人一命,……一举两得,何乐不为",钱是要拿去救命的,不过所"看"的却其实还是游艺,并不是"救命"。

有人说中国是"文字国",有些像,却还不充足,中国倒该说是最不看重文字的"文字游戏国",一切总爱玩些实际以上花样,把字和词的界说,闹得一团糟,弄到暂时非把"解放"解作"孥戮","跳舞"解作"救命"不可。捣一场小乱子,就是伟人,编一本教科书,就是学者,造几条文坛消息,就是作家。于是比较自爱的人,一听到这些冠冕堂皇的名目就骇怕了,竭力逃避。逃名,其实是爱名的,逃的是这一团糟的名,不愿意酱在那里面。

天津《大公报》的副刊《小公园》,近来是标榜了重文不重名的。这见识很确当。不过也偶有"老作家"的作品,那当然为了作

品好,不是为了名。然而八月十六日那一张上,却发表了很有意思的"许多前辈作家附在来稿后面的叮嘱":

"把我这文章放在平日,我愿意那样,我骄傲那样。我和熟人的名字并列得厌倦了,我愿着挤在虎生生的新人群里,因为许多时候他们的东西来得还更新鲜。"

这些"前辈作家"们好像都撒了一点谎。"熟",是不至于招致"厌倦"的。我们一离乳就吃饭或面,直到现在,可谓熟极了,却还没有厌倦。这一点叮嘱,如果不是编辑先生玩的双簧的花样,也不是前辈作家玩的借此"返老还童"的花样,那么,这所证明的是:所谓"前辈作家"也者,有一批是盗名的,因此使别一批羞与为伍,觉得和"熟人的名字并列得厌倦",决计逃走了。

从此以后,他们只要"挤在虎生生的新人群里"就舒舒服服,还是作品也就"来得还更新鲜"了呢,现在很难测定。逃名,固然也不能说是豁达,但有去就,有爱憎,究竟总不失为洁身自好之士。《小公园》里,已经有人在现身说法了,而上海滩上,却依然有人在"掏腰包",造消息,或自称"言行一致",或大呼"冤哉枉也",或拖明朝死尸搭台,或请现存古人喝道,或自收自己的大名入辞典中,定为"中国作家",或自编自己的作品入画集里,名曰"现代杰作"——忙忙碌碌,鬼鬼祟祟,煞是好看。

作家一排一排的坐着,将来使人笑,使人怕,还是使人"厌倦"呢?——现在也很难测定。但若据"前车之鉴",则"后之视今,亦犹今之视昔",大约也还不免于"悲夫"的了!

八月二十三日。

(本篇最初发表于1935年9月5日《太白》半月刊第2卷第12期,选自《且介亭杂文二集》)

"题未定"草

六

记得T君曾经对我谈起过：我的《集外集》出版之后，施蛰存先生曾在什么刊物上有过批评，以为这本书不值得付印，最好是选一下。我至今没有看到那刊物；但从施先生的推崇《文选》和手定《晚明二十家小品》的功业，以及自标"言行一致"的美德推测起来，这也正像他的话。好在我现在并不要研究他的言行，用不着多管这些事。

《集外集》的不值得付印，无论谁说，都是对的。其实岂只这一本书，将来重开四库馆时，恐怕我的一切译作，全在排除之列；虽是现在，天津图书馆的目录上，在《呐喊》和《彷徨》之下，就注着一个"销"字，"销"者，销毁之谓也；梁实秋教授充当什么图书馆主任时，听说也曾将我的许多译作驱逐出境①。但从一般的情形而论，目前的出版界，却实在并不十分谨严，所以印了我的一本《集外集》，似乎也算不得怎么特别糟蹋了纸墨。至于选本，我倒以为是

---

① 指1930年前后梁实秋任青岛大学图书馆主任时取缔馆藏的鲁迅所译《文艺政策》。

弊多利少的,记得前年就写过一篇《选本》,说明着自己的意见,后来就收在《集外集》中。

自然,如果随便玩玩,那是什么选本都可以的,《文选》好,《古文观止》也可以。不过倘要研究文学或某一作家,所谓"知人论世",那么,足以应用的选本就很难得。选本所显示的,往往并非作者的特色,倒是选者的眼光。眼光愈锐利,见识愈深广,选本固然愈准确,但可惜的是大抵眼光如豆,抹杀了作者真相的居多,这才是一个"文人浩劫"。例如蔡邕,选家大抵只取他的碑文,使读者仅觉得他是典重文章的作手,必须看见《蔡中郎集》里的《述行赋》(也见于《续古文苑》),那些"穷工巧于台榭兮,民露处而寝湿,委嘉谷于禽兽兮,下糠秕而无粒"(手头无书,也许记错,容后订正)的句子,才明白他并非单单的老学究,也是一个有血性的人,明白那时的情形,明白他确有取死之道。又如被选家录取了《归去来辞》和《桃花源记》,被论客赞赏着"采菊东篱下,悠然见南山"的陶潜先生,在后人的心目中,实在飘逸得太久了,但在全集里,他却有时很摩登,"愿在丝而为履,附素足以周旋,悲行止之有节,空委弃于床前",竟想摇身一变,化为"阿呀呀,我的爱人呀"的鞋子,虽然后来自说因为"止于礼义",未能进攻到底,但那些胡思乱想的自白,究竟是大胆的。就是诗,除论客所佩服的"悠然见南山"之外,也还有"精卫衔微木,将以填沧海,刑天舞干戚,猛志固常在"之类的"金刚怒目"式,在证明着他并非整天整夜的飘飘然。这"猛志固常在"和"悠然见南山"的是一个人,倘有取舍,即非全人,再加抑扬,更离真实。譬如勇士,也战斗,也休息,也饮食,自然也性交,如果只取他末一点,画起像来,挂在妓院里,尊为性交大师,那当然也不能说是毫无根据的,然而,岂不冤哉!我每见近人的称引陶渊明,往往不禁为古人惋惜。

这也是关于取用文学遗产的问题,潦倒而至于昏聩的人,凡是好的,他总归得不到。前几天,看见《时事新报》的《青光》上,引过林语堂先生的话,原文抛掉了,大意是说:老庄是上流,泼妇骂街之类是下流,他都要看,只有中流,剽上窃下,最无足观。如果我所记忆的并不错,那么,这真不但宣告了宋人语录,明人小品,下至《论语》,《人间世》,《宇宙风》这些"中流"作品的死刑,也透彻的表白了其人的毫无自信。不过这还是空腹高心之谈,因为虽是"中流",也并不一概,即使同是剽窃,有取了好处的,有取了无用之处的,有取了坏处的,到得"中流"的下流,他就连剽窃也不会,"老庄"不必说了,虽是明清的文章,又何尝真的看得懂。

标点古文,不但使应试的学生为难,也往往害得有名的学者出丑,乱点词曲,拆散骈文的美谈,已经成为陈迹,也不必回顾了;今年出了许多廉价的所谓珍本书,都有名家标点,关心世道者愁然忧之,以为足煽复古之焰。我却没有这么悲观,化国币一元数角,买了几本,既读古之中流的文章,又看今之中流的标点;今之中流,未必能懂古之中流的文章的结论,就从这里得来的。

例如罢,——这种举例,是很危险的,从古到今,文人的送命,往往并非他的什么"意德沃罗基"①的悖谬,倒是为了个人的私仇居多。然而这里仍得举,因为写到这里,必须有例,所谓"箭在弦上,不得不发"者是也。但经再三忖度,决定"姑隐其名",或者得免于难欤,这是我在利用中国人只顾空面子的缺点。

例如罢,我买的"珍本"之中,有一本是张岱的《琅嬛文集》,"特印本实价四角";据"乙亥十月,卢前冀野父"跋,是"化峭僻之途为康庄"的,但照标点看下去,却并不十分"康庄"。标点,对于五言或七言诗最容易,不必文学家,只要数学家就行,乐府就不大"康庄"了,所以卷二的《景清刺》里,有了难懂的句子:

---

① 德语 Ideologie 的音译,即"意识形态"。

> "……佩铅刀。藏膝髁。太史奏。机谋破。不称王向前。坐对御衣含血唾。……"

琅琅可诵,韵也押的,不过"不称王向前"这一句总有些费解。看看原序,有云:"清知事不成。跃而询上。大怒曰。毋谓我王。即王敢尔耶。清曰。今日之号。尚称王哉。命抉其齿。王且询。则含血前。渀御衣。上益怒。剥其肤。……"(标点悉遵原本)那么,诗该是"不称王,向前坐"了,"不称王"者,"尚称王哉"也;"向前坐"者,"则含血前"也。而序文的"跃而询上。大怒曰",恐怕也该是"跃而询。上大怒曰"才合式,据作文之初阶,观下文之"上益怒",可知也矣。

纵使明人小品如何"本色",如何"性灵",拿它乱玩究竟还是不行的,自误事小,误人可似乎不大好。例如卷六的《琴操》《脊令操》序里,有这样的句子:

> "秦府僚属。劝秦王世民。行周公之事。伏兵玄武门。射杀建成元吉魏征。伤亡作。"

文章也很通,不过一翻《唐书》,就不免觉得魏征实在射杀得冤枉,他其实是秦王世民做了皇帝十七年之后,这才病死的。所以我们没有法,这里只好点作"射杀建成元吉,魏征伤亡作"。明明是张岱作的《琴操》,怎么会是魏征作呢,索性也将他射杀干净,固然不能说没有道理,不过"中流"文人,是常有拟作的,例如韩愈先生,就替周文王说过"臣罪当诛兮天王圣明",所以在这里,也还是以"魏征伤亡作"为稳当。

我在这里也犯了"文人相轻"罪,其罪状曰"吹毛求疵"。但我想"将功折罪"的,是证明了有些名人,连文章也看不懂,点不断,如果选起文章来,说这篇好,那篇坏,实在不免令人有些毛骨悚然,所以认真读书的人,一不可倚仗选本,二不可凭信标点。

七

　　还有一样最能引读者入于迷途的,是"摘句"。它往往是衣裳上撕下来的一块绣花,经摘取者一吹嘘或附会,说是怎样超然物外,与尘浊无干,读者没有见过全体,便也被他弄得迷离惝恍。最显著的便是上文说过的"悠然见南山"的例子,忘记了陶潜的《述酒》和《读山海经》等诗,捏成他单是一个飘飘然,就是这摘句作怪。新近在《中学生》的十二月号上,看见了朱光潜先生的《说'曲终人不见,江上数峰青'》的文章,推这两句为诗美的极致,我觉得也未免有以割裂为美的小疵。他说的好处是:

　　"我爱这两句诗,多少是因为它对于我启示了一种哲学的意蕴。'曲终人不见'所表现的是消逝,'江上数峰青'所表现的是永恒。可爱的乐声和奏乐者虽然消逝了,而青山却巍然如旧,永远可以让我们把心情寄托在它上面。人到底是怕凄凉的,要求伴侣的。曲终了,人去了,我们一霎时以前所游目骋怀的世界猛然间好像从脚底倒塌去了。这是人生最难堪的一件事,但是一转眼间我们看到江上青峰,好像又找到另一个可亲的伴侣,另一个可托足的世界,而且它永远是在那里的。'山穷水尽疑无路,柳暗花明又一村',此种风味似之。不仅如此,人和曲果真消逝了么?这一曲缠绵悱恻的音乐没有惊动山灵?它没有传出江上青峰的妩媚和严肃?它没有深深地印在这妩媚和严肃里面?反正青山和湘灵的瑟声已发生这么一回的因缘,青山永在,瑟声和鼓瑟的人也就永在了。"

　　这确已说明了他的所以激赏的原因。但也没有尽。读者是种种不同的,有的爱读《江赋》和《海赋》,有的欣赏《小园》或《枯树》。

后者是徘徊于有无生灭之间的文人,对于人生,既惮扰攘,又怕离去,懒于求生,又不乐死,实有太板,寂绝又太空,疲倦得要休息,而休息又太凄凉,所以又必须有一种抚慰。于是"曲终人不见"之外,如"只在此山中,云深不知处"或"笙歌归院落,灯火下楼台"之类,就往往为人所称道。因为眼前不见,而远处却在,如果不在,便悲哀了,这就是道士之所以说"至心归命礼,玉皇大天尊!"也。

抚慰劳人的圣药,在诗,用朱先生的话来说,是"静穆":

"艺术的最高境界都不在热烈。就诗人之所以为人而论,他所感到的欢喜和愁苦也许比常人所感到的更加热烈。就诗人之所以为诗人而论,热烈的欢喜或热烈的愁苦经过诗表现出来以后,都好比黄酒经过长久年代的储藏,失去它的辣性,只剩一味醇朴。我在别的文章里曾经说过这一段话:'懂得这个道理,我们可以明白古希腊人何以把和平静穆看作诗的极境,把诗神亚波罗摆在蔚蓝的山巅,俯瞰众生扰攘,而眉宇间却常如作甜蜜梦,不露一丝被扰动的神色?'这里所谓'静穆'(Serenity)自然只是一种最高理想,不是在一般诗里所能找得到的。古希腊——尤其是古希腊的造形艺术——常使我们觉到这种'静穆'的风味。'静穆'是一种豁然大悟,得到归依的心情。它好比低眉默想的观音大士,超一切忧喜。同时你也可说它泯化一切忧喜。这种境界在中国诗里不多见。屈原阮籍李白杜甫都不免有些像金刚怒目,愤愤不平的样子。陶潜浑身是'静穆',所以他伟大。"

古希腊人,也许把和平静穆看作诗的极境的罢,这一点我毫无知识。但以现存的希腊诗歌而论,荷马的史诗,是雄大而活泼的,沙孚①的恋歌,是明白而热烈的,都不静穆。我想,立"静穆"为诗

---

① 通译萨福,约公元前6世纪时的古希腊女诗人。

的极境，而此境不见于诗，也许和立蛋形为人体的最高形式，而此形终不见于人一样。至于亚波罗之在山巅，那可因为他是"神"的缘故，无论古今，凡神像，总是放在较高之处的。这像，我曾见过照相，睁着眼睛，神清气爽，并不像"常如作甜蜜梦"。不过看见实物，是否"使我们觉到这种'静穆'的风味"，在我可就很难断定了，但是，倘使真的觉得，我以为也许有些因为他"古"的缘故。

我也是常常徘徊于雅俗之间的人，此刻的话，很近于大煞风景，但有时却自以为颇"雅"的：间或喜欢看看古董。记得十多年前，在北京认识了一个土财主，不知怎么一来，他也忽然"雅"起来了，买了一个鼎，据说是周鼎，真是土花斑驳，古色古香。而不料过不几天，他竟叫铜匠把它的土花和铜绿擦得一干二净，这才摆在客厅里，闪闪的发着铜光。这样的擦得精光的古铜器，我一生中还没有见过第二个。一切"雅士"，听到的无不大笑，我在当时，也不禁由吃惊而失笑了，但接着就变成肃然，好像得了一种启示。这启示并非"哲学的意蕴"，是觉得这才看见了近于真相的周鼎。鼎在周朝，恰如碗之在现代，我们的碗，无整年不洗之理，所以鼎在当时，一定是干干净净，金光灿烂的，换了术语来说，就是它并不"静穆"，倒有些"热烈"。这一种俗气至今未脱，变化了我衡量古美术的眼光，例如希腊雕刻罢，我总以为它现在之见得"只剩一味醇朴"者，原因之一，是在曾埋土中，或久经风雨，失去了锋棱和光泽的缘故，雕造的当时，一定是崭新，雪白，而且发闪的，所以我们现在所见的希腊之美，其实并不准是当时希腊人之所谓美，我们应该悬想它是一件新东西。

凡论文艺，虚悬了一个"极境"，是要陷入"绝境"的，在艺术，会迷惘于土花，在文学，则被拘迫而"摘句"。但"摘句"又大足以困人，所以朱先生就只能取钱起的两句，而踢开他的全篇，又用这两句来概括作者的全人，又用这两句来打杀了屈原，阮籍，李白，杜甫等辈，以为"都不免有些像金刚怒目，愤愤不平的样子"。其实是他们四位,都因为垫高朱先生的美学说,做了冤屈的牺牲的。

我们现在先来看一看钱起的全篇罢:

省试湘灵鼓瑟

善鼓云和瑟,常闻帝子灵。冯夷空自舞,楚客不堪听。苦调凄金石,清音入杳冥。苍梧来怨慕,白芷动芳馨。流水传湘浦,悲风过洞庭。曲终人不见,江上数峰青。

要证成"醇朴"或"静穆",这全篇实在是不宜称引的,因为中间的四联,颇近于所谓"衰飒"。但没有上文,末两句便显得含胡,不过这含胡,却也许又是称引者之所谓超妙。现在一看题目,便明白"曲终"者结"鼓瑟","人不见"者点"灵"字,"江上数峰青"者做"湘"字,全篇虽不失为唐人的好试帖,但末两句也并不怎么神奇了。况且题上明说是"省试",当然不会有"愤愤不平的样子",假使屈原不和椒兰吵架,却上京求取功名,我想,他大约也不至于在考卷上大发牢骚的,他首先要防落第。

我们于是应该再来看看这《湘灵鼓瑟》的作者的另外的诗了。但我手头也没有他的诗集,只有一部《大历诗略》,也是迂夫子的选本,不过篇数却不少,其中有一首是:

下第题长安客舍

不遂青云望,愁看黄鸟飞。梨花寒食夜,客子未春衣。
世事随时变,交情与我违。空余主人柳,相见却依依。

一落第,在客栈的墙壁上题起诗来,他就不免有些愤愤了,可见那一首《湘灵鼓瑟》,实在是因为题目,又因为省试,所以只好如此圆转活脱。他和屈原,阮籍,李白,杜甫四位,有时都不免是怒目金刚,但就全体而论,他长不到丈六[①]。

---

① 佛家语,指佛的身量。晋袁宏《后汉书·明帝纪》:"佛身长一丈六尺。"

世间有所谓"就事论事"的办法,现在就诗论诗,或者也可以说是无碍的罢。不过我总以为倘要论文,最好是顾及全篇,并且顾及作者的全人,以及他所处的社会状态,这才较为确凿。要不然,是很容易近乎说梦的。但我也并非反对说梦,我只主张听者心里明白所听的是说梦,这和我劝那些认真的读者不要专凭选本和标点本为法宝来研究文学的意思,大致并无不同。自己放出眼光看过较多的作品,就知道历来的伟大的作者,是没有一个"浑身是'静穆'"的。陶潜正因为并非"浑身是'静穆',所以他伟大"。现在之所以往往被尊为"静穆",是因为他被选文家和摘句家所缩小,凌迟了。

八

现在还在流传的古人文集,汉人的已经没有略存原状的了,魏的嵇康,所存的集子里还有别人的赠答和论难,晋的阮籍,集里也有伏义的来信,大约都是很古的残本,由后人重编的。《谢宣城集》虽然只剩了前半部,但有他的同僚一同赋咏的诗。我以为这样的集子最好,因为一面看作者的文章,一面又可以见他和别人的关系,他的作品,比之同咏者,高下如何,他为什么要说那些话……现在采取这样的编法的,据我所知道,则《独秀文存》,也附有和所存的"文"相关的别人的文字。

那些了不得的作家,谨严入骨,惜墨如金,要把一生的作品,只删存一个或者三四个字,刻之泰山顶上,"传之其人",那当然听他自己的便,还有鬼蜮似的"作家",明明有天兵天将保佑,姓名大可公开,他却偏要躲躲闪闪,生怕他的"作品"和自己的原形发生关系,随作随删,删到只剩下一张白纸,到底什么也没有,那当然也听他自己的便。如果多少和社会有些关系的文字,我以为是都应该集印的,其中当然夹杂着许多废料,所谓"榛楛弗剪",然而这才是深山大泽。现在已经不像古代,要手抄,要木刻,只要用铅字一排就够。虽说排印,糟蹋纸墨自然也还是糟蹋纸墨的,不过只要一想连杨邨人之流的东西也还在排印,那就无论什么都可以闭着眼睛发出去了。中国人常说"有一利必有一弊",也就是"有一弊必有一利":揭起小无耻之旗,①固然要引出无耻群,但使谦让者泼剌起来,却是一利。

收回了谦让的人,在实际上也并不少,但又是所谓"爱惜自己"的居多。"爱惜自己"当然并不是坏事情,至少,他不至于无耻,然而有些人往往误认"装点"和"遮掩"为"爱惜"。集子里面,有兼收"少作"的,然而偏去修改一下,在孩子的脸上,种上一撮白胡须;也有兼收别人之作的,然而又大加拣选,决不取谩骂诬蔑的文章,以为无价值。其实是这些东西,一样的和本文都有价值的,即使那力量还不够引出无耻群,但倘和有价值的本文有关,这就是它在当时的价值。中国的史家是早已明白了这一点的,所以历史里大抵有循吏传,隐逸传,却也有酷吏传和佞幸传,有忠臣传,也有奸臣传。因为不如此,便无从知道全般。

而且一任鬼蜮的技俩随时消灭,也不能洞晓反鬼蜮者的人和文章。山林隐逸之作不必论,倘使这作者是身在人间,带些战斗性的,那么,他在社会上一定有敌对。只是这些敌对决不肯自承,时时撒娇道:"冤乎枉哉,这是他把我当作假想敌了呀!"可是留心一看,他的确在放暗箭,一经指出,这才改为明枪,但又说这是因为被诬为"假想敌"的报复。所用的技俩,也是决不肯任其流传的,不但事后要它消灭,就是临时也在躲闪;而编集子的人又不屑收录。于是到得后来,就只剩了一面的文章了,无可对比,当时的抗战之

---

① 1932年2月杨邨人曾在《现代》月刊发表《揭起小资产阶级革命文学之旗》的文章。

作,就都好像无的放矢,独个人在向着空中发疯。我尝见人评古人的文章,说谁是"锋棱太露",谁又是"剑拔弩张",就因为对面的文章,完全消灭了的缘故,倘在,是也许可以减去评论家几分懵懂的。所以我以为此后该有博采种种所谓无价值的别人的文章,作为附录的集子。以前虽无成例,却是留给后来的宝贝,其功用与铸了魑魅罔两的形状的禹鼎相同。

就是近来的有些期刊,那无聊,无耻与下流,也是世界上不可多得的物事,然而这又确是现代中国的或一群人的"文学",现在可以知今,将来可以知古,较大的图书馆,都必须保存的。但记得C君曾经告诉我,不但这些,连认真切实的期刊,也保存的很少,大抵只在把外国的杂志,一大本一大本的装起来:还是生着"贵古而贱今,忽近而图远"的老毛病。

九

仍是上文说过的所谓《珍本丛书》之一的张岱《琅嬛文集》,那卷三的书牍类里,有《又与毅儒八弟》的信,开首说:

"前见吾弟选《明诗存》,有一字不似钟谭者,必弃置不取;今几社诸君子盛称王李,痛骂钟谭,而吾弟选法又与前一变,有一字似钟谭者,必弃置不取。钟谭之诗集,仍此诗集,吾弟手眼,仍此手眼,而乃转若飞蓬,捷如影响,何胸无定识,目无定见,口无定评,乃至斯极耶?盖吾弟喜钟谭时,有钟谭之好处,尽有钟谭之不好处,彼盖玉常带璞,原不该尽视为连城;吾弟恨钟谭时,有钟谭之不好处,仍有钟谭之好处,彼盖瑕不掩瑜,更不可尽弃为瓦砾。吾弟勿以几社君了之言,横据胸中,虚心平气,细细论之,则其妍丑自见,奈何以他人好尚为好尚哉!……"

这是分明的画出随风转舵的选家的面目,也指证了选本的难以凭信的。张岱自己,则以为选文造史,须无自己的意见,他在《与李砚翁》的信里说:"弟《石匮》一书,泚笔四十余载,心如止水秦铜,并不自立意见,故下笔描绘,妍媸自见,敢言刻划,亦就物肖形而已。……"然而心究非镜,也不能虚,所以立"虚心平气"为选诗的极境,"并不自立意见"为作史的极境者,也像立"静穆"为诗的极境一样,在事实上不可得。数年前的文坛上所谓"第三种人"杜衡辈,标榜超然,实为群丑,不久即本相毕露,知耻者皆羞称之,无待这里多说了;就令自觉不怀他意,屹然中立如张岱者,其实也还是偏倚的。他在同一信中,论东林①云:

"……夫东林自顾泾阳讲学以来,以此名目,祸我国家者八九十年,以其党升沉,用占世数兴败,其党盛则为终南之捷径,其党败则为元祐之党碑。……盖东林首事者实多君子,窜入者不无小人,拥戴者皆为小人,招徕者亦有君子,此其间线索甚清,门户甚迥。……东林之中,其庸庸碌碌者不必置论,如贪婪强横之王图,奸险凶暴之李三才,闯贼首辅之项煜,上笺劝进之周钟,以致窜入东林,乃欲俱奉之以君子,则吾臂可断,决不敢徇情也。东林之尤可丑者,时敏之降闯贼曰,'吾东林时敏也',以冀大用。鲁王监国,蕞尔小朝廷,科道任孔当辈犹曰,'非东林不可进用'。则是东林二字,直与蕞尔鲁国及汝偕亡者。手刃此辈,置之汤镬,出薪真不可不猛也。……"

这真可谓"词严义正"。所举的群小,也都确实的,尤其是时

---

① 指明末东林党。主要人物有顾宪成、高攀龙等。他们聚集于无锡东林书院讲学,议论时政,批评人物,并与一部分比较正直的官员互通声气,形成了以上层知识分子为主的政治集团。后遭宦官魏忠贤镇压,数百人被杀。

敏,虽在三百年后,也何尝无此等人,真令人惊心动魄。然而他的严责东林,是因为东林党中也有小人,古今来无纯一不杂的君子群,于是凡有党社,必为自谓中立者所不满,就大体而言,是好人多还是坏人多,他就置之不论了。或者还更加一转云:东林虽多君子,然亦有小人,反东林者虽多小人,然亦有正士,于是好像两面都有好有坏,并无不同,但因东林世称君子,故有小人即可丑,反东林者本为小人,故有正士则可嘉,苛求君子,宽纵小人,自以为明察秋毫,而实则反助小人张目。倘说:东林中虽亦有小人,然多数为君子,反东林者虽亦有正士,而大抵是小人。那么,斤量就大不相同了。

谢国桢先生作《明清之际党社运动考》,钩索文籍,用力甚勤,叙魏忠贤两次虐杀东林党人毕,说道:"那时候,亲戚朋友,全远远的躲避,无耻的士大夫,早投降到魏党的旗帜底下了。说一两句公道话,想替诸君子帮忙的,只有几个书呆子,还有几个老百姓。"

这说的是魏忠贤使缇骑捕周顺昌,被苏州人民击散的事。诚然,老百姓虽然不读诗书,不明史法,不解在瑜中求瑕,屎里觅道,但能从大概上看,明黑白,辨是非,往往有决非清高通达的士大夫所可几及之处的。刚刚接到本日的《大美晚报》,有"北平特约通讯",记学生游行[①],被警察水龙喷射,棍击刀砍,一部分则被闭于城外,使受冻馁,"此时燕冀中学师大附中及附近居民纷纷组织慰劳队,送水烧饼馒头等食物,学生略解饥肠……"谁说中国的老百姓是庸愚的呢,被愚弄诓骗压迫到现在,还明白如此。张岱又说:"忠臣义士多见于国破家亡之际,如敲石出火,一闪即灭,人主不急起收之,则火种绝矣。"(《越绝诗小序》)他所指的"人主"是明太祖,和现在的情景不相符。

---

① 指1935年"一二·九"学生运动。

石在，火种是不会绝的。但我要重申九年前的主张：不要再请愿！

十二月十八—十九夜。

(本篇第六、七节最初发表于 1936 年 1 月《海燕》月刊第 1 期，八、九节发表于最初同年 2 月《海燕》第 2 期，选自《且介亭杂文二集》)

登错的文章

印给少年们看的刊物上,现在往往见有描写岳飞呀,文天祥呀的故事文章。自然,这两位,是给中国人挣面子的,但来做现在的少年们的模范,却似乎迂远一点。

他们俩,一位是文官,一位是武将,倘使少年们受了感动,要来模仿他,他就先得在普通学校卒业之后,或进大学,再应文官考试,或进陆军学校,做到将官,于是武的呢,准备被十二金牌召还,死在牢狱里;文的呢,起兵失败,死在蒙古人的手中。

宋朝怎么样呢?有历史在,恕不多谈。

不过这两位,却确可以励现任的文官武将,愧前任的降将逃官,我疑心那些故事,原是为办给大人老爷们看的刊物而作的文字,不知怎么一来,却错登在少年读物上面了,要不然,作者是决不至于如此低能的。

(本篇最初发表于1936年2月《海燕》月刊第2期,选自《且介亭杂文末编》)

半夏小集

一

　　A： 你们大家来品评一下罢，B竟蛮不讲理的把我的大衫剥去了！
　　B： 因为A还是不穿大衫好看。我剥它掉，是提拔他；要不然，我还不屑剥呢。
　　A： 不过我自己却以为还是穿着好……
　　C： 现在东北四省失掉了，你漫不管，只嚷你自己的大衫，你这利己主义者，你这猪猡！
　　C太太： 他竟毫不知道B先生是合作的好伴侣，这昏蛋！

二

　　用笔和舌，将沦为异族的奴隶之苦告诉大家，自然是不错的，但要十分小心，不可使大家得着这样的结论："那么，到底还不如我们似的做自己人的奴隶好。"

三

"联合战线"①之说一出,先前投敌的一批"革命作家",就以"联合"的先觉者自居,渐渐出现了。纳款,通敌的鬼蜮行为,一到现在,就好像都是"前进"的光明事业。

四

这是明亡后的事情。

凡活着的,有些出于心服,多数是被压服的。但活得最舒服横恣的是汉奸;而活得最清高,被人尊敬的,是痛骂汉奸的逸民。后来自己寿终林下,儿子已不妨应试去了,而且各有一个好父亲。至于默默抗战的烈士,却很少能有一个遗孤。

我希望目前的文艺家,并没有古之逸民气。

五

A: B,我们当你是一个可靠的好人,所以几种关于革命的事情,都没有瞒了你。你怎么竟向敌人告密去了?

B: 岂有此理!怎么是告密!我说出来,是因为他们问了我呀。

A: 你不能推说不知道吗?

B: 什么话!我一生没有说过谎,我不是这种靠不住的人!

---

① 指抗日民族统一战线。

六

A：阿呀,B 先生,三年不见了！你对我一定失望了罢？……

B：没有的事……为什么？

A：我那时对你说过,要到西湖上去做二万行的长诗,直到现在,一个字也没有,哈哈哈！

B：哦,……我可并没有失望。

A：您的"世故"可是进步了,谁都知道您记性好,"责人严",不会这么随随便便的,您现在也学会了说谎。

B：我可并没有说谎。

A：那么,您真的对我没有失望吗？

B：唔,无所谓失不失望,因为我根本没有相信过你。

七

庄生以为"在上为乌鸢食,在下为蝼蚁食",死后的身体,大可随便处置,因为横竖结果都一样。

我却没有这么旷达。假使我的血肉该喂动物,我情愿喂狮虎鹰隼,却一点也不给癞皮狗们吃。

养肥了狮虎鹰隼,它们在天空,岩角,大漠,丛莽里是伟美的壮观,捕来放在动物园里,打死制成标本,也令人看了神旺,消去鄙吝的心。

但养胖一群癞皮狗,只会乱钻,乱叫,可多么讨厌！

八

琪罗编辑圣·蒲孚①的遗稿,名其一部为《我的毒》(Mes Poisons);我从日译本上,看见了这样的一条:

"明言着轻蔑什么人,并不是十足的轻蔑。惟沉默是最高的轻蔑。——我在这里说,也是多余的。"

诚然,"无毒不丈夫",形诸笔墨,却还不过是小毒。最高的轻蔑是无言,而且连眼珠也不转过去。

九

作为缺点较多的人物的模特儿,被写入一部小说里,这人总以为是晦气的。

殊不知这并非大晦气,因为世间实在还有写不进小说里去的人。倘写进去,而又逼真,这小说便被毁坏。

譬如画家,他画蛇,画鳄鱼,画龟,画果子壳,画字纸篓,画垃圾堆,但没有谁画毛毛虫,画癞头疮,画鼻涕,画大便,就是一样的道理。

有人一知道我是写小说的,便回避我,我常想这样的劝止他,但可惜我的毒还不到这程度。

(本篇最初发表于1936年10月《作家》月刊第2卷第1期,选自《且介亭杂文末编》)

---

① 通译圣佩韦,法国文艺批评家。

文艺与政治的歧途

——十二月二十一日在上海暨南大学讲

我是不大出来讲演的；今天到此地来，不过因为说过了好几次，来讲一回也算了却一件事。我所以不出来讲演，一则没有什么意见可讲，二则刚才这位先生说过，在座的很多读过我的书，我更不能讲什么。书上的人大概比实物好一点，《红楼梦》里面的人物，像贾宝玉林黛玉这些人物，都使我有异样的同情；后来，考究一些当时的事实，到北京后，看看梅兰芳姜妙香扮的贾宝玉林黛玉，觉得并不怎样高明。

我没有整篇的鸿论，也没有高明的见解，只能讲讲我近来所想到的。我每每觉到文艺和政治时时在冲突之中；文艺和革命原不是相反的，两者之间，倒有不安于现状的同一。惟政治是要维持现状，自然和不安于现状的文艺处在不同的方向。不过不满意现状的文艺，直到十九世纪以后才兴起来，只有一段短短历史。政治家最不喜欢人家反抗他的意见，最不喜欢人家要想，要开口。而从前的社会也的确没有人想过什么，又没有人开过口。且看动物中的猴子，它们自有它们的首领；首领要它们怎样，它们就怎样。在部落里，他们有一个酋长，他们跟着酋长走，酋长的吩咐，就是他们的标准。酋长要他们死，也只好去死。那时没有什么文艺，即使有，也不过赞美上帝(还没有后人所谓 God① 那么玄妙)罢了！那里会有自由思想？后来,一个部落一个部落你吃我吞,渐渐扩大起来,所谓大国,就是吞吃那多多少少的小部落；一到了大国,内部情形就复杂得多,夹着许多不同的思想,许多不同的问题。这时,文艺也起来了,和政治不断地冲突；政治想维系现状使它统一,文艺催促社会进化使它渐渐分离；文艺虽使社会分裂,但是社会这样才进步起来。文艺既然是政治家的眼中钉,那就不免被挤出去。外国许多文学家,在本国站不住脚,相率亡命到别个国度去；这个方法,就是"逃"。要是逃不掉,那就被杀掉,割掉他的头；割掉头那是最好的方法,既不会开口,又不会想了。俄国许多文学家,受到这个结果,还有许多充军到冰雪的西伯利亚去。

有一派讲文艺的,主张离开人生,讲些月呀花呀鸟呀的话(在中国又不同,有国粹的道德,连花呀月呀都不许讲,当作别论),或者专讲"梦",专讲些将来的社会,不要讲得太近。这种文学家,他们都躲在象牙之塔里面；但是"象牙之塔"毕竟不能住得很长久的呀！象牙之塔总是要安放在人间,就免不掉还要受政治的压迫。打起仗来,就不能不逃开去。北京有一班文人,顶看不起描写社会的文学家,他们想,小说里面连车夫的生活都可以写进去,岂不把小说应该写才子佳人一首诗生爱情的定律都打破了吗？现在呢,他们也不能做高尚的文学家了,还是要逃到南边来；"象牙之塔"的窗子里,到底没有一块一块面包递进来的呀！

等到这些文学家也逃出来了,其他文学家早已死的死,逃的逃了。别的文学家,对于现状早感到不满意,又不能不反对,不能不开口,"反对""开口"就是有他们的下场。我以为文艺大概由于现在生活的感受,亲身所感到的,便影印到文艺中去。挪威有一文学

---

① 英语,意为上帝。

家,他描写肚子饿,写了一本书,这是依他所经验的写的。对于人生的经验,别的且不说,"肚子饿"这件事,要是欢喜,便可以试试看,只要两天不吃饭,饭的香味便会是一个特别的诱惑;要是走过街上饭铺子门口,更会觉得这个香味一阵阵冲到鼻子来。我们有钱的时候,用几个钱不算什么;直到没有钱,一个钱都有它的意味。那本描写肚子饿的书里,它说起那人饿得久了,看见路人个个是仇人,即是穿一件单褂子的,在他眼里也见得那是骄傲。我记起我自己曾经写过这样一个人,他身边什么都光了,时常抽开抽屉看看,看角上边上可以找到什么;路上一处一处去找,看有什么可以找得到;这个情形,我自己是体验过来的。

从生活窘迫过来的人,一到了有钱,容易变成两种情形:一种是理想世界,替处同一境遇的人着想,便成为人道主义;一种是什么都是自己挣起来,从前的遭遇,使他觉得什么都是冷酷,便流为个人主义。我们中国大概是变成个人主义者多。主张人道主义的,要想替穷人想想法子,改变改变现状,在政治家眼里,倒还不如个人主义的好;所以人道主义者和政治家就有冲突。俄国文学家托尔斯泰讲人道主义,反对战争,写过三册很厚的小说——那部《战争与和平》,他自己是个贵族,却是经过战场的生活,他感到战争是怎么一个惨痛。尤其是他一临到长官的铁板前(战场上重要军官都有铁板挡住枪弹),更有刺心的痛楚。而他又眼见他的朋友们,很多在战场上牺牲掉。战争的结果,也可以变成两种态度:一种是英雄,他见别人死的死伤的伤,只有他健存,自己就觉得怎样了不得,这么那么夸耀战场上的威雄。一种是变成反对战争的,希望世界上不要再打仗了。托尔斯泰便是后一种,主张用无抵抗主义来消灭战争。他这么主张,政府自然讨厌他;反对战争,和俄皇的侵掠欲望冲突;主张无抵抗主义,叫兵士不替皇帝打仗,警察不替皇帝执法,审判官不替皇帝裁判,大家都不去捧皇帝;皇帝是全要人捧的，没有人捧，还成什么皇帝，更和政治相冲突。这种文学家出来，对于社会现状不满意，这样批评，那样批评，弄得社会上个个都自己觉到，都不安起来，自然非杀头不可。

但是，文艺家的话其实还是社会的话，他不过感觉灵敏，早感到早说出来（有时，他说得太早，连社会也反对他，也排轧他）。譬如我们学兵式体操，行举枪礼，照规矩口令是"举……枪"这般叫，一定要等"枪"字令下，才可以举起。有些人却是一听到"举"字便举起来，叫口令的要罚他，说他做错。文艺家在社会上正是这样；他说得早一点，大家都讨厌他。政治家认定文学家是社会扰乱的煽动者，心想杀掉他，社会就可平安。殊不知杀了文学家，社会还是要革命；俄国的文学家被杀掉的充军的不在少数，革命的火焰不是到处燃着吗？文学家生前大概不能得到社会的同情，潦倒地过了一生，直到死后四五十年，才为社会所认识，大家大闹起来。政治家因此更厌恶文学家，以为文学家早就种下大祸根；政治家想不准大家思想，而那野蛮时代早已过去了。在座诸位的见解，我虽然不知道；据我推测，一定和政治家是不相同；政治家既永远怪文艺家破坏他们的统一，偏见如此，所以我从来不肯和政治家去说。

到了后来，社会终于变劲了；文艺家先时讲的话，渐渐大家都记起来了，大家都赞成他，恭维他是先知先觉。虽是他活的时候，怎样受过社会的奚落。刚才我来讲演，大家一阵子拍手，这拍手就见得我并不怎样伟大；那拍手是很危险的东西，拍了手或者使我自以为伟大不再向前了，所以还是不拍手的好。上面我讲过，文学家是感觉灵敏了一些，许多观念，文学家早感到了，社会还没有感到。譬如今天××先生穿了皮袍，我还只穿棉袍；××先生对于天寒的感觉比我灵。再过一月，也许我也感到非穿皮袍不可，在天气上的感觉，相差到一个月，在思想上的感觉就得相差到三四十年。这个话，我这么讲，也有许多文学家在反对。我在广东，曾经批评一个革命文学家——现在的广东,是非革命文学不能算做文学的,是非"打打打,杀杀杀,革革革,命命命",不能算做革命文学的——我以为革命并不能和文学连在一块儿,虽然文学中也有文学革命。但做文学的人总得闲定一点,正在革命中,那有功夫做文学。我们且想想:在生活困乏中,一面拉车,一面"之乎者也",到底不大便当。古人虽有种田做诗的,那一定不是自己在种田;雇了几个人替他种田,他才能吟他的诗;真要种田,就没有功夫做诗。革命时候也是一样;正在革命,那有功夫做诗?我有几个学生,在打陈炯明时候,他们都在战场;我读了他们的来信,只见他们的字与词一封一封生疏下去。俄国革命以后,拿了面包票排了队一排一排去领面包;这时,国家既不管你什么文学家艺术家雕刻家;大家连想面包都来不及,那有功夫去想文学?等到有了文学,革命早成功了。革命成功以后,闲空了一点;有人恭维革命,有人颂扬革命,这已不是革命文学。他们恭维革命颂扬革命,就是颂扬有权力者,和革命有什么关系?

这时,也许有感觉灵敏的文学家,又感到现状的不满意,又要出来开口。从前文艺家的话,政治革命家原是赞同过;直到革命成功,政治家把从前所反对那些人用过的老法子重新采用起来,在文艺家仍不免于不满意,又非被排轧出去不可,或是割掉他的头。割掉他的头,前面我讲过,那是顶好的法子咾,——从十九世纪到现在,世界文艺的趋势,大都如此。

十九世纪以后的文艺,和十八世纪以前的文艺大不相同。十八世纪的英国小说,它的目的就在供给太太小姐们的消遣,所讲的都是愉快风趣的话。十九世纪的后半世纪,完全变成和人生问题发生密切关系。我们看了,总觉得十二分的不舒服,可是我们还得气也不透地看下去。这因为以前的文艺,好像写别一个社会,我们只要鉴赏;现在的文艺,就在写我们自己的社会,连我们自己也写进去;在小说里可以发见社会,也可以发见我们自己;以前的文艺,如隔岸观火,没有什么切身关系;现在的文艺,连自己也烧在这里面,自己一定深深感觉到;一到自己感觉到,一定要参加到社会去!

十九世纪,可以说是一个革命的时代;所谓革命,那不安于现在,不满意于现状的都是。文艺催促旧的渐渐消灭的也是革命(旧的消灭,新的才能产生),而文学家的命运并不因自己参加过革命而有一样改变,还是处处碰钉子。现在革命的势力已经到了徐州①,在徐州以北文学家原站不住脚;在徐州以南,文学家还是站不住脚,即共了产,文学家还是站不住脚。革命文学家和革命家竟可说完全两件事。诋斥军阀怎样怎样不合理,是革命文学家;打倒军阀是革命家;孙传芳所以赶走,是革命家用炮轰掉的,决不是革命文艺家做了几句"孙传芳呀,我们要赶掉你呀"的文章赶掉的。在革命的时候,文学家都在做一个梦,以为革命成功将有怎样怎样一个世界;革命以后,他看看现实全不是那么一回事,于是他又要吃苦了。照他们这样叫,啼,哭都不成功;向前不成功,向后也不成功,理想和现实不一致,这是注定的运命;正如你们从《呐喊》上看出的鲁迅和讲坛上的鲁迅并不一致;或许大家以为我穿洋服头发分开,我却没有穿洋服,头发也这样短短的。所以以革命文学自命的,一定不是革命文学,世间那有满意现状的革命文学?除了吃麻醉药!苏俄革命以前,有两个文学家,叶遂宁②和梭波里,他们都讴歌过革命,直到后来,他们还是碰死在自己所讴歌希望的现实碑上,那时,苏维埃是成立了!

不过,社会太寂寞了,有这样的人,才觉得有趣些。人类是欢喜看看戏的,文学家自己来做戏给人家看,或是绑出去砍头,或是

---

① 蒋介石叛变革命后仍打着"北伐革命"的旗号,于1927年12月16日占领徐州。
② 通译叶赛宁,苏联诗人。

在最近墙脚下枪毙,都可以热闹一下子。且如上海巡捕用棒打人,大家围着去看,他们自己虽然不愿意挨打,但看见人家挨打,倒觉得颇有趣的。文学家便是用自己的皮肉在挨打的啦!

今天所讲的,就是这么一点点,给它一个题目,叫做……《文艺与政治的歧途》。

(本篇记录稿最初发表于1928年1月29日、30日上海《新闻报·学海》第182、183期,选自《集外集》)

老调子已经唱完

——二月十九日在香港青年会讲

今天我所讲的题目是"老调子已经唱完"：初看似乎有些离奇，其实是并不奇怪的。

凡老的，旧的，都已经完了！这也应该如此。虽然这一句话实在对不起一般老前辈，可是我也没有别的法子。

中国人有一种矛盾思想，即是：要子孙生存，而自己也想活得很长久，永远不死；及至知道没法可想，非死不可了，却希望自己的尸身永远不腐烂。但是，想一想罢，如果从有人类以来的人们都不死，地面上早已挤得密密的，现在的我们早已无地可容了；如果从有人类以来的人们的尸身都不烂，岂不是地面上的死尸早已堆得比鱼店里的鱼还要多，连掘井，造房子的空地都没有了么？所以，我想，凡是老的，旧的，实在倒不如高高兴兴的死去的好。

在文学上，也一样，凡是老的和旧的，都已经唱完，或将要唱完。举一个最近的例来说，就是俄国。他们当俄皇专制的时代，有许多作家很同情于民众，叫出许多惨痛的声音，后来他们又看见民众有缺点，便失望起来，不很能怎样歌唱，待到革命以后，文学上便没有什么大作品了。只有几个旧文学家跑到外国去，作了几篇作品，但也不见得出色，因为他们已经失掉了先前的环境了，不再能照先前似的开口。

在这时候,他们的本国是应该有新的声音出现的,但是我们还没有很听到。我想,他们将来是一定要有声音的。因为俄国是活的,虽然暂时没有声音,但他究竟有改造环境的能力,所以将来一定也会有新的声音出现。

再说欧美的几个国度罢。他们的文艺是早有些老旧了,待到世界大战时候,才发生了一种战争文学。战争一完结,环境也改变了,老调子无从再唱,所以现在文学上也有些寂寞。将来的情形如何,我们实在不能预测。但我相信,他们是一定也会有新的声音的。

现在来想一想我们中国是怎样。中国的文章是最没有变化的,调子是最老的,里面的思想是最旧的。但是,很奇怪,却和别国不一样。那些老调子,还是没有唱完。

这是什么缘故呢?有人说,我们中国是有一种"特别国情"。——中国人是否真是这样"特别",我是不知道,不过我听得有人说,中国人是这样。——倘使这话是真的,那么,据我看来,这所以特别的原因,大概有两样。

第一,是因为中国人没记性,因为没记性,所以昨天听过的话,今天忘记了,明天再听到,还是觉得很新鲜。做事也是如此,昨天做坏了的事,今天忘记了,明天做起来,也还是"仍旧贯"的老调子。

第二,是个人的老调子还未唱完,国家却已经灭亡了好几次了。何以呢?我想,凡有老旧的调子,一到有一个时候,是都应该唱完的,凡是有良心,有觉悟的人,到一个时候,自然知道老调子不该再唱,将它抛弃。但是,一般以自己为中心的人们,却决不肯以民众为主体,而专图自己的便利,总是三翻四复的唱不完。于是,自己的老调子固然唱不完,而国家却已被唱完了。

宋朝的读书人讲道学,讲理学,尊孔子,千篇一律。虽然有几个革新的人们,如王安石等等,行过新法,但不得大家的赞同,失败了。从此大家又唱老调子,和社会没有关系的老调子,一直到宋朝的灭亡。

宋朝唱完了,进来做皇帝的是蒙古人——元朝。那么,宋朝的老调子也该随着宋朝完结了罢,不,元朝人起初虽然看不起中国人,后来却觉得我们的老调子,倒也新奇,渐渐生了羡慕,因此元人也跟着唱起我们的调子来了,一直到灭亡。

这个时候,起来的是明太祖。元朝的老调子,到此应该唱完了罢,可是也还没有唱完。明太祖又觉得还有些意趣,就又教大家接着唱下去。什么八股咧,道学咧,和社会,百姓都不相干,就只向着那条过去的旧路走,一直到明亡。

清朝又是外国人。中国的老调子,在新来的外国主人的眼里又见得新鲜了,于是又唱下去。还是八股,考试,做古文,看古书。但是清朝完结,已经有十六年了,这是大家都知道的。他们到后来,倒也略略有些觉悟,曾经想从外国学一点新法来补救,然而已经太迟,来不及了。

老调子将中国唱完,完了好几次,而它却仍然可以唱下去。因此就发生一点小议论。有人说:"可见中国的老调子实在好,正不妨唱下去。试看元朝的蒙古人,清朝的满洲人,不是都被我们同化了么?照此看来,则将来无论何国,中国都会这样地将他们同化的。"原来我们中国就如生着传染病的病人一般,自己生了病,还会将病传到别人身上去,这倒是一种特别的本领。

殊不知这种意见,在现在是非常错误的。我们为甚么能够同化蒙古人和满洲人呢?是因为他们的文化比我们的低得多。倘使别人的文化和我们的相敌或更进步,那结果便要大不相同了。他们倘比我们更聪明,这时候,我们不但不能同化他们,反要被他们利用了我们的腐败文化,来治理我们这腐败民族。他们对于中国人,是毫不爱惜的,当然任凭你腐败下去。现在听说又很有别国人在尊重中国的旧文化了,那里是真在尊重呢,不过是利用!

从前西洋有一个国度,国名忘记了,要在非洲造一条铁路。顽固的非洲土人很反对,他们便利用了他们的神话来哄骗他们道:"你们古代有一个神仙,曾从地面造一道桥到天上。现在我们所造的铁路,简直就和你们的古圣人的用意一样。"非洲人不胜佩服,高兴,铁路就造起来。——中国人是向来排斥外人的,然而现在却渐渐有人跑到他那里去唱老调子了,还说道:"孔夫子也说过,'道不行,乘桴浮于海。'所以外人倒是好的。"外国人也说道:"你家圣人的话实在不错。"

倘照这样下去,中国的前途怎样呢?别的地方我不知道,只好用上海来类推。上海是:最有权势的是一群外国人,接近他们的是一圈中国的商人和所谓读书的人,圈子外面是许多中国的苦人,就是下等奴才。将来呢,倘使还要唱着老调子,那么,上海的情状会扩大到全国,苦人会多起来。因为现在是不像元朝清朝时候,我们可以靠着老调子将他们唱完,只好反而唱完自己了。这就因为,现在的外国人,不比蒙古人和满洲人一样,他们的文化并不在我们之下。

那么,怎么好呢?我想,唯一的方法,首先是抛弃了老调子。旧文章,旧思想,都已经和现社会毫无关系了,从前孔子周游列国的时代,所坐的是牛车。现在我们还坐牛车么?从前尧舜的时候,吃东西用泥碗,现在我们所用的是甚么?所以,生在现今的时代,捧着古书是完全没有用处的了。

但是,有些读书人说,我们看这些古东西,倒并不觉得于中国怎样有害,又何必这样决绝地抛弃呢?是的。然而古老东西的可怕就正在这里。倘使我们觉得有害,我们便能警戒了,正因为并不觉得怎样有害,我们这才总是觉不出这致死的毛病来。因为这是

"软刀子"。这"软刀子"的名目,也不是我发明的,明朝有一个读书人,叫做贾凫西的,鼓词里曾经说起纣王,道:"几年家软刀子割头不觉死,只等得太白旗悬才知道命有差。"我们的老调子,也就是一把软刀子。

中国人倘被别人用钢刀来割,是觉得痛的,还有法子想;倘是软刀子,那可真是"割头不觉死",一定要完。

我们中国被别人用兵器来打,早有过好多次了。例如,蒙古人满洲人用弓箭,还有别国人用枪炮。用枪炮来打的后几次,我已经出了世了,但是年纪轻。我仿佛记得那时大家倒还觉得一点苦痛的,也曾经想有些抵抗,有些改革。用枪炮来打我们的时候,听说是因为我们野蛮;现在,倒不大遇见有枪炮来打我们了,大约是因为我们文明了罢。现在也的确常常有人说,中国的文化好得很,应该保存。那证据,是外国人也常在赞美。这就是软刀子。用钢刀,我们也许还会觉得的,于是就改用软刀子。我想:叫我们用自己的老调子唱完我们自己的时候,是已经要到了。

中国的文化,我可是实在不知道在那里。所谓文化之类,和现在的民众有甚么关系,甚么益处呢?近来外国人也时常说,中国人礼仪好,中国人肴馔好。中国人也附和着。但这些事和民众有甚么关系?车夫先就没有钱来做礼服,南北的大多数的农民最好的食物是杂粮。有什么关系?

中国的文化,都是侍奉主子的文化,是用很多的人的痛苦换来的。无论中国人,外国人,凡是称赞中国文化的,都只是以主子自居的一部分。

以前,外国人所作的书籍,多是嘲骂中国的腐败;到了现在,不大嘲骂了,或者反而称赞中国的文化了。常听到他们说:"我在中国住得很舒服呵!"这就是中国人已经渐渐把自己的幸福送给外国人享受的证据。所以他们愈赞美,我们中国将来的苦痛要愈深的!

这就是说：保存旧文化，是要中国人永远做侍奉主子的材料，苦下去，苦下去。虽是现在的阔人富翁，他们的子孙也不能逃。我曾经做过一篇杂感，大意是说："凡称赞中国旧文化的，多是住在租界或安稳地方的富人，因为他们有钱，没有受到国内战争的痛苦，所以发出这样的赞赏来。殊不知将来他们的子孙，营业要比现在的苦人更其贱，去开的矿洞，也要比现在的苦人更其深。"这就是说，将来还是要穷的，不过迟一点。但是先穷的苦人，开了较浅的矿，他们的后人，却须开更深的矿了。我的话并没有人注意。他们还是唱着老调子，唱到租界去，唱到外国去。但从此以后，不能像元朝清朝一样，唱完别人了，他们是要唱完了自己。

这怎么办呢？我想，第一，是先请他们从洋楼，卧室，书房里踱出来，看一看身边怎么样，再看一看社会怎么样，世界怎么样。然后自己想一想，想得了方法，就做一点。"跨出房门，是危险的。"自然，唱老调子的先生们又要说。然而，做人是总有些危险的，如果躲在房里，就一定长寿，白胡子的老先生应该非常多；但是我们所见的有多少呢？他们也还是常常早死，虽然不危险，他们也胡涂死了。

要不危险，我倒曾经发现了一个很合式的地方。这地方，就是：牢狱。人坐在监牢里，便不至于再捣乱，犯罪了；救火机关也完全，不怕失火；也不怕盗劫，到牢狱里去抢东西的强盗是从来没有的。坐监是实在最安稳。

但是，坐监却独独缺少一件事，这就是：自由。所以，贪安稳就没有自由，要自由就总要历些危险。只有这两条路。哪一条好，是明明白白的，不必待我来说了。

现在我还要谢诸位今天到来的盛意。

〔本篇最初发表于1927年3月(？)广州《国民新闻》副刊《新时代》，选自《集外集拾遗》〕

帮忙文学与帮闲文学

——十一月二十二日在北京大学第二院讲

我四五年来未到这边,对于这边情形,不甚熟悉;我在上海的情形,也非诸君所知。所以今天还是讲帮闲文学与帮忙文学。

这当怎么讲?从五四运动后,新文学家很提倡小说;其故由当时提倡新文学的人看见西洋文学中小说地位甚高,和诗歌相仿佛;所以弄得像不看小说就不是人似的。但依我们中国的老眼睛看起来,小说是给人消闲的,是为酒余茶后之用。因为饭吃得饱饱的,茶喝得饱饱的,闲起来也实在是苦极的事,那时候又没有跳舞场:明末清初的时候,一份人家必有帮闲的东西存在的。那些会念书会下棋会画画的人,陪主人念念书,下下棋,画几笔画,这叫做帮闲,也就是篾片!所以帮闲文学又名篾片文学。小说就做着篾片的职务。汉武帝时候,只有司马相如不高兴这样,常常装病不出去。至于究竟为什么装病,我可不知道。倘说他反对皇帝是为了卢布,我想大概是不会的,因为那个时候还没有卢布。大凡要亡国的时候,皇帝无事,臣子谈谈女人,谈谈酒,像六朝的南朝,开国的时候,这些人便做诏令,做敕,做宣言,做电报,——做所谓皇皇大文。主人一到第二代就不忙了,于是臣子就帮闲。所以帮闲文学实在就是帮忙文学。

中国文学从我看起来,可以分为两大类:(一)廊庙文学,这就是已经走进主人家中,非帮主人的忙,就得帮主人的闲;与这相对的是(二)山林文学。唐诗即有此二种。如果用现代话讲起来,是"在朝"和"下野"。后面这一种虽然暂时无忙可帮,无闲可帮,但身在山林,而"心存魏阙"。如果既不能帮忙,又不能帮闲,那么,心里就甚是悲哀了。

中国是隐士和官僚最接近的。那时很有被聘的希望,一被聘,即谓之征君;开当铺,卖糖葫芦是不会被征的。我曾经听说有人做世界文学史,称中国文学为官僚文学。看起来实在也不错。一方面固然由于文字难,一般人受教育少,不能做文章,但在另一方面看起来,中国文学和官僚也实在接近。

现在大概也如此。惟方法巧妙得多了,竟至于看不出来。今日文学最巧妙的有所谓为艺术而艺术派。这一派在五四运动时代,确是革命的,因为当时是向"文以载道"说进攻的,但是现在却连反抗性都没有了。不但没有反抗性,而且压制新文学的发生。对社会不敢批评,也不能反抗,若反抗,便说对不起艺术。故也变成帮忙柏勒思(plus)[①]帮闲。为艺术而艺术派对俗事是不问的,但对于俗事如主张为人生而艺术的人是反对的,则如现代评论派,他们反对骂人,但有人骂他们,他们也是要骂的。他们骂骂人的人,正如杀杀人的一样——他们是刽子手。

这种帮忙和帮闲的情形是长久的。我并不劝人立刻把中国的文物都抛弃了,因为不看这些,就没有东西看;不帮忙也不帮闲的文学真也太不多。现在做文章的人们几乎都是帮闲帮忙的人物。

---

① 英语,加的意思。

有人说文学家是很高尚的,我却不相信与吃饭问题无关,不过我又以为文学与吃饭问题有关也不打紧,只要能比较的不帮忙不帮闲就好。

(本篇记录稿最初发表于1932年12月17日天津
《电影与文艺》创刊号,选自《集外集拾遗》)

今春的两种感想

——十一月二十二日在北平辅仁大学讲

我是上星期到北平的,论理应当带点礼物送给青年诸位,不过因为奔忙匆匆未顾得及,同时也没有什么可带的。

我近来是在上海,上海与北平不同,在上海所感到的,在北平未必感到。今天又没预备什么,就随便谈谈吧。

昨年东北事变详情我一点不知道,想来上海事变①诸位一定也不甚了然。就是同在上海也是彼此不知,这里死命的逃死,那里则打牌的仍旧打牌,跳舞的仍旧跳舞。

打起来的时候,我是正在所谓火线里面,亲遇见捉去许多中国青年。捉去了就不见回来,是生是死也没人知道,也没人打听,这种情形是由来已久了,在中国被捉去的青年素来是不知下落的。东北事起,上海有许多抗日团体,有一种团体就有一种徽章。这种徽章,如被日军发现死是很难免的。然而中国青年的记性确是不好,如抗日十人团,一团十人,每人有一个徽章,可是并不一定抗日,不过把它放在袋里。但被捉去后这就是死的证据。还有学生军们,以前是天天练操,不久就无形中不练了,只有军装的照片存

---

① 指1932年"一·二八"事变。

在，并且把操衣放在家中，自己也忘却了。然而一被日军查出时是又必定要送命的。像这一般青年被杀，大家大为不平，以为日人太残酷。其实这完全是因为脾气不同的缘故，日人太认真，而中国人却太不认真。中国的事情往往是招牌一挂就算成功了。日本则不然。他们不像中国这样只是作戏似的。日本人一看见有徽章，有操衣的，便以为他们一定是真在抗日的人，当然要认为是劲敌。这样不认真的同认真的碰在一起，倒霉是必然的。

中国实在是太不认真，什么全是一样。文学上所见的常有新主义，以前有所谓民族主义的文学也者，闹得很热闹，可是自从日本兵一来，马上就不见了。我想大概是变成为艺术而艺术了吧。中国的政客，也是今天谈财政，明日谈照像，后天又谈交通，最后又忽然念起佛来了。外国不然。以前欧洲有所谓未来派艺术。未来派的艺术是看不懂的东西。但看不懂也并非一定是看者知识太浅，实在是它根本上就看不懂。文章本来有两种：一种是看得懂的，一种是看不懂的。假若你看不懂就自恨浅薄，那就是上当了。不过人家是不管看懂与不懂的——看不懂如未来派的文学，虽然看不懂，作者却是拼命的，很认真的在那里讲。但是中国就找不出这样例子。

还有感到的一点是我们的眼光不可不放大，但不可放的太大。

我那时看见日本兵不打了，就搬了回去，但忽然又紧张起来了。后来打听才知道是因为中国放鞭炮引起的。那天因为是月蚀，故大家放鞭炮来救她。在日本人意中以为在这样的时光，中国人一定全忙于救中国抑救上海，万想不到中国人却救的那样远，去救月亮去了。

我们常将眼光收得极近，只在自身，或者放得极远，到北极，或到天外，而这两者之间的一圈可是绝不注意的，譬如食物吧，近来馆子里是比较干净了，这是受了外国影响之故，以前不是这样。例如某家烧卖好，包子好，好的确是好，非常好吃，但盘子是极污秽的,去吃的人看不得盘子,只要专注在吃的包子烧卖就是,倘使你要注意到食物之外的一圈,那就非常为难了。

在中国做人,真非这样不成,不然就活不下去。例如倘使你讲个人主义,或者远而至于宇宙哲学,灵魂灭否,那是不要紧的。但一讲社会问题,可就要出毛病了。北平或者还好,如在上海则一讲社会问题,那就非出毛病不可,这是有验的灵药,常常有无数青年被捉去而无下落了。

在文学上也是如此。倘写所谓身边小说,说苦痛呵,穷呵,我爱女人而女人不爱我呵,那是很妥当的,不会出什么乱子。如要一谈及中国社会,谈及压迫与被压迫,那就不成。不过你如果再远一点,说什么巴黎伦敦,再远些,月界,天边,可又没有危险了。但有一层要注意,俄国谈不得。

上海的事又要一年了,大家好似早已忘掉了,打牌的仍旧打牌,跳舞的仍旧跳舞。不过忘只好忘,全记起来恐怕脑中也放不下。倘使只记着这些,其他事也没工夫记起了。不过也可以记一个总纲。如"认真点","眼光不可不放大但不可放的太大",就是。这本是两句平常话,但我的确知道了这两句话,是在死了许多性命之后。许多历史的教训,都是用极大的牺牲换来的。譬如吃东西罢,某种是毒物不能吃,我们好像全惯了,很平常了。不过,这一定是以前有多少人吃死了,才知道的。所以我想,第一次吃螃蟹的人是很可佩服的,不是勇士谁敢去吃它呢?螃蟹有人吃,蜘蛛一定也有人吃过,不过不好吃,所以后人不吃了。像这种人我们当极端感谢的。

我希望一般人不要只注意在近身的问题,或地球以外的问题,社会上实际问题是也要注意些才好。

(本篇记录稿最初发表于1932年11月30日北京
《世界日报》"教育"栏,选自《集外集拾遗》)

上海所感

　　一有所感，倘不立刻写出，就忘却，因为会习惯。幼小时候，洋纸一到手，便觉得羊臊气扑鼻，现在却什么特别的感觉也没有了。初看见血，心里是不舒服的，不过久住在杀人的名胜之区，则即使见了挂着的头颅，也不怎么诧异。这就是因为能够习惯的缘故。由此看来，人们——至少，是我一般的人们，要从自由人变成奴隶，怕也未必怎么烦难罢。无论什么，都会习惯起来的。

　　中国是变化繁多的地方，但令人并不觉得怎样变化。变化太多，反而很快的忘却了。倘要记得这么多的变化，实在也非有超人的记忆力就办不到。

　　但是，关于一年中的所感，虽然淡漠，却还能够记得一些的。不知怎的，好像无论什么，都成了潜行活动，秘密活动了。

　　至今为止，所听到的是革命者因为受着压迫，所以用着潜行，或者秘密的活动，但到一九三三年，却觉得统治者也在这么办的了。譬如罢，阔佬甲到阔佬乙所在的地方来，一般的人们，总以为是来商量政治的，然而报纸上却道并不为此，只因为要游名胜，或是到温泉里洗澡；外国的外交官来到了，它告诉读者的是也并非有什么外交问题，不过来看看某大名人的贵恙。但是，到底又总好像并不然。

　　用笔的人更能感到的，是所谓文坛上的事。有钱的人，给绑匪架去了,作为抵押品,上海原是常有的,但近来却连作家也往往不知所往。有些人说,那是给政府那面捉去了,然而好像政府那面的人们,却道并不是。然而又好像实在也还是在属于政府的什么机关里的样子。犯禁的书籍杂志的目录,是没有的,然而邮寄之后,也往往不知所往。假如是列宁的著作罢,那自然不足为奇,但《国木田独步集》有时也不行,还有,是亚米契斯的《爱的教育》。不过,卖着也许犯忌的东西的书店,却还是有的,虽然还有,而有时又会从不知什么地方飞来一柄铁锤,将窗上的大玻璃打破,损失是二百元以上。打破两块的书店也有,这回是合计五百元正了。有时也撒些传单,署名总不外乎什么什么团之类。①

平安的刊物上,是登着莫索里尼或希特拉的传记,恭维着,还说是要救中国,必须这样的英雄,然而一到中国的莫索里尼或希特拉是谁呢这一个紧要结论,却总是客气着不明说。这是秘密,要读者自己悟出,各人自负责任的罢。对于论敌,当和苏俄绝交时,就说他得着卢布,抗日的时候,则说是在将中国的秘密向日本卖钱。但是,用了笔墨来告发这卖国事件的人物,却又用的是化名,好像万一发生效力,敌人因此被杀了,他也不很高兴负这责任似的。

革命者因为受压迫,所以钻到地里去,现在是压迫者和他的爪牙,也躲进暗地里去了。这是因为虽在军刀的保护之下,胡说八道,其实却毫无自信的缘故;而且连对于军刀的力量,也在怀着疑。一面胡说八道,一面想着将来的变化,就越加缩进暗地里去,准备着情势一变,就另换一副面孔,另拿一张旗子,从新来一回。而拿着军刀的伟人存在外国银行里的钱,也使他们的自信力更加动摇的。这是为不远的将来计。为了辽远的将来,则在愿意在历史上留下一个芳名。中国和印度不同,是看重历史的。但是,并不怎么

---

① 1933年冬国民党特务曾以"上海影界铲共同志会"的名义,袭击电影公司和书店。

相信，总以为只要用一种什么好手段，就可以使人写得体体面面。然而对于自己以外的读者，那自然要他们相信的。

我们从幼小以来，就受着对于意外的事情，变化非常的事情，绝不惊奇的教育。那教科书是《西游记》，全部充满着妖怪的变化。例如牛魔王呀，孙悟空呀……就是。据作者所指示，是也有邪正之分的，但总而言之，两面都是妖怪，所以在我们人类，大可以不必怎样关心。然而，假使这不是书本上的事，而自己也身历其境，这可颇有点为难了。以为是洗澡的美人罢，却是蜘蛛精；以为是寺庙的大门罢，却是猴子的嘴，这教人怎么过。早就受了《西游记》教育，吓得气绝是大约不至于的，但总之，无论对于什么，就都不免要怀疑了。

外交家是多疑的，我却觉得中国人大抵都多疑。如果跑到乡下去，向农民问路径，问他的姓名，问收成，他总不大肯说老实话。将对手当蜘蛛精看是未必的，但好像他总在以为会给他什么祸祟。这种情形，很使正人君子们愤慨，就给了他们一个徽号，叫作"愚民"。但在事实上，带给他们祸祟的时候却也并非全没有。因了一整年的经验，我也就比农民更加多疑起来，看见显着正人君子模样的人物，竟会觉得他也许正是蜘蛛精了。然而，这也就会习惯的罢。

愚民的发生，是愚民政策的结果，秦始皇已经死了二千多年，看看历史，是没有再用这种政策的了，然而，那效果的遗留，却久远得多么骇人呵！

十二月五日。

（本篇系用日文写作，发表于1934年1月1日日本大阪《朝日新闻》，中译文发表于1934年9月25日《文学新地》创刊号，题为《一九三三年上海所感》，选自《集外集拾遗》）

关于知识阶级

——十月二十五日在上海劳动大学讲

我到上海约二十多天,这回来上海并无什么意义,只是跑来跑去偶然到上海就是了。

我没有什么学问和思想,可以贡献给诸君。但这次易先生要我来讲几句话;因为我去年亲见易先生在北京和军阀官僚怎样奋斗,而且我也参与其间,所以他要我来,我是不得不来的。

我不会讲演,也想不出什么可讲的,讲演近于做八股,是极难的,要有讲演的天才才好,在我是不会的。终于想不出什么,只能随便一谈;刚才谈起中国情形,说到"知识阶级"四字,我想对于知识阶级发表一点个人的意见,只是我并不是站在引导者的地位,要诸君都相信我的话,我自己走路都走不清楚,如何能引导诸君?

"知识阶级"一辞是爱罗先珂(V. Eroshenko)七八年前讲演"知识阶级及其使命"时提出的,他骂俄国的知识阶级,也骂中国的知识阶级,中国人于是也骂起知识阶级来了;后来便要打倒知识阶级,再利害一点,甚至于要杀知识阶级了。知识就仿佛是罪恶,但是一方面虽有人骂知识阶级;一方面却又有人以此自豪:这种情形是中国所特有的,所谓俄国的知识阶级,其实与中国的不同,俄国当革命以前,社会上还欢迎知识阶级。为什么要欢迎呢?因为他确能替平民抱不平,把平民的苦痛告诉大众。他为什么能把平民的苦痛说出来？因为他与平民接近,或自身就是平民。几年前有一位中国大学教授,他很奇怪,为什么有人要描写一个车夫的事情,这就因为大学教授一向住在高大的洋房里,不明白平民的生活。欧洲的著作家往往是平民出身,(欧洲人虽出身穷苦,而也做文章；这因为他们的文字容易写,中国的文字却不容易写了。)所以也同样的感受到平民的苦痛,当然能痛痛快快写出来为平民说话,因此平民以为知识阶级对于自身是有益的；于是赞成他,到处都欢迎他,但是他们既受此荣誉,地位就增高了,而同时却把平民忘记了,变成一种特别的阶级。那时他们自以为了不得,到阔人家里去宴会,钱也多了,房子东西都要好的,终于与平民远远的离开了。他享受了高贵的生活,就记不起从前一切的贫苦生活了。——所以请诸位不要拍手,拍了手把我的地位一提高,我就要忘记了说话的。他不但不同情于平民或许还要压迫平民,以致变成了平民的敌人,现在贵族阶级不能存在；贵族的知识阶级当然也不能站住了,这是知识阶级缺点之一。

还有知识阶级不可免避的运命,在革命时代是注重实行的,动的；思想还在其次,直白地说：或者倒有害。至少我个人的意见如此的。唐朝奸臣李林甫有一次看兵操练很勇敢,就有人对着他称赞。他说：“兵好是好,可是无思想,”这话很不差。因为兵之所以勇敢,就在没有思想,要是有了思想,就会没有勇气了。现在倘叫我去当兵,要我去革命,我一定不去,因为明白了利害是非,就难于实行了。有知识的人,讲讲柏拉图(Plato)讲讲苏格拉底(Socrates)是不会有危险的。讲柏拉图可以讲一年,讲苏格拉底可以讲三年,他很可以安安稳稳地活下去,但要他去干危险的事情,那就很费踌躇。譬如中国人,凡是做文章,总说"有利然而又有弊",这最足以代表知识阶级的思想。其实无论什么都是有弊的,就是吃饭也是有弊的,它能滋养我们这方面是有利的;但是一方面使我们消化器官疲乏,那就不好而有弊了。假使做事要面面顾到,那就什么事都不能做了。

还有,知识阶级对于别人的行动,往往以为这样也不好,那样也不好。先前俄国皇帝杀革命党,他们反对皇帝;后来革命党杀皇族,他们也起来反对。问他怎么才好呢?他们也没办法。所以在皇帝时代他们吃苦,在革命时代他们也吃苦,这实在是他们本身的缺点。

所以我想,知识阶级能否存在还是个问题。知识和强有力是冲突的,不能并立的;强有力不许人民有自由思想,因为这能使能力分散,在动物界有很显的例;猴子的社会是最专制的,猴王说一声走,猴子都走了。在原始时代酋长的命令是不能反对的,无怀疑的,在那时酋长带领着群众并吞衰小的部落;于是部落渐渐的大了,团体也大了。一个人就不能支配了。因为各个人思想发达了,各人的思想不一,民族的思想就不能统一,于是命令不行,团体的力量减小,而渐趋灭亡。在古时野蛮民族常侵略文明很发达的民族,在历史上常见的。现在知识阶级在国内的弊病,正与古时一样。

英国罗素(Russel)法国罗曼罗兰(R. Rolland)反对欧战,大家以为他们了不起,其实幸而他们的话没有实行,否则,德国早已打进英国和法国了;因为德国如不能同时实行非战,是没有办法的。俄国托尔斯泰(Tolstoi)的无抵抗主义之所以不能实行,也是这个原因。他不主张以恶报恶的,他的意思是皇帝叫我们去当兵,我们不去当兵。叫警察去捉,他不去;叫刽子手去杀,他不去杀,大家都不听皇帝的命令,他也没有兴趣;那末做皇帝也无聊起来,天下也就太平了。然而如果一部分的人偏听皇帝的话,那就不行。

我从前也很想做皇帝,后来在北京去看到宫殿的房子都是一个刻板的格式，觉得无聊极了。所以我皇帝也不想做了。做人的趣味在和许多朋友有趣的谈天，热烈的讨论。做了皇帝，口出一声，臣民都下跪，只有不绝声的 Yes, Yes, 那有什么趣味？但是还有人做皇帝，因为他和外界隔绝，不知外面还有世界！

总之，思想一自由，能力要减少，民族就站不住，他的自身也站不住了！现在思想自由和生存还有冲突，这是知识阶级本身的缺点。

然而知识阶级将怎么样呢？还是在指挥刀下听令行动，还是发表倾向民众的思想呢？要是发表意见，就要想到什么就说什么。真的知识阶级是不顾利害的，如想到种种利害，就是假的，冒充的知识阶级；只是假知识阶级的寿命倒比较长一点。像今天发表这个主张，明天发表那个意见的人，思想似乎天天在进步；只是真的知识阶级的进步，决不能如此快的。不过他们对于社会永不会满意的，所感受的永远是痛苦，所看到的永远是缺点，他们预备着将来的牺牲，社会也因为有了他们而热闹，不过他的本身——心身方面总是苦痛的；因为这也是旧式社会传下来的遗物。至于诸君，是与旧的不同，是二十世纪初叶青年，如在劳动大学一方读书，一方做工，这是新的境遇；或许可以造成新的局面，但是环境是老样子，着着逼人堕落，倘不与这老社会奋斗，还是要回到老路上去的。

譬如从前我在学生时代不吸烟，不吃酒，不打牌，没有一点嗜好；后来当了教员，有人发传单说我抽鸦片。我很气，但并不辩明，为要报复他们，前年我在陕西就真的抽一回鸦片，看他们怎样？此次来上海有人在报纸上说我来开书店；又有人说我每年版税有一万多元。但是我也并不辩明；但曾经自己想，与其负空名，倒不如真的去赚这许多进款。

还有一层，最可怕的情形，就是比较新的思想运动起来时，如与社会无关，作为空谈，那是不要紧的，这也是专制时代所以能容知识阶级存在的原故。因为痛哭流泪与实际是没有关系的,只是思想运动变成实际的社会运动时,那就危险了。往往反为旧势力所扑灭。中国现在也是如此,这现象,革新的人称之为"反动"。我在文艺史上,却找到一个好名辞,就是 Renaissance①,在意大利文艺复兴的意义,是把古时好的东西复活,将现存的坏的东西压倒,因为那时候思想太专制腐败了,在古时代确实有些比较好的;因此后来得到了社会上的信仰。现在中国顽固派的复古,把孔子礼教都拉出来了,但是他们拉出来的是好的么?如果是不好的,就是反动,倒退,以后恐怕是倒退的时代了。

还有,中国人现在胆子格外小了,这是受了共产党的影响。人一听到俄罗斯,一看见红色,就吓得一跳;一听到新思想,一看到俄国的小说,更其害怕,对于较特别的思想,较新思想尤其丧心发抖,总要仔仔细细底想,这有没有变成共产党思想的可能性?!这样的害怕,一动也不敢动,怎样能够有进步呢?这实在是没有力量的表示,比如我们吃东西,吃就吃,若是左思右想,吃牛肉怕不消化,喝茶时又要怀疑,那就不行了,——老年人才是如此;有力量,有自信力的人是不至于此的。虽是西洋文明罢,我们能吸收时,就是西洋文明也变成我们自己的了。好像吃牛肉一样,决不会吃了牛肉自己也即变成牛肉的,要是如此胆小,那真是衰弱的知识阶级了,不衰弱的知识阶级,尚且对于将来的存在不能确定;而衰弱的知识阶级是必定要灭亡的。从前或许有,将来一定不能存在的。

现在比较安全一点的,还有一条路,是不做时评而做艺术家。要为艺术而艺术。住在"象牙之塔"里,目下自然要比别处平安。就我自己来说罢,——有人说我只会讲自己,这是真的。我先前独自住在厦门大学的一所静寂的大洋房里;到了晚上,我总是孤思默

---

① 英语,意为文艺复兴。

想,想到一切,想到世界怎样,人类怎样,我静静地思想时,自己以为很了不得的样子;但是给蚊子一咬,跳了一跳,把世界人类的大问题全然忘了,离不开的还是我本身。

就我自己说起来,是早就有人劝我不要发议论,不要做杂感,你还是创作去吧!因为做了创作在世界史上有名字,做杂感是没有名字的。其实就是我不做杂感,世界史上,还是没有名字的,这得声明一句,是:这些劝我做创作,不要写杂感的人们之中,有几个是别有用意,是被我骂过的。所以要我不再做杂感。但是我不听他,因此在北京终于站不住了,不得不躲到厦门的图书馆上去了。

艺术家住在象牙塔中,固然比较地安全,但可惜还是安全不到底。秦始皇,汉武帝想成仙,终于没有成功而死了。危险的临头虽然可怕,但别的运命说不定,"人生必死"的运命却无法逃避,所以危险也仿佛用不着害怕似的。但我并不想劝青年得到危险,也不劝他人去做牺牲,说为社会死了名望好,高巍巍的镌起铜像来。自己活着的人没有劝别人去死的权利,假使你自己以为死是好的,那末请你自己先去死吧。诸君中恐有钱人不多罢。那末,我们穷人唯一的资本就是生命。以生命来投资,为社会做一点事,总得多赚一点利才好;以生命来做利息小的牺牲,是不值得的。所以我从来不叫人去牺牲,但也不要再爬进象牙之塔和知识阶级里去了,我以为是最稳当的一条路。

至于有一班从外国留学回来,自称知识阶级,以为中国没有他们就要灭亡的,却不在我所论之内,像这样的知识阶级,我还不知道是些什么东西?!

今天的说话很没有伦次,望诸君原谅!

(本篇最初发表于 1927 年 11 月上海劳动大学《劳大周刊》第 5 期,选自《集外集拾遗补编》)

知 识 链 接

【文学常识】

一、作家介绍

鲁迅(1881—1936),中国现代伟大的文学家、翻译家和新文学运动的奠基人。原名周树人,字豫才,浙江绍兴人,出身于破落的封建家庭。青年时代受进化论思想影响。

1918年5月,首次用"鲁迅"为笔名,发表中国现代文学史上第一篇白话小说《狂人日记》,对人吃人的制度进行猛烈地揭露和抨击。五四运动前后,参加《新青年》杂志的工作,站在反帝反封建的新文化运动的最前列,成为五四新文化运动的伟大旗手。

1918年至1926年间,陆续创作出版了小说集《呐喊》《彷徨》,论文集《坟》,散文诗集《野草》,散文集《朝花夕拾》,杂文集《热风》《华盖集》《华盖集续编》等专集,表现出爱国主义和彻底的民主主义的思想特色。其中,1921年12月发表的中篇小说《阿Q正传》,是中国现代文学史上杰出的作品之一。1927年至1936年,创作了小说集《故事新编》中的大部分作品和大量的杂文,这些杂文收录在《而已集》《三闲集》《二心集》《南腔北调集》《伪自由书》《准风月谈》《花边文学》《且介亭杂文》等专集中。

二、作家评价

鲁迅是中国文化革命的主将,他不但是伟大的文学家,而且是伟大的思想家和伟大的革命家。鲁迅的骨头是最硬的,他没有丝毫的奴颜和媚骨,这是殖民地半殖民地人民最宝贵的性格。鲁迅是在文化战线上,代表全民族的大多数,向着敌人冲锋陷阵的最正确、最坚决、最忠实、最热忱的空前的民族英雄。鲁迅的方向,就是中华民族新文化的方向。

毛泽东:《新民主主义论》,《毛泽东选集》第二卷,人民出版社1952年版

实际上,鲁迅看见革命是比一般的知识阶级早一二年,不过他也常以"不胜辽远"似的眼光对无产阶级的——鲁迅自己,在艺术上是一个冷酷的感伤主义者,在文化批评上是一个理性主义者,因此,在艺术品上鲁迅抓着了攻击国民性与人间的普遍的"黑暗方面",在文艺批评方面,鲁迅不遗余力地攻击传统的思想——在"五四""五卅"期间,知识阶级中,以个人论,做工作的最好的是鲁迅。

——冯雪峰:《革命与知识阶级》,《冯雪峰论文集》,人民文学出版社1981年版

三、作品评价

鲁迅在最近十五年来,断断续续的写过许多论文和杂感,尤其是杂感来得多。于是有人给他起了一个绰号,叫作"杂感专家"。"专"在"杂"里者,显然含有鄙视的意思。可是,正因为一些蚊子苍蝇讨厌他的杂感,这种文体就证明了自己的战斗的意义。

——瞿秋白:《〈鲁迅杂感选集〉序言》,《鲁迅杂感选集》,清光书局1933年版

杂感是他直接解剖社会、抨击敌人的艺术武器：犀利活泼，不拘格套。……这些杂感根据艺术样式本身的特点，直接地表现了烈火一样彻底反帝反封建的精神，广泛地接触了为小说创作所没有或者不可能接触的问题。

——唐弢主编：《中国现代文学史》，人民文学出版社1979年版

四、关于杂文

杂文是一种文艺性的政论文，是对社会生活及时地反映与评判。如鲁迅先生所说，是"感应的神经，是攻守的手足"，也是对一个时代的忠实记录，是关于时代世相的"百科全书"。杂文一般都短小精悍，长于运用尖锐、隽永而又形象化的语言，通过比喻、反语等手法来针砭时弊。杂文的另一个特点是往往包含着幽默和讽刺。

五、关于"语丝社"

鲁迅曾支持和组织过如"语丝""未名"等文学社团。以下是"语丝社"的简介：

语丝社，中国现代文学社团。因编辑出版《语丝》周刊得名，没有明确的组织机构，一般指刊物的编辑者及主要撰稿人。该刊于1924年11月17日在北京创刊，由孙伏园、周作人先后主编。主要撰稿人有鲁迅、周作人、川岛、刘半农、章衣萍、林语堂、钱玄同、江绍原等。语丝社以鲁迅为代表，在反对封建思想、反击复古逆流的斗争中，在围绕北京女师大风潮、"三一八"惨案、抨击北洋军阀统治、揭穿所谓"正人君子"帮闲面目的斗争中，以及后来在革命文学的讨论中，都起过积极作用。

【要点提示】

一、鲁迅杂文中的"社会相"

鲁迅说,洋服青年拜佛,道学先生发怒,这都是平常的社会现象,人们习以为常,但杂感讽刺家却敏感到这是一种"社会相"类型,给它特别一提,就创造出动人的艺术形象。他说:"'讽刺'却是止在这时候照下来的一张相,一个撅着屁股,一个皱着眉心,不但别人看起来有些不雅观,连自己看见也觉得不很雅观;而且流传开去,对于后日的大讲科学和高谈养性,也不免有些妨害。"讽刺家"照下来的一张相",就是"社会相"。这种"社会相",在鲁迅著作中常被称为"世相""世事的形相""人间相"。他声明自己写杂感的目的就是"偏要在庄严高尚的假面上拨他一拨","给他一个不舒服,使他恨得扒耳挠腮,忍不住露出本相"。后来他又说,对于社会上的种种丑恶,"都须褫其华衮;示人本相"。

由此可以看到,鲁迅所指的"社会相",不是社会表层上的习俗风貌,而是社会世态的神髓,某种人群的灵魂。他的杂文,正是吸取了其他艺术品种塑造"社会相"形象的手法,用一种特殊的文学形式,来塑造"社会相"的图画。

鲁迅的"社会相"类型形象,有着显著的浮雕感。这种形象的塑造至少有三种构成元素:

首先是外相,即外壳形态的某些特征。如拔着自己的头发想离开地球的"第三种人""翩然一只云中鹤,飞来飞去宰相衙"的"隐士"。

其次是内相,即内在神情的某些特征。如鲁迅笔下的"捣鬼家"——诬人罪名时,只是攒眉摇头,连称"坏极坏极",却说不出其所谓坏的实例。

第三种是作家的"相识",即鲁迅对形象的"识见",包括对"社会相"的感受、评点、解剖和批判等。如在《"丧家的""资本家的乏走狗"》一文中,鲁迅用寥寥数语就勾勒出了"遇到所有的阔人都驯良,遇见所有的穷人都狂吠,不知道谁是它的主子"的"丧家的乏走狗"的形象。

鲁迅杂文的力量,正是寓于这种具体可感的形象的创造之中。通过这种美学手段,鲁迅对社会进行无情的批判,便显得十分含蓄、沉着和有力。

二、下边列举的鲁迅的作品里,有哪几篇是小说?请在不是小说的篇名前的括弧里打"×"。(1984年全国语文高考试题)

(×)《记念刘和珍君》

(　)《药》

(×)《拿来主义》

(　)《祝福》

(×)《"丧家的""资本家的乏走狗"》

(×)《为了忘却的记念》

(　)《阿Q正传》

(　)《狂人日记》

(×)《〈呐喊〉自序》

【学习思考】

一、试结合你读过的鲁迅的小说,谈谈鲁迅在小说中塑造人物形象和他在杂文中使用的方法有什么异同?

二、读完本书后,试着总结一下鲁迅大致写了哪些社会相,其中最为典型的是哪几种?并请节录出鲁迅对之精彩的描画和精辟的点评。

三、想一下,鲁迅描画人物的方法对你平时作文中记写人物有哪些启发?

(李建立 编写)